悦读丛书

浙江省社科规划一般课题（课题编号：19KPC
浙江省社科联社科普及重点课题（课题编号：

杭嘉湖蚕歌史话

史宁 著

浙江工商大學出版社
ZHEJIANG GONGSHANG UNIVERSITY PRESS
·杭州·

图书在版编目(CIP)数据

杭嘉湖蚕歌史话 / 史宁著. — 杭州：浙江工商大学出版社，2021.2

ISBN 978-7-5178-3434-2

Ⅰ. ①杭… Ⅱ. ①史… Ⅲ. ①民间歌谣—文学研究—浙江 Ⅳ. ①I207.7

中国版本图书馆 CIP 数据核字(2019)第 192346 号

杭嘉湖蚕歌史话

HANGJIAHU CANGE SHIHUA

史 宁 著

责任编辑 吴岳婷

封面设计 林朦朦

责任印制 包建辉

出版发行 浙江工商大学出版社

(杭州市教工路 198 号 邮政编码 310012)

(E-mail:zjgsupress@163.com)

(网址:http://www.zjgsupress.com)

电话:0571－88904980,88831806(传真)

排　　版 杭州朝曦图文设计有限公司

印　　刷 浙江全能工艺美术印刷有限公司

开　　本 710mm×1000mm 1/16

印　　张 14.25

字　　数 237 千

版 印 次 2021 年 2 月第 1 版 2021 年 2 月第 1 次印刷

书　　号 ISBN 978-7-5178-3434-2

定　　价 42.00 元

前　言

杭嘉湖地区所在的长江下游流域是中国的蚕桑起源地之一。湖州钱山漾遗址出土文物表明,大约 4700 年前,此地的先民们就已经开始种桑养蚕了。在此后相当长的一段时间内,全国范围内蚕桑业的重心集中在黄河中下游地区,杭嘉湖地区养殖纺织技术远低于此地区。隋唐以后,蚕桑业逐渐开始成为杭嘉湖地区的支柱产业,宋代以后发展迅猛。明清时期,杭嘉湖更是成为全国蚕桑业最兴盛的地区。

悠久的蚕桑历史孕育了富有江南特色的蚕桑文化,蚕桑文化是杭嘉湖地区除了稻作文化外最主要的地方文化,衍生出蚕桑文化的代表和组成部分——蚕歌。蚕歌是一种具有地方特色的民歌,属于吴歌的一个分支。吴歌是吴地流行的以吴语演唱的民间歌谣,是一个具有地域性的概念。而蚕歌,则是有关蚕桑事的吴歌,反映了吴地蚕农的生产、生活、情感和蚕神信仰及蚕桑风俗等。

蚕歌,是蚕乡特有的区域性的民间歌谣,有着极其鲜明的职业特点和地域特点,在蚕桑业兴盛的杭嘉湖地区尤其盛行。杭嘉湖蚕歌蕴含了当地独特的蚕桑文化,是地方文化的一个重要的组成部分。同时,蚕歌又是杭嘉湖地方文化的一个非物质载体,地方文化中重要的蚕桑文化很大一部分是通过蚕歌而流传至今的。蚕歌,从不同方面反映了杭嘉湖地区的政治、经济、文化等面貌,是研究当地蚕桑文化的重要历史资料,也是当地宝贵的非物质文化遗产。

繁荣兴盛的蚕桑业,是杭嘉湖蚕歌产生并流传至今的沃土和坚实基石。蚕歌在蚕农的蚕桑生产、日常生活中产生,随着蚕桑业的发展而发展,一直伴随蚕桑业左右,口口相传、代代相承,流传至今。离开了蚕桑业,蚕歌也就无从谈起。因此,蚕桑最盛处往往也是蚕歌最盛处,杭嘉湖地区的蚕歌因而较其他地区的蚕歌更为丰富多彩,成为独特的蚕桑文化的一个重要部分。

中国历史上第一部诗歌总集《诗经》在中国文学史上处于崇高的地位,其中的《风》以及《雅》的部分内容是采集于民间的歌谣。总体来说,相较于历史上产生的民歌数量之多,收入《诗经》的民歌数量九牛一毛。跟文人创作的诗歌相比，民歌地位比较低下，载于历代文献的少，对其重视并加以研究者寥寥。

《诗经》收录有公元前3000年左右黄河中下游地区有关蚕桑事的民歌即蚕歌，也是中国历史上最早的有关蚕歌的文献记载。而杭嘉湖所在的江南一带的蚕歌，未见于《诗经》记载。直到晋代，才有以《前溪歌》为代表的相关蚕歌的文献记录出现。唐时，零星有蚕歌见于各类文集中，更多的是一些文人仿古乐府拟作的蚕歌。宋代，郭茂倩编辑的《乐府诗集》，是继《诗经》后的第一部收录古乐府歌辞的大型诗歌总集，包括民歌和文人创作歌辞，将"吴声歌曲"作为一个专门分类收入《清商曲辞》，其中就收录有不少的蚕歌。

明清是民歌发展鼎盛时期，也是包括蚕歌在内的吴歌发展的一个里程碑。其重要的标志之一是明代苏州人冯梦龙辑录的吴地民歌集《挂枝儿》《山歌》，其中部分内容即是蚕歌。在他的小说集《醒世恒言》中，也有对江南蚕桑业的描写以及对蚕歌《做天难做四月天》等的记载。在这里，民歌是一个宽泛的概念，既包括传统意义上的发源于吴地乡村原始的山歌，也包括流行于大江南北的、由山歌进入城镇以后经过文人或者艺人加工、配乐演变成的俗曲小调。在此以前，后世创作及流行于市井的俗曲小调是在民歌的基础上发生变化的，在此以后，民歌反过来受俗曲的影响很大，或者说很多都脱胎于俗曲，那时流传到现在的、我们现在所能听到的不少蚕歌很多来源于明清俗曲小调。①

进入20世纪后，除了以前传下来的蚕歌外，随着时代的变迁，社会、政治及经济环境的变化，也有不少新蚕歌问世，反映了当时的社会现实。国内学者对于民歌的关注更着重于搜集整理和研究，较以前的任何时期都轰轰烈烈。20世纪20年代，鲁迅提出了应对各地民歌进行搜集整理的意见，周作人撰写了我国儿童文学史上第一篇系统研究儿歌的论文《儿歌之研究》。1918年，在蔡元培的倡导下，北京大学开始了征集近世歌谣运动，对各地征集来的歌谣进行整理发表，并于1922年创立了《歌谣》周刊。北京大学教授刘复(字半农)作为发起人拟定了《北京大学征集全国近世歌谣简章》，主持整个征集工作，把征集来的民歌编订成《歌谣选》。整个采集、整理、编辑工作如火如荼，影响很大。刘复是江苏江阴人，江阴正处于吴歌流行区域，他还编辑了中国现代最早的吴歌集《江阴船歌》。对现代民歌搜集、整理和研究做出重大贡献的是顾颉刚。顾先生是中国民俗学开创者之一、吴歌研究的先驱。在北京大学倡导搜集民歌时，作为北京大学学生的他正因病休学在苏州的家里养病，得到这个消息

① 徐元勇：《明清俗曲流变研究》，东南大学出版社2011年版，第82页。

后，他就着手开始搜集当地民歌即吴歌以打发时日。前后共搜集吴歌三百来首，先后编成《吴歌甲集》《吴歌丁集》，以情歌、儿歌为主，多表现城镇生活，[①]同时他也有相关研究著述面世，如《吴歌小史》等，为吴歌研究的开山之作。这些民歌集的部分内容为蚕歌，因苏州与杭嘉湖属于同一个吴语文化圈，都为蚕桑业兴盛的地区，很多蚕歌内容都相同或者相似，其中的部分蚕歌在几十年后仍然可以在杭嘉湖蚕乡听到。

20 世纪 80 年代初，由中国民间文艺研究会(1987 年改为中国民间文艺家协会)与文化部、国家民委共同发起，中国民间文艺研究会直接组织实施的中国民间文学“三套(故事、歌谣、谚语)集成”工程启动，历时二十多年，在全国范围内全面普查，几十万文艺工作者参与搜集整理，总共编辑出版省卷本 90 卷、地县卷本 4000 余卷，总字数达到 40 亿之巨，为中国文学史上的空前之举。在蚕桑事业发达的浙江、江苏、上海等省市卷及其下属的地、县级分卷中，收录蚕歌多首。在搜集过程中，嘉兴市下属的桐乡市的蚕歌数量相对来说比较多，包含的内容比较丰富，相较于其他市县的民歌更有特色，在徐春雷先生的提议下，桐乡市民间文学集成编辑委员会在《中国民间文学集成・浙江省嘉兴市桐乡县故事、歌谣、谚语卷》中，将“蚕歌”作为一个专门分类，与劳动歌、生活歌、仪式歌、情歌等大类并列，收入蚕歌 9 首。这是以前没有过的民歌分类方法。随后的《浙江省民间文学集成・嘉兴市歌谣、谚语卷》采用同样的分类方法，收入蚕歌 13 首，《中国歌谣集成・浙江卷》参照此分类，在仪式歌分类下设立下位类“祁蚕歌”，收入祁蚕歌 10 首(蚕歌是祁蚕歌的简称)。虽然从概念上来说，蚕歌与田歌、渔歌、樵歌等属于同一性质的概念，与劳动歌、生活歌、仪式歌、情歌等内容互有交叉，并不属于同一性质，也并不是并列关系，但将蚕歌拿出来单独分列，毕竟是一个开创之举。蚕歌自此作为一个独立的民歌分类获得官方认可，开始进入人们的视野，关于蚕歌的相关研究也开始出现。

20 世纪 90 年代以来，与蚕桑文化相关的研究专著陆续出版，如《东南蚕桑文化》(顾希佳，1991)、《太湖蚕俗》(林锡旦，2006)、《浙江丝绸文化史》(袁宣萍、徐铮，2008)、《中华蚕桑文化图说》(唐志强，2010)、《匹练云浮——浙江丝绸文化研究》(郅关荣、葛建纲，2012)等，上述著作主要从宏观的角度全方位阐述蚕桑文化和历史。作为蚕桑文化中歌谣、谚语的一部分，蚕歌仅部分涉及，没有进一步做更详细的研究。

---

① 顾颉刚等辑，王煦华整理：《吴歌・吴歌小史》前言，江苏古籍出版社，1999 年版。

21世纪初，与杭嘉湖蚕歌关系比较密切的专著陆续出版。其中《浙江歌谣源流史》（朱秋枫，浙江古籍出版社，2004），分为上中下三篇，内容包括先秦、秦汉之越歌，六朝、隋唐五代、宋元、明清之浙江歌谣，浙江时政歌流传之轨迹，当今浙江歌谣的地方特色等，其中第三章“六朝之浙江歌谣”第二节“《前溪歌》和《阿子歌》的历史价值”，涉及浙江有文献记载的第一首蚕歌《前溪歌》，第八章“浙江劳动歌流传之轨迹”第四节“蚕桑歌，从《逍遥独桑头》到《养蚕歌》”，以及第九章“浙江情歌流传之轨迹”中，部分涉及浙江的蚕歌；《中国·嘉善田歌》（金天麟，黑龙江人民出版社，2009）为嘉善田歌的汇集及理论研究，包含有少量的蚕歌；《文化视野下浙江歌谣研究》（刘旭青，浙江大学出版社，2009），以浙江歌谣的社会生存状态与衍生机制为研究对象，以社会文化学为基点，描述和阐释歌谣与各种文化现象的生态联系，部分涉及浙江地区的蚕歌等；《吴越歌谣研究》（刘旭青，中国社会科学出版社，2012），从音乐文学的角度，结合历史地理学、方言学、民俗学、社会学、传播学等多学科的研究方法和研究成果，对吴越歌谣从文化背景及其与其他文化现象的关系等方面进行了系统、全面的解读。其中第六章“吴越歌谣的民俗特征”第一节“蚕桑歌谣与蚕桑文化”从文化的角度阐述了蚕歌的特征。不过，这里仍旧没有把蚕歌作为一个专有的歌体做介绍，而仅是从内容“蚕桑”的角度出发进行的研究。

到目前为止，对蚕歌的整理与研究，国内外尚无系统的、理论的研究、归纳与探讨，仅有零散的整理和研究，如相关论文《蚕歌与蚕乡习俗》（徐春雷，1991）、《试论蚕歌对养蚕生产的认识》（徐春雷，1993）、《从神歌看吴越文化的地域特征及其成因》（顾希佳，1994）、《从吴越神歌与萨满、傩的比较研究看吴越文化心理的地域特征》（顾希佳，1999）、《祈蚕歌与蚕桑文化：以杭嘉湖地区为例》（刘旭青，2009）、《嘉兴蚕歌及其保护与传承》（刘伟侠、凌冬梅，2016）等；至于专著，目前仅有《桐乡蚕歌》（徐春雷，2009）一书，该书收录汇集桐乡蚕歌40首，附录有作者上述两篇论文，为研究蚕歌的重要资料，不过对蚕歌的理论探讨较少，文献考证有所欠缺，且无保护与推广方式方法的研究。《中国歌谣集成·浙江卷》以及省内各市县故事歌谣谚语卷，为歌谣、故事、谚语的汇编，或多或少都涉及蚕歌，但均为简单的民歌集，无相关理论研究。

由此可见，目前国内未有对杭嘉湖蚕歌的整理与系统研究的著作面世，该领域尚存在很大的研究增补空间。因此，对杭嘉湖蚕歌的关注和研究，是对杭嘉湖地区地方文化研究的一个有效补充，对于促进地方文化的保护和发展具有一定的积极意义。

CONTENTS | 目　录

导 言

中国是世界上最早发明养蚕织绸的国家，是世界蚕桑业的发源地，被誉为“丝绸之国”。一直以来传统观点认为，中国的蚕桑起源地在黄河中下游地区陕西、河南、山西、山东一带。过去很多人认为江南的蚕桑业是由北方传过来的。乾隆《湖州府志》言：“蚕事如《禹贡》《豳风》所陈，多在青、兖、岐、雍之境，后世渐盛于江南。”这句话描述了蚕桑业由北至南的兴衰更替。关于这一点，现在很多专家学者在进一步加以研究和考证后，提出了不同看法。无论是根据民间的历史传说还是20世纪20年代到70年代山西、浙江等地陆续发掘出的出土文物以及对各地地理环境演变的详细分析，无不证明了，除了黄河中下游之外，长江中下游地区的四川和浙江也是中国蚕桑业的发源地之一。亦即我国蚕桑丝织业的起源是“多中心多源头”的，其时间大体相同，约在新石器时期的黄帝时代。[①] 这些地区蚕桑丝绸生产的起源和早期发展，是“平行的和各自独立的，既无明显的时间先后，也无明显的传播和承接关系”[②]，即我国蚕桑业是有多个并列的起源的。所谓的蚕事活动江南晚于北方，只是见于文字记录的晚于，事实上两者之间不存在时间上的承接关系。按照蚕业专家蒋猷龙先生的观点，我国的蚕桑业“并不是最早从某地区开始利用，然后才向各地传播的，而是在不同的二、三地区先后独立地开始利用的，即蚕业多中心起源说”[③]。现在这种观点已经成为人们的共识。

浙江作为中国蚕桑生产起源地之一，素有“鱼米之乡”“丝绸之府”之称，是全国重点蚕桑区。其中杭嘉湖地区，文化历史悠久，境内有马家浜文化、崧泽文化、良渚文化遗存；其蚕桑业源远流长，是浙江省内蚕桑业最兴盛发达的

---

① 李宾泓：《我国蚕桑丝织业探源》，《地理研究》1989年第2期，第28—34页。

② 刘克祥：《蚕桑丝绸史话》，社会科学文献出版社2011年版，第10页。

③ 蒋猷龙：《中国蚕业的起源》，《蚕桑通报》2017年第2期，第61—64页。

地区。

“杭嘉湖”这个概念，从现有的行政区划来讲，指杭嘉湖地区，包括杭州、嘉兴、湖州三市及其所辖下属县市区；从地理结构来讲，“杭嘉湖”又指浙江省内最大的平原——杭嘉湖平原。杭嘉湖平原是以杭州、嘉兴、湖州为中心的水网平原，也是杭嘉湖地区的主要组成部分。由长江、钱塘江冲积和太湖支流湖积而成，属于长江三角洲太湖流域，位于太湖以南，钱塘江和杭州湾以北，天目山以东。大致包括现嘉兴市全部、湖州市大部以及杭州市的东北部余杭区等，比行政区划范围稍微小一些。杭嘉湖地区在地理位置上处于浙江省北部，经常被称为“浙北”；又因这一地区处于钱塘江以西，而钱塘江古称浙江，晋虞喜《志林》载：“今钱塘江口浙山，正居江中，潮水投上下，折而曲。一云江有反涛，水势折归，故云浙江。”所以又常常把这一地区称为“浙西”。

历史上，杭嘉湖地区所在的行政区域划分经常有变化和交叉。在夏商周上古三代，此地区一直属于扬州之域。据中国古代典籍《尚书·虞夏书·禹贡》记载，大禹治理水患之后，根据地形、土壤、耕地、贡赋等的不同，将中土分成冀州、兖州、青州、徐州、扬州、荆州、豫州、梁州和雍州等九州，即“《禹贡》九州”，也就是传说中的“大禹治水分九州”。后来九州逐渐成为地理和行政区划的名称。《尔雅·释地》中有幽州、营州，无青州、梁州。《周礼·夏官·职方氏》中有幽州、并州，无徐州、梁州。《献帝春秋》曰：“时省幽，并州，以其郡国并於冀州。省司隶校尉及凉州郡国以并於雍州。自交州，荆益州。於是有兖、豫、青、徐、荆、扬、冀、益、雍，九数虽同。《禹贡》无益州，有梁州。然梁、益亦一地也。”可见，九州说法虽然各有不同，但是扬州一直在列，只不过包含的范围有差别。如《禹贡》中：“淮、海惟扬州。”淮指淮河，海指东海。《尔雅·释地》云：“江南曰杨(扬)州。”江指长江。《周礼·夏官·职方氏》云：“东南曰扬州。”大概指淮河与东海之间、泛指的长江以南、东南地区等几种说法。

到了春秋战国时期，杭嘉湖地区处于吴越两国交界处，尤其是嘉兴，彼时分属两国，境内语儿、槜李(现桐乡市境内)一带为吴越国边界。在吴越两国争霸中，双方长期征战不休，杭嘉湖地区归属不定，先属吴后属越，越被楚打败后又属楚，成为吴、越、楚多种地方文化的交流融汇之地，其文化和习俗等也兼容并蓄。

杭州为浙江省会，东南首府，被称为人间天堂之一，从吴越国定都以来一直为东南繁华胜地。民国《杭州府志》云：自“武肃开镇、建炎定都以来，民众赋殷,冠于他州,古称都督大府,为天下甲”[①]。杭州在《禹贡》中属扬州之域(唐虞、夏、商时期),西周、春秋战国时初属越,后属吴,后又属楚。秦代属于会稽郡。西汉时属扬州,分属会稽、丹阳二郡。东汉分会稽为吴郡。三国吴时为吴、吴兴二郡地,一直延续到晋、宋、齐、梁,至陈时立钱唐郡。隋平陈后,始置杭州,隋炀帝改其名为余杭郡。唐时为江南道杭州余杭郡、杭州镇海军治所,五代吴越国时为吴越国都。北宋时为两浙路杭州宁海军治所。南宋时,为浙西路临安府(南宋都城)。元时为杭州路,为江浙行省省会。明代为杭州府,为浙江承宣布政使司治所,[②]清初沿袭明制,后为浙江行省治所,民国时为浙江省省会。经过历代调整以后,目前下辖十区(拱墅、上城、下城、江干、西湖、滨江、萧山、余杭、富阳、临安)、一县级市(建德)、两县(桐庐、淳安县)。

嘉兴地处杭嘉湖平原中心地带,地理位置优越。明弘治《嘉兴府志》云:“巨海环其东南,具区浸其西北,左杭右苏,襟溪带湖,四望如砥。海滨广斥,盐田相望。”

明嘉靖《嘉兴府图记》载:“嘉禾联据吴会,长雄浙涠,今称杰郡矣。……表里吴越,首尾苏杭。井邑繁雄,漕贡辏集。而又平原沃壤,海滨广斥,饶于稻粱、鱼盐之利,而丝帛之属视苕霅次之,实江左之泽国,浙右之会府也。”[③]

明万历《嘉兴府志》称嘉兴为“浙西大府”,“首尾吴越,襟带苏杭。又平原衍壤,海滨广斥。沿海诸山,隐隐拱向,支流千万,相错如绣。诚哉泽国之雄,江东一都会也”[④]。

嘉兴在唐虞、夏、商、周时属扬州之域。春秋时期吴越争霸,嘉兴成为两国交战战场,归属不定,先属吴后属越,战国时楚灭越,又属楚。秦时属会稽郡,为由拳县。汉时为会稽郡,属扬州部,三国吴时改禾兴县,后改嘉兴县。晋时、宋齐梁陈时都属于吴郡,隋时分属吴、余杭二郡,唐时先后属于江南东道苏州、吴郡地。五代时为吴越国地,属杭州,后置开元府后分置秀州,宋时为两浙路秀州、嘉禾郡,后升嘉兴府,元时为江浙行省嘉兴路,明时先后为南直隶和浙江

---

① [清]龚嘉儁修,[清]李榕纂:民国《杭州府志》卷一《图说》,《中国方志丛书·华中地方·浙江省》第一九九号,成文出版社有限公司1974年版,第230页。

② [清]龚嘉儁修,[清]李榕纂:民国《杭州府志》卷二《建置》,《中国方志丛书·华中地方·浙江省》第一九九号,成文出版社有限公司1974年版,第262—263页。

③ [明]赵瀛修,[明]赵文华撰:嘉靖《嘉兴府图记》卷二《邦制一》,《中国方志丛书·华中地方·浙江省》第五〇六号,成文出版社有限公司1983年版,第99、108页。

④ [明]刘应钶修,沈尧中等纂:万历《嘉兴府志》卷一《形胜》,《中国方志丛书·华中地方·浙江省》第五〇五号,成文出版社有限公司1983年版,第72页。

承宣布政使司嘉兴府，[1]清时为浙江行省嘉兴府，民国时属浙江省。目前下辖两区（南湖、秀洲）、两县（嘉善、海盐）、三县级市（海宁、平湖、桐乡）。

湖州，为“浙西一大郡”，“山川清淑，土田丰美”[2]。同治《湖州府志》载：唐虞、夏属扬州之域，商属扬州之域，后属句吴，周属扬州之域，属吴国，后属越国又属楚国，置菰城县。秦灭楚，置乌程县和鄣县，分属会稽、鄣郡；汉代属会稽、丹阳二郡，属扬州；后汉属吴、丹阳二郡，属扬州；三国吴时属于吴兴郡，属扬州；晋代、宋齐梁陈均为吴兴郡，属扬州；隋平陈废吴兴郡，改置湖州后废又置吴兴郡；唐，改置湖州，属江南道后属江南东道，后改吴兴郡，后复湖州，后改忠国军节度治；五代时为湖州，吴越国时废忠国军，改为宣德军节度治。宋时为湖州，带宣德军节度，属浙西路。宣德军后改昭庆军，属两浙西路、两浙路，后改湖州为安吉州；元时复湖州，后升为湖州路，属江浙行省，后张士诚改为吴兴郡；明时改为湖州府，属浙江承宣布政使司；[3]清代为湖州府，属浙江行省、杭嘉湖道，民国时属浙江省。目前下辖两区（吴兴、南浔）、三县（德清、长兴、安吉）。

杭嘉湖地区的蚕桑生产历史可以追溯到大约4700年前。1958年3月，浙江省文物管理委员会与浙江省博物馆共同对湖州吴兴县（今湖州市吴兴区）钱山漾新石器时代晚期遗址进行第二次挖掘，出土了绢片、丝带、丝线等丝织品以及一些麻织品等纺织品。这些丝织品大部分保存在一个竹筐里，“除一小块绢片外，全都炭化，但仍保有一定韧性，手指触及尚不致断裂。……残绢片，长2.4，宽1厘米，尚未炭化，原保存在竹筐中。细丝带，已揉作一团，无法正确量定长度，宽约0.5厘米。编织方法与现代的草帽鞭一样，有着两排平行的人字形织纹。体扁，靠近尾端一节呈圆形。丝线，已拧成一团，较粗”[4]。

经浙江省纺织科学研究所鉴定，这些丝带、丝线原料均为蚕丝，绢片为平纹的、织物密度为120根/吋的家蚕丝织物。后来又经浙江丝绸工学院验证，“绸片（注：指原绢片）是由长茧丝不加捻并合成丝线做经纬线，交织而成的平纹织物。丝带是用捻丝再并捻成的股丝辫结而成，贯穿在平纹织物中间的细

---

① ［清］许瑶光等修，［清］吴仰贤等纂：光绪《嘉兴府志》卷二《建置》，《中国地方志集成浙江府县志辑》12，上海书店出版社1993年版，第79—84页。

② ［清］宗源瀚等修，［清］周学濬等纂：同治《湖州府志》郭式昌《重修湖州府志序》，《中国方志丛书·华中地方·浙江省》第五四号，成文出版社有限公司1970年版，第5页。

③ ［清］宗源瀚等修，［清］周学濬等纂：同治《湖州府志》卷三《建置》，《中国方志丛书·华中地方·浙江省》第五四号，成文出版社有限公司1970年版，第35—36页。

④ 浙江省文物管理委员会：《吴兴钱山漾遗址第一、二次发掘报告》，《考古学报》1960年第2期第73—91页。

长带子。从丝的横截面形态及不加捻的长丝等事实,进一步证实了绸片、丝带、丝线均系以桑蚕丝为原料”①。

中国科学院考古研究所实验室对遗址第四层与这批丝织物同时出土的稻谷,采用放射性碳素 C^{14} 进行测定,表明它们距今(注:指 1965 年)4715 ± 100 年,即公元前 2750 ± 100 年,属良渚文化时期。② 这标志着早在约 4700 年前的原始时期,杭嘉湖地区的先民们就已经能够种桑、驯化野蚕,缫丝织绸了,③而且相关技术相当成熟,“甚至还可能已经有了最简单的织机”④。钱山漾这些出土的丝织品,为我国蚕桑生产“多中心多源头”的学说提供了有力的支持,更是杭嘉湖地区蚕桑悠久历史的见证。

杭嘉湖地区在蚕桑史上具有重要地位,与它的自然地理条件密不可分。在浙江“七山一水两分田”的地理结构中,杭嘉湖地区“地势低平,湖泊众多,河流纵横,土地肥沃,淡水资源丰富,光照充足,气候湿润,光温水配合良好”⑤,这种得天独厚的地理和气候条件,尤其适宜种桑养蚕。

不过,由于各种因素的限制,在很长的一段时间内,杭嘉湖蚕桑业都落后于北方,直到隋唐以后逐渐开始成为当地的支柱产业,宋代以后发展迅猛,尤其是明清时期杭嘉湖更是成为蚕桑业最兴盛的地区,成为全国知名的蚕桑重地和蚕桑丝绸文化的代表。这种状态一直持续到当代,成就了该地区在蚕桑生产上不可撼动的重要地位。

总体上说,本书研究范围为行政区划概念上的杭嘉湖地区,研究对象为流行于这一地区的蚕歌。

从文化的角度来看,杭嘉湖地区是江南文化的中心区域,与苏州、上海等处于同一个文化圈。江南文化重要的组成部分之一就是蚕桑文化。蚕歌是杭嘉湖地区在长期的蚕桑生产实践和生活中孕育出来的民间歌谣,是杭嘉湖地区蚕桑文化的重要组成部分和载体之一,蚕歌所代表和蕴含的蚕桑文化不会因为行政区划而截然分开。蚕歌的产生是以蚕乡当地的吴语方言为基础的,

---

① 徐辉等:《对钱山漾出土丝织品的验证》,《丝绸》1981 年第 2 期,第 43—45 页。

② 中国科学院考古研究所实验室:《放射性碳素测定年代报告(二)》,《考古》1972 年第 5 期,第 56—58 页。

③ 同①。

④ 浙江省文物管理委员会:《吴兴钱山漾遗址第一、二次发掘报告》,《考古学报》1960 年第 2 期,第 73—91 页。

⑤ 张妙弟:《中国国家地理百科全书 4:上海、江苏、浙江、福建》,北京联合出版公司 2016 年版,第 97 页。

吴语方言属于江南文化的一部分，其分布范围也同样并不因为行政区划而生硬地割裂开来。因此，在对杭嘉湖地区的蚕歌进行考察、分析和研究的过程中，不可避免会涉及同一个方言区的周边其他地区的蚕歌。与杭嘉湖地区在同一个吴语方言区的苏州、上海等地的蚕歌都与杭嘉湖蚕歌有许多相同和相似之处。只不过相对来说，杭嘉湖地区蚕桑事业较为发达和集中，是著名的丝绸之府，蚕桑文化的代表和典型地区，蚕歌以杭嘉湖地区最兴盛、最为集中和流行，尤其是嘉兴的桐乡蚕歌 2009 年被列入省级非物质文化遗产名录，最具代表性，故本课题的研究范围以杭嘉湖地区为中心和重点，兼以涉及周边吴文化圈，研究对象以杭嘉湖蚕歌为主，适当兼顾周边地区的蚕歌。

需要明确的是，蚕歌在历史发展过程中，不仅包含有属于文学范畴的歌词文本部分，还包含音乐范畴的曲调部分和舞蹈方面的舞蹈动作部分，融文学、音乐和舞蹈于一体。囿于专业研究方向的侧重，本书仅从文献的角度出发，只涉及文本部分，不涉及音乐和舞蹈部分。

第一章　杭嘉湖蚕歌及源流

第一节　蚕歌的概念

杭嘉湖地区悠久的蚕桑历史，衍生出丰富的蚕桑文化，孕育出富有鲜明地域特色的蚕桑歌谣——蚕歌。

蚕歌，是有关蚕桑事的民间歌谣。有蚕桑处就有蚕歌，蚕桑盛处蚕歌也兴盛繁荣。蚕歌在蚕区也叫“祈蚕歌”，不过却并不仅用于祭祀蚕神时，而是渗透到蚕乡生活的方方面面，小到衣食住行等日常生活，大到婚丧嫁娶等人生大事。长期以来，虽然蚕桑歌谣一直真实、大量地存在于蚕乡，但对于“蚕歌”这个专有名词或者概念却没有一个确切和规范的定义。在《中国丝绸文化》(陈永昊、余连祥、张传峰，1995)中，把与丝绸相关的民歌分为桑歌、织歌和仪式歌。把桑歌定义为“蚕农在从事蚕桑生产时所唱的歌”。桑歌从内容上又分为两类，一类以蚕桑生产为歌咏对象，称为“生产桑歌”；一类为蚕桑生产时所唱的情歌，称为“蚕农情歌”。① 可见此处的桑歌与我们所说的蚕歌类似。而从《中国歌谣集成》中的民歌分类规则来说，蚕歌内容既包括劳动歌，如田歌、茶歌、渔歌一样，又包括关于蚕桑习俗的生活歌、情歌，反映蚕桑信仰的仪式歌等。而除了蚕桑业外，很多领域和行业都有仪式歌，所以这里把桑歌与仪式歌并列，还是有可商榷之处的。

“蚕歌”作为一个专门的民歌分类，是20世纪八九十年代才正式出现的，主要原因在于20世纪80年代开始收集整理的中国民间文学“三套集成”项目，因在桐乡乃至杭嘉湖地区采集的关于蚕桑的民歌数量较多，所以被当作一

① 陈永昊、余连祥、张传峰：《中国丝绸文化》，浙江摄影出版社1995年版，第369页。

个单独的民歌分类与劳动歌、情歌等并列。在此之前，在学术著作或者工具书中未见有作为一种民歌名称或歌体的专有名词出现过，因此其概念比较模糊，故有必要从古今文献中先做一个基本梳理。

首先，蚕歌是歌谣的一种。歌谣，包含了"歌"与"谣"两个涵义。"歌"与"谣"经常被连起来使用，二者关系密切又有一定的区别。历代学者对歌谣的定义有相当多的研讨，很长一段时间内，一般泛指民歌。

关于谣的定义没有什么大的异议，一般认为是"徒歌"，徒，有"空"的意思。《尔雅》卷第五《释乐第七》解释为："徒歌谓之谣"。可见了解了"歌"的定义就可以知道"谣"的定义，对于"谣"的定义取决于对"歌"的定义，因此我们需要先了解"歌"的定义。

《尚书·尧典》说"诗言志，歌永言"。《说文解字》解释为：歌，詠也，从欠。謌[①]，歌或从言。歌永言，故从言。《礼记·乐记》曰："歌之为言也，长言之也。说之，故言之，言之不足，故长言之。"[②]"永"是延长、加长的意思，"言"是直言、言自己的事。"歌永言"指歌是拉长的言。意思是歌是说话的延长，以拉长声调说话亦即咏唱。"说"通"悦"，也就是说，心里愉悦就要说话，说话还不足以表达，就要拉长声音说话，那就是唱歌了。《诗经·魏风·园有桃》云："心之忧矣，我歌且谣。"说明"歌""谣"是有区别的，毛传解释为："曲合乐曰歌，徒歌曰谣。"也就是说有曲调且有乐器伴奏的是歌，歌只有曲调没有乐器伴奏就叫谣。《经籍籑诂》中《释乐·旧注》云："谣，谓无丝竹之类，独歌之。"也是上面的观点，认为没有乐器伴奏的歌为谣。按照这个观点，南朝时在民间采集的吴歌无伴奏，为"谣"，传入宫廷后配以管弦，才可称为"歌"。另一种解释是《韩诗章句》的观点："有章曲曰歌，无章曲曰谣。"以有无曲调来区分歌谣。也就是有曲调的为歌，是唱出来的；无曲调的为谣，应该就是说出来的了。

那么歌是指有乐器伴奏还是指有曲调更为人们所接受呢？我们知道民歌一般是劳动者即兴集体创作，劳动之余随口吟唱，自娱自乐的，如果说想唱歌时还要随身携带乐器随时进行伴奏，实际情况应该是不太好操作，不太符合现实的，所以用是否有曲调来区分歌和谣还是比较符合人们的一般认知的，是一种较为科学的区分方法，更容易为人们所接受。现在学者一般认为，以"有无章曲"来区分的说法得到的认可更多。因"谣"作为"徒歌"的意思是指它本来

① 謌：古同"歌"，歌的异体字。

② [汉]许慎撰，[清]段玉裁注，许惟贤整理：《说文解字注》，凤凰出版社 2015 年版，第 170 页。

就是“歌”的一种，现在往往将“歌”“谣”合二为一，统称为“歌谣”。

歌谣分为民间歌谣和文人创作歌谣。本书所指是前者即民间歌谣，简称民歌，属于民间文学的一种。民歌，不是具体某一个人或集体的创作成果，而是长时间、某地区范围内的民众的集体创作，是集体智慧的结晶，往往作者不可考，或记为“无名氏”。民歌，基本没有具体的创作者和日期，不是有人预先创作好然后拿去传唱，而是广大的群众创作者们一边演唱一边创作的，在演唱、流传过程中随着社会环境、文化环境和语言的变化而不断修改，经过一个较长的渐变的积累过程而逐渐完善，往往要经过长时间和多地方、许多不同场合的人们的艺术实践而逐步完成。①

民间歌谣，按照钟敬文先生的定义，指“劳动人民集体的口头诗歌创作，属于民间文学中可以歌唱和吟诵的韵文部分”②。民歌表达了底层劳动人民的感情，反映了人民的心声。《诗大序》说：“情动于中而形于言。言之不足，故嗟叹之，嗟叹之不足，故永歌之。”宋代郭茂倩《乐府诗集》收录的南朝民歌《子夜歌》中有一首：“谁能思不歌，谁能饥不食。日冥当户倚，惆怅底不忆。”③思念时就要唱歌，就如同饿了就要吃饭一样自然而然、理所应当。唱歌，作为一种表达感情的精神需求，与最基本的衣食所需等物质需求具有同样重要的地位。

其次，蚕歌，顾名思义，是指与蚕桑事有关的民间歌谣，属于职业歌或劳动歌（内容又比劳动歌丰富），就如同田歌、渔歌、牧歌一样，是千百年来由蚕农口头集体创作，与蚕桑事相关，流行于蚕乡的、可以歌唱或吟诵的有关蚕桑的韵文作品。

在现当代，虽然报刊专著中有时也出现“蚕歌”或者“蚕桑歌”等字眼，但更多地从内容出发，或零散见于文人创作的关于蚕桑内容的诗歌、散文、小说的正文中，或者作为这些文学作品的篇名，并没有作为一个专有的民歌题材而独立出来。如仅以《蚕歌》命名的就有个人创作的有关蚕桑内容的民歌体诗歌、自由诗诗歌、散文、小说等，与传统意义上的民间传唱的蚕歌相距甚远。

在杭嘉湖地区，有了蚕桑业以后就有了蚕歌，虽然蚕歌千百年来一直存在，但却没有如田歌、渔歌、采茶歌一样广为人知，成为一个真正意义上的独立的民歌专有类别。20 世纪 80 年代初开始的大型中国民间文学“三套集成”的采集编辑工作，是一项规模恢弘的庞大文化工程，从下往上、从乡级到省级，对

① 江明惇：《汉族民歌概论》，上海音乐出版社 2004 年版，第 5 页。
② 钟敬文：《民间文学概论》，上海人民出版社 1980 年版，第 238 页。
③ [宋]郭茂倩：《乐府诗集》卷四十四《清商曲辞一》，上海古籍出版社 2016 年版，第 572 页。

民间文学,包括民间故事、歌谣及谚语进行了逐级采集、整理、筛选和汇编等,是对中国民歌的一次全面的普查。桐乡市文化馆的徐春雷先生参与了此项目,他在桐乡乡村采集民间文学时,发现了大量的有关蚕桑内容的民歌,认为这是有别于其他地区的一种特色歌谣,于是提出了"蚕歌"这个分类概念,被编委会采纳。蚕歌,正式作为一个地方民歌的分类名称而为人所知。在《中国民间文学集成·浙江省嘉兴市桐乡县故事、歌谣、谚语卷》中,"蚕歌"成为与"劳动歌""情歌"等类并列的一个专门分类,后来的《浙江省民间文学集成·嘉兴市歌谣、谚语卷》也采用此分类体系。不过其他市的歌谣汇编仍然把蚕歌按照题材(内容)或功能进行拆分,各入各类。《中国歌谣集成·浙江卷》虽然把蚕歌单独列为仪式歌下的一个二级分类"祈蚕歌",不过仅收录全省选送的10首蚕歌,还有不少蚕歌按照内容或功能分别归入"劳动歌"分类下的"养殖歌","仪式歌"分类下的"婚礼歌"和"竖屋歌"(苏州叫"造屋歌"),"节令歌"以及"情歌"分类下的"诘问歌""赞慕歌"等。《浙江省民间文学集成·湖州市歌谣、谚语卷》把蚕歌分别归入"劳动歌""情歌""生活歌""仪式歌""历史传说歌"等。其他如《浙江蚕桑志》、杭嘉湖各市县地方志中也收录和记载了很多蚕歌,但一般作为文学作品归入"蚕桑歌谣"类,同样没有作为民歌的一个专门分类。

说到蚕歌,绕不开的是吴歌。吴歌内容非常丰富,包罗万象,与吴地范围内劳动者所从事的具体劳动或者说从事的职业以及所处的地理位置密切相关,既包含诸如嘉善田歌、湖州山歌、临安茶歌以及水乡随处可见的船歌等,也包括了杭嘉湖常见的蚕歌。因此,在了解蚕歌之前有必要先了解吴歌。

"吴歌"这个词更多见于文人、学者从文学角度提出的书面语。在吴语地区,地理结构大多为水网密布的平原,很少有山,但吴歌的创作者、演唱者和传播者们——底层广大的劳动者,祖祖辈辈都习惯将其称为"山歌",将演唱吴歌的活动称为"唱山歌"。[①] 这与历史记载是一致的。宋代胡仔《苕溪渔隐丛话·后集》卷十二载:"竹枝歌云:杨柳青青江水平,闻郎江上踏歌声。东边日出西边雨,道是无情却有情。予尝舟行苕溪,夜闻舟人唱吴歌,歌中有此后两句,余皆杂以俚语。岂非梦得之歌,自巴渝流传至此乎?"[②]嘉泰《吴兴县志》有记载:"今之舟人樵子往往能歌,俗称之山歌,即吴歌也。"吴兴、苕溪即今湖州地区,说明宋时此地吴歌相当流行,连船夫、樵夫都可以随口吟唱。明代苏州文人冯梦龙认为,山歌有别于"楚骚、唐律"等士大夫、文人创作的诗歌,"言田夫野竖

① 杨俊光:《唱歌就问歌根事——吴歌的原型阐释》,苏州大学博士学位论文,2007年。

② [宋]胡仔:《苕溪渔隐丛话前后集》后集卷十二,中华书局1985年版,第506页。

矢口寄兴之所为,荐绅学士家不道也”①。他辑录的吴地民歌集之一即命名为《山歌》。

在20世纪30年代,寿生在《歌谣》第二卷第三十二期上发表文章《我所知的山歌的分类》,提出了“山野之歌”的观点:“山歌的山字,实在是‘山野’的意思,与什么山人、野老、村夫的山野村的含义相同。山歌不是专说。”②江明惇先生也进一步指出:“山歌这个概念应包括‘山野之歌’的意思,即指产生在宽广、辽阔的大自然环境和野外劳动生产场合中的民歌而言。”③也就是说,这里的山歌,即“山野之歌”,并非寻常理解的狭隘的字面意思——山区里演唱的民歌即“山区之歌”,这一点应该引起我们的注意。

因此,吴歌也就是指吴地的山歌,也可以说是用吴语、吴音吟唱,流传于吴语地区的山歌,是一个具有地域性的概念,由吴地广大底层民众长期集体口头创作而成,有别于历代文人墨客创作的诗词曲赋等文学作品,具有浓郁的吴地地方文化色彩。

如果说以前见于文献的民歌经过了文人修饰,以官话记载,那今天我们能见到的最早的、用吴语方言记录下来的山歌形成于唐末,④出现在杭嘉湖地区,这就是吴越王钱镠即兴创作吟唱的一首山歌《还乡歌》,最早见于北宋名僧文莹的《湘山野录》。开平元年(907),钱镠被后梁太祖朱温封为吴越王,衣锦还乡,荣归故里临安。父老乡亲欢聚一堂,开怀畅饮。激动之下,他仿照汉高祖刘邦的《大风歌》,高歌一曲《还乡歌》以表达自己的喜悦心情:“三节还乡兮挂锦衣,吴越一王驷马归,临安道上列旌旗。碧天明明兮爱日辉,父老远近来相随。家人乡眷兮会时稀。斗牛光起兮天无欺!。”可是乡亲们根本听不懂这种文绉绉的书面语歌词,反响平平。钱镠也觉得气氛不够热烈融洽,大家不能欢笑尽兴。于是他“高揭吴音,唱山歌以见意”,换成了用吴语家乡话歌唱:“你辈见侬底欢喜(原注:吴人谓侬为你),别是一般滋味子(原注:呼味为寐),永在我侬心子里”。乡亲们听到这熟悉的乡音,立刻引发了情感上的共鸣,于是“合声赓赞,叫笑振席,欢感闾里”。这首歌被认为是“吴中山歌最初的记载”⑤,直到南宋时还有人传唱。从这个记载可见,至少唐末时即称吴歌为山歌。容肇

① [明]冯梦龙:《山歌》序《叙山歌》,江苏古籍出版社2000年版。

② 寿生:《我所知的山歌的分类》,《歌谣》1937年第32期,第1—6页。

③ 江明惇:《汉族民歌概论》,上海文艺出版社2004年版,第91页。

④ 郑土有:《吴语叙事山歌演唱传统研究》,上海辞书出版社2005年版,第16—17页。

⑤ 容肇祖:《一千年前的一首吴音山歌》,《歌谣》1936年第7期,第4—5页。

祖先生则认为更早一些，在中唐诗人提到“山歌”这个名称时，山歌在民间就已经出现了。它和明代冯梦龙时期的山歌，以及现代流传于吴地农村的山歌，是一脉相承的。①

吴歌既然是一种地域色彩浓郁的语言文化圈的歌谣，其地域范围的判定就很重要。因历史上吴地区域所包含的范围变化很大，不太容易判定，故而通常用相对固定的方言和文化区域来划分。

关于吴歌的定义或者是流传范围也就是对吴地范围的判定，一直以来有狭义和广义两种。狭义的看法认为吴歌是古代的吴地，即以苏州为中心的春秋战国时期吴国地域流行的民歌。冯梦龙的《山歌》，即是他采集的以苏州为中心的周边地域的民歌。朱秋枫先生认为：“钱塘江以北、太湖以南以至大运河流域，是古代吴歌产生和流传的主要地带。”②一般来说，吴地或者吴语方言区，包括现“江苏南部、浙江北部和上海市，大致是指长江中下游太湖流域地区，这里同属于一个语言文化圈，属传统吴文化范畴的地区”③。顾颉刚先生《吴歌小史》认为，吴区域范围很广，即“三吴”地区——由汉代会稽郡分置出的吴郡、吴兴郡和会稽郡三郡，也就是现在的苏州、湖州、杭州、嘉兴一带，“差不多现在说江浙话的区域。……大致自江以南，自浙以西，都包括在内；所谓吴歌，便是流转于这一带小儿女口中的民间歌曲”④。另一种范围稍广的看法是，江苏南部除了苏锡外还包括长江以北的南通的部分地区。

另有更为广义的看法认为，吴歌是产生于吴越两地的民歌，即除了吴歌外，还包括越歌，即“越吟”，也就是以现在绍兴为中心的古代越地的民歌。从吴语系统来看，地域较“自江以南，自浙以西”更为广泛，还包括“江北的南通部分地区、海门、启东及浙江全省”⑤。这一带属于周代的吴国、越国所辖，现在泛称江南地区或江浙地区。因现在“吴越”往往被学者统称或简称为“吴”，所以两地歌谣“吴歌”与“越吟”合在一起，一般被研究者统称为“吴歌”。

杭嘉湖地区属于吴语方言区，在历史上属于吴越地界，是吴越文化的发源地之一。吴越地区一般统称江浙或者江南。以钱塘江为界，可以进一步细分

---

① 郑土有：《吴语叙事山歌演唱传统研究》，上海辞书出版社 2005 年版，第 15—17 页。

② 朱秋枫：《浙江歌谣源流史》，浙江古籍出版社 2004 年版，第 330 页。

③ 杨俊光：《唱歌就问歌根事——吴歌的原型阐释》，苏州大学博士学位论文，2007 年。

④ 顾颉刚：《吴歌小史》，《歌谣》1936 年第 23 期，第 1—8 页。

⑤ 姜彬：《吴歌研究提纲》，《姜彬文集·第 2 卷·专著》，上海社会科学院出版社 2007 版，第 271 页。

成以苏州为中心的吴地和以绍兴为中心的越地。一般来说，浙江属于越地，但是从历史上行政建置来说，就杭嘉湖地区本身而言，更多地属于吴地。作为古吴越交界地带，交汇和融合了吴越两地文化，"叙吴郡志者，曰有太伯辞逊之遗风；志会稽郡者，曰有夏禹勤俭之余习"。因此杭嘉湖地区的文化是一种富有特色的区域文化，又叫江浙文化或江南文化。以太湖为中心，属于吴语方言文化圈。这些地区属同一个"语言文化圈和民俗文化圈"①即吴文化圈，而非某一具体的行政区划。吴歌也就是流传于这一带的民间歌谣的总称，用吴语口语演唱，通常没有伴奏，也就是"徒歌"。

杭嘉湖地区与苏州、无锡、常州、上海等地，春秋战国时期分属于两个诸侯国吴国和越国，"吴越为邻，同俗并土"，"同音共律"，"习俗同，言语通"，一直以来都属于同一个文化区。显然，并不会因为分属不同的三个行政省市以后，相同的地方文化就突然随着行政界线的分开而截然不同。作为地方文化的一个组成部分，在这个区域流传的民歌也是基本一致的。因此，在地域范围内，杭嘉湖蚕歌与苏州白茆山歌、上海青浦山歌、嘉善田歌、湖州山歌一样，都属于吴歌的分支。

简单地说，所谓蚕歌，并非一个特殊的歌体，而是指有关蚕桑内容的吴歌，与其他内容的吴歌有区别，属于吴歌的大范围内。因此，可以说蚕歌历史也就是吴歌历史的一部分。要想追溯蚕歌的起源，必须要从吴歌谈起，藉由吴歌起源和发展来考察蚕歌的发展历程。

时远事湮，作为口头传播为主的吴歌究竟起源于何时，目前没有确切的文献资料可以佐证。传说中商朝末年（公元前 12 世纪），周朝的先祖姬姓周氏族领袖周太王公亶父有三子，第三子季历之子姬昌（后来的周文王）的才能和德行深得太王看重，认为他可以承担起振兴周族的重任，有意通过传位于季历从而能够接着传位于姬昌。但是按照传统的长子继位制度的惯例，太王应该将位置传给长子太（泰）伯。太（泰）伯了解到父亲的心愿后，以大局为重，决定让位于三弟。于是利用父亲生病他要外出采药的机会，携二弟仲雍从黄土高原远赴荆蛮之地，到达现在的以无锡梅里为中心的江南水乡一带，遵从当地习俗，断发文身，以表明自己让位的决心。后来，他高尚的道德品质和卓越的领导能力得到当地人的推崇和爱戴，被推为君长，建立了句吴（也就是后来的周朝吴国的前身）。他"以石为纸，以炭为笔，以歌为教"，将周族诗歌与当地民间歌谣结合起来，用演唱歌谣的形式传播中原地带先进的文化，用文明的德行来

① 郑土有：《吴语叙事山歌演唱传统研究》，上海辞书出版社 2005 年版，第 9 页。

教化吴地乡民。如果这里的“歌”算是吴歌雏形或起源的话，那吴歌历史至少已有3200多年。[①] 因为吴歌刚一出现就被文字记载下来的可能性极小，吴歌实际的出现时间当远早于此。正如顾颉刚先生言：“吴歌究竟起于何时，我们不甚清楚，但也不会比诗经更迟。可是因为诗三百篇的编者只收集了中原和江汉的国风，江以南的吴、越、楚都没有在风雅中占得一席地位。这也许是因为他们蛮夷鴃舌之音，还不足以登中原文化的大雅之堂的缘故。可是这并不能证明吴人没有歌，不会唱。”[②]许伯明先生认为，“大约春秋以前吴歌就已初现，公元前三世纪开始盛行”[③]。

历史上，“吴歈”“吴愉”“吴吟”“吴声”均为吴歌不同的叫法。吴歌即吴人歌谣，《周官》曰：舞云门，奏大吕。言乃复使吴人歌谣，蔡人讴吟，进雅乐，奏大吕，五音六律和调也。

“吴歈”，最早见于《楚辞·招魂》：“宫廷震惊，发激楚些。吴歈蔡讴，奏大吕些。”东汉王逸《楚辞章句》注：“歈、讴，皆歌也。”“大吕，六律名也”。许慎《说文解字》卷八下云：“歈。歌也。”《楚辞·九歌·东皇太一》也有“歌吴歈而楚舞，荐万寿于君王”之句。宋郭茂倩《乐府诗集》引梁元帝[④]《纂要》曰：“齐歌曰讴，吴歌曰歈，楚歌曰艳，浮歌曰哇。”[⑤]也有的解释为：俞，指独木舟，欠，指张口扬声，合起来即是船夫唱的歌即船歌，因杭嘉湖地区为水乡泽国，人们日常出行常常要与船打交道，所以船歌就是吴歌。如前文胡仔所言，杭嘉湖一带的船夫平时经常演唱吴歌，即“吴歈”。

“歈”通“愉”。左思《三都赋·吴都赋》中有“登东歌，操南音。胤《阳阿》，咏韎任。荆艳楚舞，吴愉越吟。翕习容裔，靡靡愔愔”语。其中“愉”五臣作“歈”，唐李善注：“愉，吴歌也。”[⑥]

“吟”，指“吟咏”，本意是指声调抑扬地念，有节奏地诵读，或叹息、痛苦的

---

① 肖东发主编，唐容编著，《吴越人家吴越文化特色与形态》，现代出版社2015年版，第136页。

② 顾颉刚：《吴歌小史》，《歌谣》1936年第23期，第1—8页。

③ 许伯明：《吴文化概观》，南京师范大学出版社1997年版，第131页。

④ 梁元帝：萧绎(508—554)，字世诚。南朝梁皇帝，梁武帝萧衍第七子。《纂要》为萧绎撰，不见于史志著录，今存疑。从内容看，当为唐以后他人伪托。详见易存国：《乐神舞韵：华夏艺术美学精神研究·文献篇》，黑龙江人民出版社2002年版，第266页。

⑤ [宋]郭茂倩：《乐府诗集》卷八十三《杂歌谣辞一》，上海古籍出版社2016年版，第1001页。

⑥ [南北朝]萧统编，[唐]李善等注：《六臣注文选》卷五《吴都赋》，中华书局1987年版，第116页。

声音。《说文解字·口部》:"吟,呻也。从口,今声。"《苍颉篇》:"吟,叹也。"《增韵·侵韵》:"吟,哦也,咏也。"《战国策》卷四《秦二》楚国使者陈轸对秦王说:"王独不闻吴人之游楚者乎?楚王甚爱之,病,故使人问之,曰:'诚病乎?意亦思乎?'左右曰:'臣不知其思与不思,诚思,则将吴吟。'今轸将为王'吴吟'。"① 在这里,"吴吟"应该也是吴地特有的一种歌唱、吟咏方式,亦即吴歌。

晋、南北朝时吴歌也被称为"吴哥""吴声"。《宋书·乐志》里称"吴哥杂曲","哥"即"歌"。《晋书·乐志》里称为"吴声杂曲"。南朝宋刘义庆《世说新语》卷上《言语第二》载:"桓玄问羊孚:'何以共重吴声?'羊曰:'当以其妖而浮。'"② 这里的吴声即是吴歌的意思。羊孚在回答桓玄为什么大家都看重吴地歌曲的问题时说:"应当是因为它既妖媚又轻靡吧。"可见那个时候东晋士大夫中也有部分人对吴歌颇有非议,认为它是妩媚轻浮的靡靡之音。梁元帝萧绎撰写的《金楼子》中曾记载了齐武帝萧赜的一桩逸事:"齐武帝有宠姬何美人死,帝深悽怆。后因射雉登岩石望其坟,乃命布席奏伎,呼工歌陈尚歌之,为吴声鄙曲。帝掩叹久之,赐钱三万,绢二十匹。"这里把"吴声""鄙曲"连用,可见"吴声"大约是指流行于南朝偏远的乡下、民间的野生歌谣。后世的郭茂倩在他编撰的《乐府诗集》中把吴歌列入"清商曲辞"中的"吴声歌曲"类。

姜彬先生在《吴歌研究提纲》中认为吴歌包含三个方面的特征:语言上属于"吴语方言区";地理位置上属于江南水乡;在历史、风俗习惯和文化上大体一致。杭嘉湖蚕歌也符合这些特点。由杭嘉湖建置历史可知,杭嘉湖地区同属于扬州之域,春秋时处于吴越交界处,分属于吴越两国,同处于吴语文化圈。吴越分界,一说以浙江为界。楚威王伐越,"尽取故吴地至浙江"。《太平寰宇记》引《吴地记》载:越国西北界至御儿。今嘉兴崇德县有御儿乡(即现今桐乡濮院的濮水),为吴越分界。御儿乡以北属于吴,以南属于越。作为流行于吴越交界处的杭嘉湖地区的歌谣来说,自然而然地受到吴越两国文化的共同熏陶和影响,成为吴越歌谣的重要组成部分,属于"吴歈""越吟"的混合体。在越被楚打败后,这一地区割地为楚,也不可避免地受到"楚歌"的影响。

第二节　杭嘉湖蚕歌起源

劳动创造了人类和人类文化。文化,作为一种群体性的生活方式,包括物

---

① 顾颉刚:《吴歌小史》,《歌谣》1936 年第 23 期:第 1—8 页。

② [晋]干宝等:《搜神记·世说新语》,华夏出版社 2013 年版,第 143 页。

质文化和精神文化，而歌谣属于精神文化，伴随人类的语言和意识的产生而产生，①早于文字的出现，从远古时期一直伴随着劳作和生活流传至今。

最早的原始歌谣“以表现劳动为主”“直接为劳动服务”②，也就是我们今天所说的“劳动歌”。劳动歌最初来源于劳动呼声。《韩诗·伐木序》说：“饥者歌其食，劳者歌其事。”在生产力极其低下，劳动环境极为恶劣的远古时期，初民们必须通力合作进行集体劳动，才能够得到赖以生存的生活和生产基础资料。为了提高劳动效率、减轻劳动者的疲劳、鼓舞劳动者的情绪，就逐渐开始出现了人们共同口头创造的集体呼声。这集体呼声，就是人类历史上最早和独特的，也是最普遍最基础的诗歌形式——劳动歌。《礼记》郑注说：“古人劳役必讴歌，举大木者呼邪许。”刘安《淮南子》说：“今夫举大木者，前呼邪许，后亦应之，此举重劝力之歌也。”③说明劳动歌源自集体劳动时的呼声。

杭嘉湖蚕歌作为吴歌的一个分支，形成时间很早，在原始社会就已经出现了。所谓“劳者歌其事”，如果说原始人类在抬木头的过程中发出的“邪许”之声，被认为是人类最初的歌谣，也就是最初始的劳动歌，那么，我们有理由认为，在蚕桑劳动生产出现以后就随之出现了有关蚕桑的劳动歌——蚕歌。

我国有文字记录的蚕歌最早见于第一部诗歌总集《诗经》。据杨逸文等统计，《诗经》里有关蚕、桑、丝、绸等描述的蚕歌有 50 首左右。其中十五国风即十五国民歌中有十一国风都有蚕歌收录，共 32 首，即《召南》2 首、《邶风》3 首、《鄘风》4 首、《卫风》2 首、《王风》1 首、《郑风》5 首、《魏风》2 首、《唐风》3 首、《秦风》5 首、《曹风》1 首、《豳风》4 首。此外，《小雅》《大雅》中共有 17 首、《颂》有 3 首。④

这十一国除了召南地区（江汉一带的小国，即现今湖北郧阳、襄阳地区）外，其余全部为北方地区即现在的河南、山西、陕西、山东一带，而杭嘉湖所在的江南地区的蚕歌并没有被收录。这是因为当时中国的政治、经济和文化中心是在以黄河流域为中心的北方，当时杭嘉湖所属的江南吴、越两国相对属于边缘地带，为经济文化较为落后、地理位置相对偏僻的蛮夷之地，其语言也被认为是“南蛮鴃舌之音”，南北语言不通、交流不便，杭嘉湖当地的民歌包括蚕歌自然也不会被记载下来。

---

① 张紫晨：《歌谣小史》，福建人民出版社 1981 年版，第 1—2 页。

② 同上，第 5 页。

③ 乌丙安：《民间文学概论》，春风文艺出版社 1980 年版，第 143 页。

④ 杨逸文等：《〈诗经〉蚕歌杂谈》，《蚕桑通报》2008 年第 2 期，第 64—66 页。

《越绝书》《吴越春秋》等古代文献记载了不少春秋时期吴越两国的民间歌谣，如《渔夫歌》《河上歌》《申包胥歌》《采葛妇歌》等。① 据《吴越春秋・勾践归国外传第八》记载，越王被掳到吴国为奴被放回越国后，卧薪尝胆、发愤图强。为取悦吴王使其放松警惕，使得越国能够暗地积蓄力量，他指派国中男女入山采葛，织成精细葛布十万匹进献给吴国。采葛妇伤越王用心之苦，乃作苦之诗，曰：葛不连蔓棻台台，我君心苦命更之。尝胆不苦甘如饴，令我采葛以作丝。饥不遑食四体疲，女工织兮不敢迟。弱于罗兮轻霏霏，号絺素兮将献之。越王悦兮忘罪除，吴王欢兮飞尺书。增封益地赐羽奇，机杖茵褥诸侯仪。群臣拜舞天颜舒，我王何忧能不移？这首流传于越地的《采葛妇歌》反映了女子采葛做丝、织布的一系列劳动，讲述了在越国战败，竭尽全国之力以精品上供吴国，以求吴王欢心的时代背景下，越国女子采葛织布的辛苦、伤越王复仇之用心良苦，是浙江境内较早的被记载下来的劳动歌。

劳动歌来源于先民们的劳动实践，与人类生存需要的最基本的温饱息息相关，《采葛妇歌》即涉及温饱中的“温”。在古代棉花引进中国以前，上层达官贵人穿的是丝绸，广大底层普通百姓穿的是麻葛布衣。麻布、葛布也叫“越布”，吴越的葛布与岭南的葛布最为著名，一直为历代贡赋。通过《采葛妇歌》，我们可以做个合理的推测：同样作为衣物原料，既然有与葛相关的采葛民歌出现，自然也会有与蚕桑有关的蚕桑民歌存在。正如顾颉刚先生论及吴歌起源一样，绝不能说在《诗经》之前杭嘉湖地区没有蚕歌或者当地的蚕农们不会唱。虽然《诗经》没有记载杭嘉湖地区的蚕歌，但我们可以通过《诗经》中收录的各地蚕桑歌来合理推测：《诗经》成书于距今 2500—3000 年前，应该远远晚于书中蚕歌出现之时。杭嘉湖地区出现种桑养蚕之后，也应该有蚕歌出现和流传。其蚕歌随蚕桑生产而出现的时间，应远远早于蚕歌被记录下来的时间。

第三节 杭嘉湖蚕歌发展史

蚕歌，是蚕乡特有的区域性的民间歌谣，有着极其鲜明的职业特点和地域特点，在蚕桑业兴盛的杭嘉湖地区尤其盛行。杭嘉湖蚕歌作为一种民间的精神活动产品，它的产生和发展，与当时的社会、经济等条件密不可分，与当地的

---

① 许伯明：《吴文化概观》，南京师范大学出版社 1997 年版，第 131 页。

蚕桑生产相一致。经济越发达、蚕桑业越兴盛,蚕歌就越盛行。杭嘉湖蚕歌的发展史,也就伴随着当地长期的蚕桑生产劳动以及蚕桑业的发展。鉴于蚕歌与蚕桑事的关系密切,拟根据蚕桑发展史,结合吴歌的发展史,来追溯蚕歌的发展轨迹。

杭嘉湖地区历代保存下来的关于蚕桑的文献很多,但绝大多数为文人创作。蚕歌历史久远,在上古时代就已产生,远早于文字出现。在杭嘉湖蚕桑业出现并发展的过程中,蚕歌在民间流传很普遍,作为数量庞大的民歌的一种,其数量应该不少,但大部分都在历史的长河中逐渐湮灭了,鲜见于文献记载,因而保存下来的很少。即使有少数文字记录,也并没有专门的著作收集而是零散见各种著作中。这是因蚕歌本身作为民歌的地位低下、流传于乡村,不被主流文化关注的特性所致。究其原因,主要有以下几点:

首先,蚕歌地位低下。

民间歌谣的传播是由它所处的地位决定的,受到上层统治者和底层劳动人民两种因素影响,也就是由占有主导地位的上层士大夫主流文化和处于次要地位的民间俗文化两方面决定的。当代学者认为,由于受传统的儒家思想的影响,民间歌谣一直以来被上层统治者所代表的正统文化所"歧视、轻慢和排斥"。因此产生的数量多,流传下来的少;载入正史时间远晚于文人创作诗歌时间;受民歌影响创作的文人数量少,作品少。[①] 作为民间歌谣,蚕歌如果不符合统治者制定的道德规范或者审美,很容易被忽视甚至人为压制和打击,就会自然湮灭或者被上层强制禁止,无法流传下来。蚕歌的创作者是最底层的广大蚕农,他们的社会地位决定了他们在整个社会中基本没有话语权,作为下里巴人的蚕歌并不受统治者和士大夫重视。相对于流传下来的海量的文人创作诗歌,乡野味十足的民间创作的民谣,虽然数量很多,但基本处于自生自灭的原生状态,流传下来的数量就很少了。历代民歌哪怕被官方许可收录,损失的数量也是惊人的。以《诗经》为例,其保存下来的民歌 160 篇,占《诗经》收录诗歌数量的一半还多,但也仅仅占当时民歌的极小部分,绝大多数民歌"由于统治者与封建文人的偏见、癖好以及劳动者不识字之故,无法全部记存下来,致使这些光辉的古代文化明珠大部分流散、泯亡"[②],蚕歌作为民歌的一种,自然也不例外。

---

① 朱炯远:《中国古代民歌受歧视的现象及起因》,《上海大学学报(社会科学版)》2003 年第 6 期,第 20—23 页。

② 江明惇:《汉族民歌概论》,上海文艺出版社 2004 年版,第 2 页。

其次，蚕歌传播条件的不足。

蚕歌作为一种口头民间文学，口口相传，无实物载体。在过去科技落后的时代，声音不能比较长久地保存，因此很难留下遗迹。我们目前了解到和接触到的蚕歌，大多数是年代比较接近的明清尤其是近代以来一代代劳动者口头传播下来的，以前的绝大多数都湮灭了。流传下来的蚕歌，因传唱者的记忆能力、理解能力等因素，在漫长的历史中时有失真风险，同时由于社会环境的变迁，还会出现众多异文。俗语说得好，"好记性不如烂笔头"，对于口头传唱的歌谣，更有效的保存和传播方式是记载为纸本文献。而纸本文献的生成，又需要一定的基本条件，如记录者必须有一定的文化水平以及必要的兴趣爱好等。而事实是，即使历代统治者都强调蚕桑的重要性，但更多地是出于对经济效益因素的考量。蚕歌作为杭嘉湖乡村蚕桑业的副产品，和其他民歌一样一直处于被忽视的状态。古代读书人追求读圣贤书，为科考做准备，对于民间歌谣往往认为是不登大雅之堂的粗鄙之声，认为其"文辞鄙俚"，基本不会主动去搜集记录，而其创作者为底层阶级的历代蚕农，识文断字者极为罕见，所以由他们记录和保存也是很难实现的。

最后，蚕歌内容本身的限制。

蚕歌内容与所在地区的蚕桑业息息相关，因而具有鲜明的地域特色和职业特色，但恰恰这一点导致其受众面窄和传播区域不广。蚕歌内容比较专业，多限于蚕桑相关生产知识，主要流传于蚕区，地域范围比较窄，因此是一种属于相对"小众"的民间歌谣，显然不会得到普通民众的认可，也就无法在更广的范围内传播与流行。蚕歌在蚕桑区以外的地区几乎得不到流传，受众少，很难传播开来，流传不易。同样是作为流行于吴文化圈的民歌，如明代冯梦龙的民歌集《挂枝儿》《山歌》，记载更多的是其中的情歌，因为情歌是更大众化的歌谣，无关职业、性别，甚至可以说跟所有人相关，受众面广，更易引起心灵和感情上的共鸣，更容易传播。情歌在由乡村传入市镇后，更符合当时蓬勃兴起的市民文化，因而能够流传下来并被文人重视，从而加以采集记录，直至整理出版，形成纸本文献后，就更容易流传与保存。

此外，作为蚕歌传播载体的口语，随着时代的发展而发展，变化而变化，对蚕歌的传播也有一定的影响，不符合社会发展的蚕歌也会逐渐消失。即使流传下来，也受社会环境的影响而改变，很难保持原貌。

鉴于以上原因，我们只能在现存相关文献中寻找有关蚕歌的部分信息。

一、六朝及以前的蚕歌

在蚕歌的发展过程中，南朝、明代及近代是最有代表性的三个里程碑式的时期。如前所述，在六朝以前，吴歌、吴歈、吴愉中有关蚕桑内容的歌谣当是杭嘉湖蚕歌的早期雏形和前身，不过迄今无确切的文字资料佐证，只能从《诗经》等收录的流行于北方的蚕歌中做合理的推断。

杭嘉湖一带蚕桑业历史悠久，但是由于受到社会、经济等因素的多重影响而发展缓慢。全国的蚕桑重点区域一直在黄河中下游地区，魏晋以后蚕桑业才在杭嘉湖地区逐渐成为支柱产业。三国时，孙吴立国江东，虽然战乱频发，但上层统治者们都非常重视保护和推广蚕桑。吴大帝孙权“广开农桑之业，积不訾之储”①，赤乌三年(240)下诏：“自今以来，督军郡守，其谨察非法，当农桑时，以役事扰民者，举正以闻。”②吴景帝孙休曾下《务农桑诏》曰：“今欲偃武脩文，以崇大化。推此之道，当由士民之赡，必须农桑。”孙吴名臣陆逊认为“农桑衣食，民之本业”，在他年轻时出任海昌(今浙江省海宁市)屯田都尉时，曾大力“劝督农桑”③。大臣华覈曾上疏谏吴末帝孙皓不可浮华奢靡、劳民伤财，而要“暂息众役，专习农桑”④。

历史上杭嘉湖地区经历了两次较大规模的人口迁入，这两次人口迁入都对杭嘉湖地区的经济、文化产生了重要影响，其中也包括对蚕桑业的影响，进而影响到蚕歌的发展进程。

第一次人口大量迁入是晋代永嘉之乱后的晋室南渡。先后建都于建康(今江苏省南京市)的东晋、宋、齐、梁、陈等朝代，相对于战火连绵的北方，江南地区社会相对稳定，经济相对繁荣，已经有超越北方的趋势。《宋书·孔季恭列传》称：“江南之为国盛矣。虽南包象浦，西括邛山，至于外奉贡赋，内充府实，止于荆、扬二州。……自义熙十一年司马休之外奔，至于元嘉末，三十有九载，兵车勿用，民不外劳，役宽务简，氓庶繁息，至余粮栖亩，户不夜扃。盖东西之极盛也。……地广野丰，民勤本业，一岁或稔，则数郡忘饥。会土带海傍湖，良畴亦数十万顷，膏腴上地，亩值一金，鄠杜之间，不能比也。荆城跨南楚之

---

① [晋]陈寿撰，[宋]裴松之注：《三国志》卷六十五《华覈传》，中华书局1959年版，第1465页。

② [晋]陈寿撰，[宋]裴松之注：《三国志》卷四十七《吴主传第二》，中华书局1959年版，第1144页。

③ [晋]陈寿撰，[宋]裴松之注：《三国志》卷五十八《陆逊传》，中华书局1959年版，第1343页。

④ [晋]陈寿撰，[宋]裴松之注：《三国志》卷六十五《华覈传》，中华书局1959年版，第1468页。

富，扬部有全吴之沃，渔盐杞梓之利，充仞八方，丝绵布帛之饶，覆衣天下。”①北方人南下带来了先进的养蚕技术，促进了杭嘉湖所在的江南地区蚕桑业的发展。宋武帝刘裕“劝课耕桑，使宫内皆蚕”②，宋文帝刘义隆重视蚕桑，于元嘉二十一年(444)下诏：“凡诸州郡，皆令尽勤地利，劝导播殖，蚕桑麻纻，各尽其方，不得但奉行公文而已。”③地方官员也大力推广。南朝宋山谦之《吴兴记》载：“昔太守周敏，令人种桑艺麦，百姓赖之。”④

经济的进一步繁荣带来百姓生活的相对富裕闲适，由此给人们带来更进一步的精神追求。当时的社会一片歌舞升平之象，《南史·循吏传》序中写到，宋武帝时“凡百户之乡，有市之邑，歌谣舞蹈，触处成群，盖宋世之极盛也”。齐高帝时“十许年中，百姓无犬吠之惊。都邑之盛，士女昌逸，歌声舞节，袨服华妆。桃花渌水之间，秋月春风之下，无往非适”⑤。由北方迁来的魏晋豪门大族，追求个性独立、精神自由，沉溺于逸乐、喜吟风弄月；南朝宋统治者多属于行伍出身的“匹庶”阶层，吴地平易近人、清丽婉转的民歌，就非常符合他们的审美需求，深受其喜爱和推崇。于是官方下令大规模采集改编民歌，加以配乐，编成乐舞，从民间到宫廷，一时影响巨大。吴歌，从不登大雅之堂、流行于民间的徒歌到被采集、改编、加工“被之管弦”，广泛流行于城市和宫廷、世家大族之间，⑥由大俗变为大雅，开始快速发展起来。

吴歌作为一种歌体被文字记载，首见于南朝梁沈约(441—513)所著的《宋书·乐志》：“吴哥杂曲，并出江东，晋、宋以来，稍有增广。……子夜哥……凤将雏哥……前溪哥……阿子哥……懊憹哥……，凡此诸曲，始皆徒哥，既而被之弦管。”⑦唐房玄龄(579—648)主持撰写的《晋书·乐志》基本沿袭了这种说法，与《宋书·乐志》的相似，不过其中几个用词稍有不同：“江东”改为“江南”，“晋宋”改为“东晋”，“弦管”改为“管弦”——“吴歌杂曲并出江南，东晋以来，稍有增广。……凡此诸曲，始皆徒歌，既而被之管弦。”⑧这里的江东、江南即现

---

① [梁]沈约：《宋书》卷五十四《孔季恭羊玄保沈昙庆列传》，中华书局 1974 年版，第 1540 页。

② [梁]沈约：《宋书》卷九十九《二凶传》，中华书局 1974 年版，第 2424 页。

③ [梁]沈约：《宋书》卷五《文帝本纪》，中华书局 1974 年版，第 92 页。

④ [南朝宋]山谦之：《吴兴记》，《丛书集成续编》229 史地类，新文丰出版公司 1989 年版，第 196 页。

⑤ [唐]李延寿：《南史》卷七十《循吏》，中华书局 1975 年版，第 1696—1697 页。

⑥ 朱秋枫：《浙江歌谣源流史》，浙江古籍出版社 2004 年版，第 69 页。

⑦ [梁]沈约：《宋书》卷十九《乐一》，中华书局 1974 版，第 549—550 页。哥同歌。

⑧ [唐]房玄龄等：《晋书》卷二十三《乐下》，中华书局 1974 年版，第 716—717 页。

在的江南一带。宋郭茂倩《乐府诗集》卷四十四《清商曲辞》题解中引用《晋书·乐志》上述观点并进一步解释吴歌起源于永嘉南渡后："盖自永嘉渡江之后，下及梁、陈，咸都建业，吴声歌曲起于此也。"①

"乐府"，是掌管音乐的官署，主要功能是收集整理歌词、制作乐谱、编排舞蹈等。最早成立于秦代，西汉汉武帝时期沿袭了这个名称并大规模扩建，采集了大量歌词，加以编配乐曲，用于娱乐和祭祀。这些歌词中一种是收集的民歌，有些经由文人润色改编；一种是组织文人创作的诗歌，后来这两种歌词统称为"乐府""乐府诗""乐府歌辞"等，乐府也从官署名称变成一种诗体的名称。南北朝时官方仍然大量收集民间歌谣以及文人创作的诗歌，包括两汉时的乐府诗。在收集的南朝吴歌中，有部分即为蚕歌。因当时人们的喜好和社会风气的影响，记载下来的蚕歌多为情歌。如《乐府诗集》辑录的民歌《子夜歌》四十二首(晋宋齐辞)中的几首：

见娘喜(一作善)容媚，愿得结金兰。空织无经纬，求匹理自难。

始欲识郎时，两心望如一。理丝入残机，何悟不成匹。②

前丝断缠(一作成)绵，意欲结交情。春蚕易感化，丝子已复生。③

《子夜四时歌》春歌其四：

妖治颜荡验，景色复多媚。温风入南船.织妇怀春意。④

《子夜四时歌》夏歌其七：

田蚕事已毕，思妇犹苦身。当暑理絺服，持寄与行人。

其十七：

春倾桑叶尽，夏开蚕务毕。昼夜理机缚，知欲早成匹。

---

① [宋]郭茂倩：《乐府诗集》卷四十五《清商曲辞二》，上海古籍出版社 2016 年版，第 570 页。

② 同上，第 571 页。

③ 同上，第 572 页。

④ 同上，第 573 页。

《七日夜女歌》九首之五：

婉娈不终夕，一别周年期。桑蚕不作茧，昼夜长悬丝。①

这几首歌都采用了吴歌最常见和最典型的谐音、双关的修辞手法，如以“匹”隐喻“匹配、匹偶”，以“丝”喻“思”等。

上述歌谣均属于吴声歌曲，流行于吴语地区。有文字资料可以确定的、真正地域意义上的杭嘉湖地区最早的蚕歌应该是吴歌中的《前溪歌》②。

《前溪》是一种曲调，为吴声十曲之一。《乐府诗集》引《古今乐录》云：“吴声十曲：一曰《子夜》，二曰《上柱》，三曰《凤将雏》，四曰《上声》，五曰《欢闻》，六曰《欢闻变》，七曰《前溪》，八曰《阿子》，九曰《丁督护》，十曰《团扇郎》，并梁所用曲。……又有《七日夜》《女歌》《长史变》《黄鹄》《碧玉》《桃叶》《长乐佳》《欢好》《懊恼》《读曲》，亦皆吴声曲也。”③

《宋书·乐志》载：“《前溪歌》者，晋车骑将军沈充所制。”④郗昂《乐府解题》曰：“《前溪》，舞曲也。”⑤

南朝宋山谦之《吴兴记》载：后溪在市北，东出余不亭。晋车骑将军沈充作前溪歌曲。传者以为指此溪也。⑥

《大唐传载》云：湖州德清县南前溪村，前朝教乐舞之地。今尚有数百家，尽习音乐，江南声妓，多自此出，所谓“舞出前溪”者也。⑦

《太平御览》卷六十七《溪》记载：“《吴兴记》曰：前溪在县南，东流入太湖，谓之风渚，夹溪悉生箭箬。后溪在市北，东出余不亭。晋车骑将军沈充作前溪

---

① [宋]郭茂倩，《乐府诗集》卷四十五《清商曲辞二》，上海古籍出版社2016年版，第587页。

② 朱秋枫：《浙江歌谣源流史》，浙江古籍出版社2004年版，第235页。

③ 同①，第570—571页。此处的“《七日夜》《女歌》”，似应为“《七日夜女歌》”。

④ [梁]沈约：《宋书》卷十九《乐一》，中华书局1974年版，第549页。沈充原名玧，《宋书》因形近误为“玩”，其他文献均为“充”，中华书局出版时校勘为“充”。

⑤ 同①，第584页。

⑥ [南朝宋]山谦之：《吴兴记》，《丛书集成续编》229史地类，新文丰出版公司1989年版，第197页。《太平御览》言《吴兴记》曰：前溪在县南，东流入太湖，谓之风渚。夹溪悉生箭箬。但《吴兴记》并未见这一句，存疑。

⑦ [唐]阙名：《大唐传载》，陶敏：《全唐五代笔记》，三秦出版社2012年版，第1856页。原名《传载》，宋人加上大唐二字，认为作者为于兢。

歌曲。传者以为指此溪也。”[①]《太平寰宇记》载:“前溪,在县西一百步。前溪者,古永安县前之溪也。今德清县有后溪也。邑人晋沈充家于此溪。乐府有《前溪曲》,则充之所制,其词曰:当曙与未曙,百鸟啼忩忩。后宋少帝续为七曲,其一曲曰:忧思出门户,逢郎前溪渡;莫作流水心,引新都舍故。”[②]

宋胡仔《苕溪渔隐丛话》后集卷二中说:“于竟《唐传》:湖州德清县南前溪村,则南朝习乐之处。今尚有数百家习音乐,江南声妓,多自此出,所谓舞出前溪者也。”[③]

明董斯张《吴兴备志》卷三二云:“《前溪歌》晋车骑将军沈充作,见山谦之《吴兴记》。”

沈充(? —324),原名玧,字士居,吴兴武康(今湖州德清县)人。年轻时喜欢读兵书,以雄豪闻名于乡里。为王敦下属参军、车骑将军,后随王敦叛乱,败归,被部将所杀。

德清县原属武康地,唐天授二年(691)析武康东境置德清县。所以德清前溪就是武康前溪,即沈充家乡所在地。

武康沈氏为吴兴名门大族,一向有“江东之豪,莫强周沈”的说法。沈充经济实力极为雄厚,据《晋书 · 食货志》记载:“晋自中原丧乱,元帝过江,用孙吴旧钱,轻重杂大者谓之比轮,中者谓之四文。吴兴沈充又铸小钱,谓之沈郎钱。”在当时社会纵情声色的风气的影响下,官员们经常被皇帝要求编制舞曲,沈充也颇有一定的音乐素养,在家乡民歌的影响下,能够编制新的舞曲《前溪歌》流传。[④]

乐史《太平寰宇记》载宋少帝将《前溪歌》续为七首。王云熙先生认为,这是非常可信的。但即使是宋少帝作品,歌词也不一定是宋少帝所作,而更可能是把采集来的民歌加以润色,再谱曲而成。上层阶级采撷民歌加以润色,把它谱上乐曲可称为“制”[⑤],因此郭茂倩将《前溪歌》收入《乐府诗集》时,也没有注明歌词作者是沈充,没有用“作”,而只是用“制”,也就是默认是民间歌谣。朱秋枫先生也

---

① [宋]李昉:《太平御览》卷六十七《池溪壑》,中华书局 1960 年版,第 321 页。按:《太平御览》上海古籍出版社 2008 年版第 680 页,此部分内容为“前溪在县东南,流入太湖,……稜溪在市北”。

② [宋]乐史撰,王文楚等点校:《太平寰宇记》卷九十四,中华书局 2007 年版,第 1888 页。

③ [宋]胡仔:《苕溪渔隐丛话后集》卷二,中华书局 1985 年版,第 429 页。此处“竞”应为兢,《唐传》亦即《大唐传载》。

④ 王运熙:《乐府诗述论》,《王运熙文集》,上海古籍出版社 2014 年版,第 45 页。

⑤ 同上,第 46 页。

认为沈充“应该是填词,可能包含着加工润色、歌句编排增删等手段。又因为是舞曲,也可能包括与现今编舞者说的改编、编创等二度创作方面的内容”①。可见《前溪歌》歌词不一定是沈充或宋少帝个人创作,更有可能是在采集的武康当地的民歌基础上的改编,属于真正的民间歌谣。

《前溪歌》共七首,所包含的内容比较丰富,其中第四、第五首涉及蚕桑,描写桑园里的采桑女思念情郎,类似现在的蚕歌中的情歌,可以称其为当时的“蚕歌”。

逍遥独桑头,北望东武亭。黄瓜被山侧,春风感郎情。

逍遥独桑头,东北无广亲。黄瓜是小草,春风何足(一作处)叹,忆汝涕交零。②

对这两首歌,朱秋枫先生在其《浙江歌谣源流史》中有这样一段分析:“在采桑的自由天地里,‘逍遥’含有不受父母兄嫂监视之意。‘独桑头’可以理解为‘独自一人在桑园地头采桑’,也可理解为‘独自一人爬在高高的桑树上采叶,观赏景色’。……‘逍遥独桑头’不仅是采桑劳动的具体描写,而且还是采桑女爱情生活的自由天地。”③

结合流传至今的流传于杭州一带的蚕歌《采叶姐》、桐乡蚕歌《采桑谣》来看,名为采桑,实为采桑女思念情郎或者与情郎在桑园约会。这种现象由来已久,历代在民歌中多有反映,与《前溪歌》的描述可谓古今一体,颇有渊源。

二、唐宋时期的蚕歌

在唐代,掌管音乐的机构为太乐署,无乐府。唐太宗时期,六朝传下来的吴歌被官方认定为“雅乐”。由于南朝流行的乐府诗的巨大影响,许多著名诗人都仿乐府作了不少诗作。如李白仿《子夜歌》作《子夜吴歌》春夏秋冬篇。刘禹锡也仿吴声即吴歌体作乐府诗《三阁辞四首》(吴声)等。④

唐时,全国的政治中心在现陕西西安和河南洛阳一带。但随着南方地区的不断开发和发展,经济中心越来越南移,此时的江南地区经济得到了很大的

① 朱秋枫:《浙江歌谣源流史》,浙江古籍出版社 2004 年版,第 69 页。

② [宋]郭茂倩:《乐府诗集》卷四十五《清商曲辞二》,上海古籍出版社 2016 年版,第 584 页。

③ 朱秋枫:《浙江歌谣源流史》,浙江古籍出版社 2004 年版,第 236 页。

④ [唐]刘禹锡著,瞿蜕园校点:《刘禹锡全集》,上海古籍出版社 1999 年版,第 187 页。

发展,杭嘉湖所在的太湖流域和钱塘江流域已经成为桑蚕主产区了。但是,除了诗人仿作的有关蚕桑的乐府诗外,并没有见到更多的民间流传的蚕歌载于文献。原因之一是自东晋以来久负盛名的南朝吴歌《子夜》《欢闻》等到了唐代依旧历久不衰①,可见流传下来的相关的蚕歌内容应该变化不大。不过从结构上已开始由五言四句向七言四句转变。此外,这一时期的政治中心在北方,杭嘉湖蚕歌被采集、收录的机会较少也是原因之一②,与《诗经》时代没有收录杭嘉湖地区民歌的原因类似。

五代十国时,战乱纷争,吴越国王钱镠奉行"保境安民"的策略,吴越境内"广种桑麻""遍开荒亩",杭嘉湖地区的蚕桑业得到了进一步的发展。

宋郭茂倩编辑整理了汉至唐代的乐府诗为《乐府诗集》,从曲调的角度把乐府诗分为《郊庙歌辞》《燕射歌辞》《鼓吹曲辞》《横吹曲辞》《相和歌辞》《清商曲辞》《舞曲歌辞》《琴曲歌辞》《杂曲歌辞》《近代曲辞》杂歌谣辞和新乐府辞等十二大类;其中《清商曲辞》类就包括吴声(吴声歌曲)和西曲两种。吴声就是南朝民歌即吴歌,作为一个专门分类而收录进去。蚕歌作为吴歌的一种,从此在中国文学史上占有了一席之地。

杭嘉湖地区第二次较大的人口迁入是北宋末年的建炎南渡。随着南宋定都于临安,杭嘉湖一带因而成为京畿之地,成为全国的文化中心。经济发达、文化昌盛,蚕桑业开始快速发展,杭嘉湖地区逐渐成为全国著名的蚕桑丝织业中心,同时带来的还有官府对蚕桑税收的加重,蚕农的负担日益沉重。

总的来说,宋元时期的民歌不及唐代,处于相对的低潮,多苦歌、讽歌和反歌,反映了尖锐复杂的阶级斗争和民族矛盾。③ 这种背景下产生的蚕歌,自然也受到了一定的影响,反映了当时残酷的社会现实和蚕农的悲惨生活。

如下面这首《采桑曲》,据说流行于南宋时临安一带,收入南宋郑起的诗集《清隽集》:

晴采桑,雨采桑,田头陌上家家忙。
去年养蚕十分熟,蚕姑只着麻衣裳。④

---

① 李西林:《唐代音乐文化研究》,文化艺术出版社 2014 年版,第 229 页。

② 巴兆祥:《中国民俗旅游》新编第 2 版,福建人民出版社 2013 年版,第 253 页。

③ 余甲方:《简明中国古代音乐史》,复旦大学出版社 2017 年版,第 256 页。

④ [宋]郑震撰,[元]仇远选:《三山郑菊山先生清隽集》,《四部丛刊续编》集部,上海书店 1985 年版,第 17 页。

郑起(1199—1262),原名震,字叔起,号菊山,福建连江人。早年科举不利,遂潜心理学。客居临安(今浙江杭州市)三十余年,后徙居苏州,逝后葬于甑山西陇。他先后主持於潜、诸暨、萧山县学,主讲和靖、安定书院、平江府学、无锡县学等。曾注《易》,著有《倦游稿》。元代的仇远选其诗四十首辑为《清隽集》。①

根据郑起的经历来看,他的一生超过一半的时间都在杭州及其周边地区生活,主持当地各县学,应该可以接触到最基层的当地蚕农,比较熟悉当地蚕桑事。因此,从《采桑曲》收入《清隽集》来看,《采桑曲》可能是郑起观察和熟悉周围农村蚕桑事,有感而发后,自己创作的作品,但也可能是记录下来的当地流行的与蚕桑相关的民歌。关于这一点,有些学者认为是后者。② 而根据过伟《吴歌研究》记载,现在这首歌作为民歌,流行于上海虹口区。③ 不过因其诗集里并未特别说明来源或创作经过,目前还没有确切的资料表明这首诗一定是民歌。

《采桑曲》前两句描写了蚕农早晚采桑辛勤劳作的情景,后两句描写了当时不公平的社会现实:蚕姑辛辛苦苦养蚕,织出华贵美丽的丝绸,自己却穿不起,只能穿粗陋的麻布衣裳。与宋代张俞《蚕妇》中的“遍身罗绮者,不是养蚕人”有异曲同工之意。

与郑起同时代的南宋著名江湖诗人戴复古(1167—1248?),也曾写过类似的诗《织妇叹》:“春蚕成丝复成绢,养得下蚕重剥茧。绢未脱轴拟输官,丝未落车图赎典”“一春一夏为蚕忙,织妇布衣仍布裳,有布得着犹自可,今年无麻愁杀我!”这两首诗描写了当时蚕农在重税与高利贷双重压迫下的悲惨命运。蚕农养蚕非常辛苦,但是收成都用来上缴官府的苛捐杂税,或者用于赎回为了生活被迫典当出去的物品,生活仍然很贫苦。尤其是第二首描写的情景,与《采桑曲》所表现的主题极其相似:织妇辛勤两季养蚕织绢,但生活依旧贫困,不要说绫罗绸缎,有布衣穿就已经很不错了,今年甚至连麻都没有,连麻布衣都穿不上了。可以看出来他们都有着深深的悯农思想,对于

---

① 郑起子郑思肖所作《家传》云:得诗十五篇。吕留良解释为:此盖流落交游间者,所南未之见也。详见吕留良、吴之振、吴自牧选;李宣龚校:《宋诗钞》,上海商务印书馆 1935 年版,第 2575 页。

② 详见马骧:《浙江民歌概述》,《中国民间歌曲集成·浙江卷》,人民音乐出版社 1993 年版,第 8 页;朱秋枫:《浙江歌谣源流史》,浙江古籍出版社 2004 年版,第 236 页。

③ 过伟:《吴歌研究》,古吴轩出版社 2011 年版,第 18 页。

蚕农经受的不公平遭遇深感同情。虽然第二首采用织妇口吻，但仍然是文人作品，非民歌。

自古以来，民歌就滋养了文人的诗歌创作，两者很多情况下互相影响。如唐代诗人刘禹锡受巴蜀地区民歌的启发和影响，创作了“竹枝词”这种诗体。其中广为人知的一首为：“杨柳青青江水平，闻郎江上踏歌声。东边日出西边雨，道是无晴却有晴。”后两句流传甚广，一直到宋代，湖州一带的船夫唱的山歌(吴歌)里还有这两句。所以《采桑曲》这首歌究竟是郑起记录的当地民歌，还是他本人创作的诗歌因为通俗易懂而传播到民间，一直传唱到今天而经久不衰，仍然不好下一个确切的结论。

仅从词句来讲，这首诗的语言风格跟《清隽集》中其他诗作比较起来有很大的不同，语言明白如话，朗朗上口、质朴简洁，是典型的“吴歌格”，即七言四句民歌结构，颇具吴歌风采。即使这首歌不是民歌而是他自己的创作，也说明当时杭嘉湖地区繁荣的蚕桑事和蚕桑歌谣已经深深地影响到了文人的文学创作。

这两次大规模人口迁入，对江南的社会、经济和文化影响巨大。在经济和文化上，既使蚕桑业有了巨大发展，又对吴歌和蚕歌的发展及整理有着积极的推动作用。

三、明清时期的蚕歌

杭嘉湖地区蚕桑业经历了宋代的大力发展后，到明代尤盛，清代达到鼎峰。历代统治者极为重视并大力提倡蚕桑。《明史・食货志》载，明高祖朱元璋即位后，大力发展蚕桑业，下令“天下凡民有田五亩至十亩者，栽桑麻木棉各半亩，十亩以上倍之。不种桑罚每年出绢一匹”。据《明会要・农桑》记载，朝廷下令百姓务必多栽桑树，如果完不成规定的植桑数量，就要发配云南等地充军。因此当时蚕桑业发展很快，湖州一带“自墙下、檐隙，以暨田之畔、池之上，虽惰农无弃地者”[①]。到明中后期，江南一带成为颇具盛名的富庶之地，杭嘉湖地区已经成为全国蚕桑业和丝织业最为兴盛和发达的地区。

清初，为弥补连年战争的损失，政府采用休养生息的政策，大力推广蚕桑。康熙《德清县志》记载：“今邑中穷乡僻壤无地不桑，季春孟夏时无人不蚕。男

---

① [清]汪曰桢撰，蒋猷龙注释：《湖蚕述注释》，农业出版社 1987 年版，第 15 页。

妇昼夜勤苦，始获茧丝告成，输课完租，聊给衣食。”[①]包括杭嘉湖在内的江南蚕桑业在清前期已居全国之冠，后期甚至出现了以蚕桑为主业、稻作为副业的现象。咸丰年间举人、乌程(今湖州)人汪曰桢在《湖蚕述》自序中写道：蚕事之重久矣，而吾乡为尤重，民生利赖，殆有过于耕田。[②]

清代统治者对杭嘉湖地区蚕桑的重视，从他们针对本地区蚕桑业而作的部分诗文中可见一斑。康熙三十八年(1699)，玄烨在第三次南巡后写了一篇《桑赋》，其序云：“朕巡省浙西，桑林被野。天下丝缕之供，皆在东南，而蚕桑之盛，惟此一区。”[③]他在南巡时，看到当地兴旺发达的蚕桑业，有感而发写了很多首与此地蚕桑事相关的诗。如康熙二十八(1689)年的《禾中道上》：“两岸人家半种桑，雨中人望尽苍茫。民间本业惟农织，爱看山村共水乡。”康熙三十八(1699)年的《浙省道上抒怀》：“遍野农桑绕翠旌，畦边童叟带云耕。”以及《桑林乍绿蚕事方兴诗以嘉之》：“弥望桑林吐叶，垂枝嫩碧初匀。竹舍正殷蚕务，天工雨露维均。”《晓发嘉兴》：“数里城依水，千门路向田。菜塍无近远，桑岸互绵连。”[④]

弘历对浙江省尤其是杭嘉湖一带的蚕桑业也非常重视，乾隆七年(1742)曾作《闻浙省蚕缫甚盛喜而有作》：“重穀心殷并重桑，缫檐葚陌廑筹量。星辉天驷徵殊瑞，闻道吴蚕熟倍常”“浙土从来桑做田，宜晴宜雨养蚕天。女红并与农功溥，卒岁常吟七月天”。乾隆十六年(1751)南巡时又作《舟过嘉兴》：“夹岸桑林数十里，果然蚕事此邦多。”[⑤]《嘉兴道中杂咏》：“横塘十里尽桑麻，漂絮缫丝共作家。舞榭绮罗都出此，吴侬漫笑不栽花”“迎銮男妇两隄旁，鞠跽劝呼翳樨桑。嫩绿遥看未抽叶，所欣不致悮蚕忙”[⑥]。《经嘉兴问蚕事未兴因而有作》：“杭嘉湖三府，蚕事最盛者。夹岸种女桑，弥望无高下。时节未谷雨，摊乌尚早也。三眠已不悮，何虑缫丝寡。”[⑦]乾隆二十二年(1757)作《过石门县》：

---

① [清]侯元棐等修，[清]王振孙等纂：《德清县志》卷四《食货考·农桑》，成文出版社有限公司1983年版，第165—166页。

② [清]汪曰桢撰，蒋猷龙注释：《湖蚕述注释》，农业出版社1987年版，第15页。

③ [清]龚嘉儁修，[清]李榕纂：民国《杭州府志》首卷之一《宸章》，《中国方志丛书·华中地方·浙江省》第一九九号，成文出版社有限公司1974年版，第23页。

④ [清]许瑶光等修，[清]吴仰贤等纂：光绪《嘉兴府志》卷首二《天章》，中国地方志集成浙江府县志辑12，上海书店出版社1993年版，第23页。

⑤ 同上，第28页。

⑥ 同上，第29页。

⑦ [清]许瑶光等修，[清]吴仰贤等纂：光绪《嘉兴府志》卷首二《天章》，中国地方志集成浙江府县志辑12，上海书店出版社1993年版，第29页。

“策马石门县，观民度石城。……寸土桑麻地，万家弦诵声。”石门县就是今天的嘉兴市下属的县级市桐乡市。

乾隆时期，官府下令编辑了《授时通考》，以农桑部分结尾，表明了政府对农桑的重视，同时还督促各省改进养蚕法。[①] 同光年间，为修复太平天国运动的战争创伤，地方官员发起劝课农桑，亲自或者委托当地人大量编撰蚕桑文献，以供宣传和分发蚕农使用。戊戌变法后，光绪皇帝发起蚕政，各地纷纷建立蚕桑局、蚕学馆等，引进西方先进的养蚕技术，翻译西方大量蚕桑著作。[②] 这一系列措施极大地推进了蚕桑的生产，杭嘉湖蚕桑业地位更加重要，成为全国举足轻重的蚕桑中心。

明清时期是吴歌发展的高峰期。上承南朝吴声歌曲，下启晚清以来的民歌。[③] 在此之前，吴歌孕育了俗曲小调等；在此以后，俗曲小调又影响了吴歌的发展。明以后流传下来的吴歌很多都有明清时期俗曲小调的影子。与杭嘉湖地区蚕桑事业兴盛相对应，蚕歌此时也达到最为成熟和繁荣的时期，流传于蚕区的蚕桑歌谣随着蚕桑业的发展而繁荣，被一代代蚕农传唱至今。同时也引起了一批文人的重视和接受，从而将流传的蚕歌搜集和记录下来，并加以整理、印刷出版发行，才得以有文本文献流传至今。

明中叶以后，江南一带商品经济非常发达，已经出现了资本主义萌芽。社会分工进一步细化，市民阶层崛起，市民文化开始兴盛。大量农民从乡村流入市镇从事手工业等，如蚕桑业的缫丝工、织绸工等。主要流行于乡村的山歌、小调开始流传到市镇，根据当时市民的审美需求加以改编、配乐，衍变成了俗曲小调，吴歌发展到最为兴盛的时期。这时期，地无南北，人无男女，俗曲风行全国各地，盛况空前。很多俗曲小调被编成歌集刊刻，流行于市井民间。明沈德符《万历野获编》卷二十五“时尚小令”条载：“……嘉隆间乃兴闹五更、寄生草、罗江怨、哭皇天、乾荷叶、粉红莲、桐城歌、银纽丝之属，自两淮以至江南，渐与词曲相远。……比年以来，又有打枣竿、挂枝儿两曲，其腔调约略相似，则不问南北，不问男女，不问老幼良贱，人人习之，亦人人喜听之，以至刊布成帙，举世传诵，沁人心腑。其谱不知从何来，真可骇叹。”

---

① 陈树平、苏金花、赵慧芝：《明清农业史资料(1368—1911)》，社会科学文献出版社 2013 年版，第 438—439 页。

② 高国金、盛邦跃：《同光之际劝课蚕书的撰刊与流传》，《中国农史》2013 年第 4 期，第 122—133 页。

③ 过伟：《吴歌研究》，古吴轩出版社 2011 年版，第 10 页。

吴歌是南方山歌的代表。明代著名诗人和学者、余杭塘栖人卓人月(字珂月)对吴歌评价甚高:“我明诗让唐、词让宋、曲又让元。庶几吴歌、挂枝儿、罗江怨、打枣竿、银铰丝之类,为我明一绝耳。”①可见在卓人月的心目中,吴歌等民歌堪与唐诗、宋词、元曲比肩。这种来源于基层的民歌继南朝、宋代之后,再一次大规模进入当时的知识分子的视野,被给予高度正面的评价,并先后被采集辑录成山歌集,保留了重要的民间文学和民俗资料。其中对此贡献最大、最为著名的学者就是苏州人冯梦龙(1574—1646)。冯梦龙才华横溢,却屡屡科场失意,57 岁才补为贡生,61 岁得任福建寿宁县令,一生大部分时间都生活在苏州。苏州商品经济发达,市民文化盛行,因此冯梦龙得以大量地接触到底层社会和市民阶层,产生了与传统儒家思想截然不同的“叛逆”思想,对民歌这样的俗文学大加赞赏,认为其是至性至情、毫不造作的“真情”之作,②认为“但有假诗文,无假山歌”③。他采录宋元至明代中叶流传在民间的大量吴歌,用原汁原味的吴语记载,编辑成《挂枝儿》(童痴一弄)《山歌》(童痴二弄)等吴歌集。其中《山歌》中绝大部分为情歌,无论是市镇还是乡村,两性情感总是永恒的话题,更易传播,因此情歌数量惊人也就不难理解了。

《山歌》中有一部分内容为与蚕桑相关的蚕歌,同时也是情歌。苏州与杭嘉湖同属太湖流域,习俗、文化基本一致,因此这些山歌中的大部分也流行于杭嘉湖一带,杭嘉湖地区流传至今的蚕歌中很多都是明清时期流传下来的,相当一部分蚕歌都可以从《山歌》中找到当年的影子。

如《睃》(卷一《私情四句》):

思量同你好得场骇,弗用媒人弗用财。
丝网捉鱼尽在眼上起,千丈绫罗梭里来。④

《打双陆》(卷一《私情四句》):

姐儿窗下织白罗,情郎搭子我里个人打双陆。
只听得我里个人口里说道把住子门捉两个,

---

① [明]陈宏绪:《寒夜录》,中华书局 1985 年版,第 6 页。

② 郑土有:《吴语叙事山歌演唱传统研究》,上海辞书出版社 2005 年版,第 17 页。

③ [明]冯梦龙:《山歌》序《叙山歌》,江苏古籍出版社 2000 年版。

④ [明]冯梦龙:《山歌》,江苏古籍出版社 2000 年版,第 1 页。

吓得我满身冷汗手停梭。①

《要》(卷四《私情四句》):

郎种荷花姐要莲,姐养花蚕郎要绵。
井泉吊水奴要桶,姐做汗衫郎要穿。②

以上均为与蚕桑丝绸相关的情歌,基本采用了吴歌常见的谐音双关修辞手法,如"丝"代"思","梭"代"睃"(斜着眼睛看)。有些虽然与蚕桑丝绸无关,但其中的部分内容却成为流传至今的杭嘉湖蚕歌的一部分。如《争》(卷四《私情四句》):

一朝迷露一朝霜,镜台前手冷懒梳妆。
披头散发听娘争嚷,耍般样天气我无郎。
娘道囡儿呀,你弗要慌来弗要忙,
我教爹去寻媒话你个郎。
六十岁做亲八十岁死,还有廿年夫妇好风光。
囡道娘呀,我也弗慌来也弗忙,
也弗要爹去寻媒话我个郎。
爹爹也弗要来娘房里去,哥哥也弗许听个嫂同床。
争娘弗过听个外婆争,你几岁上贪花养我个娘?
娘几岁上贪花养子我?小阿奴奴几岁上养外甥?
外婆道,囡儿弗要听我争,
我十六岁贪花养子你个娘,
娘十七岁贪花养子尔,外甥十八正当争。③

第二、三段,是20世纪20年代顾颉刚采集到的一首吴歌《十八岁小娘半夜里哭》的异文:

① [明]冯梦龙:《山歌》,江苏古籍出版社2000年版,第11页。
② 同上,第40页。
③ 同上,第45—46页。

十八岁小娘半夜里哭，哭得爹娘懑急昏。
"搭偕[1]东村头上泰山叔婆笃第三位囡儿，
同年，同月，同出世，
俚朝朝抱出小孩郎！"
"倷覅[2]哭哉，覅发慌，
请倷爹爹转来勿论穷富配成双。
要拌[3]私房娘窝里[4]拌。"
"我弗拉里哭，勿拉里慌！
我拌子私房买棺材；拌子衣衫下棺材！
哥哥覅搭嫂同床，爹爹覅来进娘房，
三人打得团团转，大家做个活孤孀！"[5]

这与1980年在余杭一带采集的蚕歌《采叶姐》的部分母女对话的段落极为相似："娘老子介娘来，房间隔开倒无妨，只要阿爸勿进姆妈房，哥哥勿睡嫂嫂床""囡儿子呀囡儿子，六十岁介寿，四十岁上做媳妇，还有廿年好夫妻"。可见现在的《采叶姐》应该是脱胎于这类歌而从明代一直流传到今天的。

另外一首《操琴》(卷七《私情杂体》)：

姐在房中织白绫，郎来窗外手操琴。
琴声嘹亮，停梭便听，一弹再鼓，教人动情。
姐道郎呀，小阿奴奴好像七弦琴上生丝线，
要我郎君怀抱作娇声。[6]

这首歌流传到现在，内容演变成类似于现在流传于安吉的一首蚕歌《心思不定乱抛梭》：

---

① 搭偕：与、和。
② 覅：不要。
③ 拌：藏。
④ 窝里：家中。
⑤ 顾颉刚等辑，王煦华整理：《吴歌·吴歌小史》，《吴歌甲集》，江苏古籍出版社1999年版，第69页。
⑥ [明]冯梦龙：《山歌》，江苏古籍出版社2000年版，第78页。

郎在外面唱山歌，姐在房里织绫罗。

听了山歌手脚软，心思不定乱抛梭，白白丢了三尺多。[1]

相似的情景——同样的女子在房内织绫罗，只不过情郎一个是在外唱歌，一个是在外操琴，都是描述了女子听到歌声(琴声)的心理活动，也是从古至今一脉相传的。

这些都是典型的用吴语演唱、记载的蚕歌。内容一般为通过描述采桑、织绸等与蚕桑相关的劳动，从而引发兴致的情歌，关于养蚕的具体流程等的劳动歌基本没有涉及。这是因为传唱者的身份已经发生了变化，基本不再是蚕农了。因具体的养蚕劳动一般是在乡村进行，城镇一般进行的是缫丝、丝织等活动，毕竟只有生活在乡村的蚕农才会对蚕歌中生产、节令等具体与养蚕相关的劳动内容感兴趣，而城镇市民对此兴趣不大。这是由当时市镇的商品经济发达，生产活动有了详细分工所决定的。

除了冯梦龙辑录的山歌集外，他编纂的白话短篇小说集《醒世恒言》中也记录了明代流行于江南一带的蚕歌，如第十八卷《施润泽滩阙遇友》中写到：苏州府吴江县盛泽镇(与浙江嘉兴交界)，被称为“出产锦绣之乡，积聚绫罗之地”，是江南养蚕最盛的地方。镇上“居民稠广，土俗淳朴，俱以蚕桑为业。男女勤谨，络纬机杼之声，通宵彻夜”[2]，遍布绸丝牙行，四方商贾络绎不绝。

在讲到主人公施复(润泽)养蚕的辛苦情形时写道：“蚕性畏寒怕热，惟温和为得候。昼夜之间，分为四时。朝暮类春秋，正昼如夏，深夜如冬，故调护最难。江南有谣云：做天莫做四月天，蚕要温和麦要寒。秧要日时麻要雨，采桑娘子要晴干。”[3]这首歌谣(有的地方也称为农谚)，描写了江南农村农历四月里劳动的情形。短短四句，包括了插秧、种麻、采桑、养蚕等农事劳动对气候的不同要求，反映了农民劳动生产的紧张和辛苦、靠天吃饭的风险，以及长期积累的丰富的生产经验，还包含了事情不能两全让人左右为难的生活场景，构思奇巧而意味隽永，富有生活哲理，一直到现在，杭嘉湖地区乃至江南地区都还可以听到这首民歌。

这首歌传到近代后，内容发生了一定的变化。吴江人金天羽(1874—

① 中国民间文学集成全国编辑委员会、中国民间文学集成浙江卷编辑委员会：《中国歌谣集成·浙江卷》，中国 ISBN 中心 1995 年版，第 189 页。

② [明]冯梦龙：《醒世恒言》，天津古籍出版社 2004 年版，第 248 页。

③ 同上，第 250—251 页。

1947)在1899年根据其家乡的蚕桑生产作了一首《看蚕娘》，语言非常通俗和口语化："做天难做四月天，做人难做半中年。秧要太阳麻要雨，看蚕娘子不雨无晴天。我家墙头桑叶鲜，邻家儿女采桑不用钱。采桑归去喂蚕饱，相逢祝汝蚕丝好，爱蚕如儿呼宝宝。三起三眠茧头白，同功茧就蚕心好。人家祝我蚕有秋，那知侬家一月不梳头。缫得丝成更织素，侬家衣着还粗布。"前四句，作者自注"吴谚"，表明这首诗的前四句直接来源于他的家乡吴江的一首民谚，[①]与冯梦龙的记载稍有不同，是上述民歌的异文。冯记载的是采桑女要的是晴天干燥好采桑，金记载的是蚕娘要的是既不能下雨又不能晴天，可见养蚕对天气等外在环境的要求比采桑要求更高一些。

在今天的杭嘉湖及周边地区，这首歌根据地域的不同衍变出不同版本的异文，内容大同小异。流传于嘉兴的这首歌《四月天》：蚕要温和麦要寒，秧要日头麻要干，看蚕娘娘心头急，厌雨恶晴天难办！[②] 与冯氏和金氏记载的均有一定区别，少了标志性的第一句"做天难做四月天"，多了关于蚕娘心情的一句"看蚕娘娘心头急"。关于种麻需要的天气也不一致，一个是"麻要雨"，一个是"麻要干"。在杭州江干区，《做天难做四月天》歌词变为：做天难做四月天，豆要温和麦要寒。种田哥哥要落雨，看蚕妹子要晴天。[③] 在湖州，这首歌的词与杭州接近，内容为：做天难做四月天，蚕要温和麦要寒，种田哥哥要雨水，养蚕婆婆要晴天。稍有不同的是，"要温和"的杭州是"豆"，湖州是"蚕"。在嘉善，这首歌叫《做人难做中间人》：做人难做中间人，做天难做四月天。秧要日头麻要雨，蚕花娘子要呒雨勿晴天。第一句为"做人难做中间人"，第二句为"做天难做四月天"，与金天羽记载的接近，与上海一带的也类似，大概是因为嘉善与吴江、上海这两处相对于嘉兴以西的湖州、杭州来说在地域上更接近一些。

周边如无锡、上海等地都有类似民歌，如上海嘉定的《采桑娘子要晴天》与金文基本一致：做天难做四月天，做人难做半中年。秧要日头麻要雨，采桑娘

① 张正吾、陈铭：《近代诗文鉴赏辞典》，光明日报出版社1991年版，第498—499页。写作日期应为1899年。"蚕心好"有版本为"蚕心巧"。

② 嘉兴市民间文学集成办公室：《浙江省民间文学集成·嘉兴市歌谣、谚语卷》，浙江文艺出版社1991年版，第28—29页。

③ 吴冬妹：《杭嘉湖地区方言童谣辑注》，浙江工商大学出版社2016年版，第12页。

子要晴天。[1] 在上海县(现上海市闵行区),这首歌第三句变成“卖菜阿哥要落雨”[2],可能跟当地出产物品的不同有关。

吴歌延续明代的繁荣,在清代持续处于成熟繁荣时期,出现了大量长篇叙事吴歌,通过书商刊刻、文人传抄和民间艺人的口传,保存了下来。[3] 与其繁荣的蚕桑中心地位相适应,此时的杭嘉湖地区蚕歌发展更为成熟。为了满足人们记忆、保存、传唱等的需要,经过下层文人记载,出现了蚕歌的手抄本。目前我们能够看到的最早的蚕歌手抄本,是桐乡市的神歌艺人吴桂洲保存的清末光绪二十九年(1903)抄录的长篇蚕歌《马鸣王蚕花》(也叫《马鸣王化龙蚕》),此外现存还有民国九年(1920)的手抄本。

除了口头传唱之外,蚕歌以文字记载这种更为有效的方式较为完整地保存下来。即使短短四句的蚕歌,都有可能因为传唱者的记忆力或者当时社会环境的变化而改变,长篇蚕歌的记忆与传播,对于传唱者的要求更是一个挑战。一般来说,普通蚕农传唱的是相对比较短篇的蚕歌;对于民间艺人来说,无论是职业还是半职业,传唱的往往是长篇神歌和蚕歌,需要记忆大段大段的歌词,单凭记忆可能远远不够。一般的神歌艺人或许自己粗通文字,或是经由当地下层文人的帮助而通过手抄歌词本辅助记忆,手抄本可能是出于这个目的而顺应需求出现的。

四、现当代蚕歌

如前所述,流传到今天的蚕歌大部分为明清传下来的,或者说“受明清以来繁荣于大运河流域一带的杂曲小调的影响”[4],很多蚕歌至少可以上溯到冯梦龙的《山歌》,但也有部分是随着社会、政治、经济环境的变化而新出现的。

民国时期,杭嘉湖地区蚕桑业遭到国际国内经济形势的双重影响。蚕农辛辛苦苦养蚕一场,既要面对国际市场上人造丝的竞争和官僚买办开设茧行压价收购蚕茧的冲击,“想不到丝价不值钱,如同黄纱一样贱”;又要面对高额地租和高利贷的盘剥,卖完蚕丝后“先要紧完官纳税,催征役钱粮上门收”。从

---

① 王漪:《中国民间文学集成嘉定镇资料本》,上海市嘉定县嘉定镇民间文学三套集成编辑组 1987 年版,第 77 页。

② 上海民歌编辑委员会:《千年封建连根拔(上海歌谣集之十一)》,上海文艺出版社 1958 年版,第 131 页。

③ 肖东发主编,唐荣编著:《吴越人家吴越文化特色与形态》,现代出版社 2015 年版,第 137 页。

④ 朱秋枫:《浙江歌谣源流史》,浙江古籍出版社 2004 年版,第 337 页。

前占据农家一半收入的养蚕业严重亏损，丝绸之府竟然出现了弃蚕砍桑的现象。[①] 如果不幸遇到天灾，蚕农们的生活更是雪上加霜，有一首海盐的骚子歌《旱年景致》(节选)，通过描述民国二十三年(1934)海宁大旱之时蚕农的悲惨遭遇，反映了上述残酷的社会现实。

看罢会将近谷雨边，家家户户要看蚕。
俗话道一年一熟，看得好一块铜钱。
见青叶大得真快，当家人五忙六乱。
看蚕好叫得一个月，古话叫蚕好半年宽。
想不到丝价不值钱，如同黄纱一样贱。
买买看买物匆贵，卖卖看不值铜钱。
一蚕罢许多出帐，先要紧完官纳税。
催征役钱粮上门收，张三堂形情象判官。[②]

下面是流传于缙云的一首蚕歌《小麦青》，道出了这个时期蚕农们的辛酸，可以想见，这同样也是杭嘉湖蚕农的真实写照：

小麦青，大麦黄，姑姑嫂嫂养蚕忙。
日间饲蚕到夜晚，夜间缫丝到天亮。
初五二十去卖丝，卖丝归来泪汪汪。[③]

1949 年以后，农民生活翻开了新的一页，人们以极大的热情投入劳动生产中。随之出现了创作新民歌的热潮，无论是文艺工作者还是农民，都积极参与，创作出了大量“新民歌”，多为颂歌。随着杭嘉湖地区蚕桑业的快速恢复和发展，这一带也与时俱进出现了新蚕歌，但不知是由具体的专业词作者创作还是民间自发创作或者是两者合作创作而成，这些蚕歌都打上了明显的时代烙印，如湖州德清县出现的新蚕歌：

《蚕歌》(一)：

---

① 吴越：《浙江丝绸及其艺术》，浙江人民出版社 1956 年版，第 4 页。

② 海盐县民间文学集成办公室：《中国民间文学集成·浙江省嘉兴市海盐县故事歌谣谚语卷》，海盐县民间文学集成办公室 1989 年版，第 787—788 页。

③ 朱秋枫：《浙江民间歌谣》，浙江人民出版社 1981 年版，第 95—96 页。

东风吹醒百里桑，欢乐歌声传四方，
如今年年养龙蚕，姑娘日夜蚕桑忙。

《蚕歌》(二)：

手捧蚕花红满堂，姑娘脸上闪红光，
朵朵红花迎太阳，人人心向共产党。①

1963年上映的上海天马电影制片厂拍摄的故事片《蚕花姑娘》，描写了主人公蚕乡姑娘陶小萍喜欢唱民歌，在县里的民歌比赛中获了奖，因而不安心生产，一心想当演员，养蚕粗心大意、三心二意，最后在嫂子柳巧莲的带动和帮助下，转变思想，端正态度，成为热爱农村的养蚕能手的故事。这部影片外景地取自湖州德清县的蚕桑重地新市镇，剧中人物原型是新市镇水北村的姑嫂养蚕能手。影片的主旋律以及主题曲、插曲等大都是根据当地的传统蚕歌如《扫蚕花地》等的曲调改编的，歌词通俗易懂，旋律优美动听，颇具江南水乡韵味。剧中小萍演唱的主题曲和插曲等经过了专业的词曲作者的作词、作曲，虽然不是以前传统意义上发源于民间的蚕歌，但可以称为新时期的"新蚕歌"，在此不妨做个参照。主题曲《蚕花姑娘心向党》(顾锡东作词，黄准作曲)歌词如下：

鱼米乡，水成网，两岸青青万株桑。
满船银茧闪亮光，照得姑娘心欢畅。
一把青桑一把汗，一条蚕儿一颗茧。
蚕儿肥壮人辛苦，换得丰收心里甜。
满河小船忙运茧，好像白云飘水面。
今年粮桑双丰收，人人干劲冲云天。
迎朝霞，破碧浪，锦绣前程长又长。
心红手巧为集体，红心颗颗向着党。

在这一阶段，更引人注意的是对吴歌包括蚕歌的搜集和整理。从20世纪

① 文化部文学艺术研究院音乐研究所：《中国民歌》第三卷，上海文艺出版社1982年版，第612页。

20年代开始，在北京大学的倡议下，国内兴起了民歌搜集整理和研究热潮。大量民歌被采集研究、整理成册、出版发行，学者纷纷从国外引进民歌的理论研究，出现了很多现代民歌研究的开山之作和开拓者。江南的大量吴歌得到搜集、整理和研究，并编辑出版了系列吴歌集和研究资料。其中研究论文以顾颉刚的《吴歌小史》最为著名，民歌集以顾颉刚采集《吴歌甲集》为代表。《吴歌甲集》中收录的儿歌占多数，其次为情歌、生活歌、问答歌等，其内容也有不少涉及苏州及其周边包括杭嘉湖地区的蚕歌。学者评价他在这一点上“比郭茂倩、冯梦龙进了一步，他对吴方言的诠释，与刘半农媲美”[①]。

到20世纪80年代，官方对于民歌搜集整理和研究更加重视，于是有了集举国之力的中国民间文学故事、歌谣、谚语“三套集成”的采集汇编工程。从乡村初步采集，层层选拔到乡镇、县、市，直到省级的各类汇编，最后成集成册陆续出版，规模恢弘。其中，蚕歌作为一个独立的民歌分类，在这次采集活动中第一次被提出，并在《中国民间文学集成·浙江嘉兴市桐乡县卷》中作为一个独立分类列出。

20世纪末，江浙沪三省市的民间文学研究界大规模搜集吴歌，开展吴文化研究，出版了多种关于吴歌的研究专著，不过蚕歌并没有被单独列出，仅作为内容之一被收录。

第四节 非遗奇葩——桐乡蚕歌

嘉兴市下属的县级市桐乡是杭嘉湖地区的重要蚕区。在杭嘉湖蚕区中，桐乡的蚕歌最为知名。正如顾希佳先生为《桐乡蚕歌》所作的序言：“诚然，在杭嘉湖一带，乃至在全国其他的许多蚕桑丝织生产区域里，也都会有蚕歌的流播。但是就桐乡而言，这里的蚕歌相对较为密集，蚕歌的发育较为充分，蚕歌的艺术特征较为鲜明，蚕歌的传承绵延不绝，蚕歌的采集卓有成效，蚕歌的保护也已开始受到有关方面的重视，于是把‘桐乡蚕歌’作为一个专有名词提出，也就同样是顺理成章了。”[②]在桐乡的各个乡镇中，河山和屠甸又是蚕歌最为集中的地方。

桐乡蚕歌是吴歌中的一朵奇葩。内容丰富，涵盖了蚕农生产、生活习俗、民间信仰和蚕神传说等多方面，不但反映了采桑、养蚕、缫丝等等养殖和生产

---

① 过伟：《吴歌研究》，古吴轩出版社2011年版，第166页。

② 徐春雷：《桐乡蚕歌》序言，中国文联出版社2009年版，序言第2页。

方法，还包括了蚕农日常衣食住行以及婚丧大事的习俗和习惯；形式多样，其曲调和演唱形式除了单独演唱的蚕歌外，还渗透了本土的传统民间戏曲如皮影戏、花鼓戏、三跳等，将不同的艺术形式有机结合起来，[1]深受广大蚕农欢迎，影响深远。

在20世纪80年代的中国民间文学“三套集成”工程中，桐乡市文化馆徐春雷先生负责执编《中国民间文学集成·浙江省嘉兴市桐乡县故事、歌谣、谚语卷》。在定稿时，考虑到蚕乡特色，他提出增加“蚕歌”大类的建议，最终被采纳，收录桐乡蚕歌《采桑歌》《扫蚕花》《赞蚕花》《唱绵兜》《撒蚕花》《经蚕肚肠》《讨蚕花》《接蚕花》《蚕花谣》等9首。其后《浙江省民间文学集成·嘉兴市歌谣、谚语卷》也设立了“蚕歌”大类，收入蚕歌13首，包括桐乡蚕歌4首。《中国歌谣集成·浙江卷》在仪式歌大类下设立了“祁蚕歌”小类，收录蚕歌10首，其中桐乡蚕歌5首。当然相当一部分蚕歌并没有全部放入蚕歌大类，而是按类分别收入了劳动歌、生活歌、情歌等大类。2009年，徐春雷将自己从事民间文学普查30年收集的蚕歌资料进行整理，精心选编出版了《桐乡蚕歌》一书，收入了其搜集和整理的桐乡蚕歌40首，按内容分成采桑养蚕、蚕农生活、蚕乡习俗、蚕神信仰四部分，是国内第一部蚕歌集。其中有一首长达700多行的长篇蚕歌《马鸣王化龙蚕》，是他采访了多名民间艺人并根据清代传下来的蚕歌手抄本整理出来的，具有很高的文学和史料价值。

21世纪初，随着工业化进程的加快，蚕桑业生产技术的落后以及社会转型期各种思潮的变化等，杭嘉湖蚕桑业逐渐趋于衰落。加上各种现代化、流行文化思潮的冲击，蚕歌这种历史流传下来的蚕农娱乐方式和它所代表的蚕桑文化，已经越来越不被年轻一代接受，很少有人吟唱和传承，会唱蚕歌的民间歌手越来越少，蚕歌逐渐减少甚至濒临消亡，这不能不说是地方文化的一大损失和憾事。

为了保护传统地方文化，相关部门转变观念，加强抢救和保护意识，对蚕歌进行了大力发掘整理。2006年，吴歌被列入首批国家级非物质文化遗产名录；在2005年，作为吴歌的一个分支，嘉善田歌就已经被列入第一批浙江省非物质文化遗产名录，2008年入选第二批国家级非物质文化遗产名录；2008年，桐乡蚕歌作为吴歌的分支，杭嘉湖蚕歌的代表，入选第二批嘉兴市非物质文化遗产名录。2009年，桐乡蚕歌与吴歌的另一个分支湖州山歌同被列入第三批

---

① 嘉兴市文化广电新闻出版局编：《嘉兴市非物质文化遗产名录集成》，浙江摄影出版社2010年版，第14页。

浙江省非物质文化遗产名录,成为省市县级三级非物质文化遗产。

桐乡蚕歌的非遗代表性传人褚林凤(1929 或 1930—),桐乡河山镇五泾村人。年轻时家境不好,迫于生计,她 20 多岁时跟随邻村河山镇华台村村民庄阿三(1894—1988)学做喜娘唱蚕歌,而庄阿三的蚕歌又是跟她自己母亲学来的。庄阿三生于光绪二十年(1894),按照常理推测,庄阿三的母亲当是同治(1862—1874)年间或光绪(1875—1908)初年生人,她演唱的蚕歌自然也是从她的前人那里传下来的,因此桐乡蚕歌的出现应该更早于她所生活的年代。仅从可知的口头传承来讲,桐乡蚕歌从那时到现在已流传了 150 年左右。

第二章　杭嘉湖蚕歌的分类及特征

民歌的分类历来见仁见智，没有一定的固定标准，蚕歌的分类也是如此。因蚕歌内容和形式比较复杂，按照不同的分类标准，有各自不同的分类体系。

第一节　蚕歌分类

蚕歌紧紧把握住时代脉搏，真实地反映了蚕农生活，随着时代的变化而变化和发展。从内容或者功能上来说，最初的蚕歌由蚕农围绕蚕桑事，在生产劳作过程中创作产生，成为劳动歌；根据有关劳动内容或者生产流程的不同，有桑歌、蚕歌、丝歌、织歌之分；在整个蚕桑生产过程中，因蚕是连接桑树种植、缫丝、丝织的桥梁，桑、蚕、丝、绸实为一个有机整体，故“蚕歌”广义上也包括桑歌、丝歌、织歌等相关民歌。

因为蚕桑业对蚕农生活的影响很大，慢慢由劳作影响到生活的各个方面，相应的蚕歌就逐渐从劳动歌扩展到生活歌；在养蚕过程中的一些约定俗成的行为和禁忌，形成了蚕乡特有的习俗，于是就出现了风俗歌；又由于远古以来对蚕神的崇拜，从而形成关于蚕神神话和蚕神信仰的祈蚕歌等。

朱自清《中国歌谣》列举了十五种民间歌谣的分类方法。如果按照语言分类，蚕歌属于吴语系；按照歌者身份分类，蚕歌可分为民歌和儿歌；①按照地域分类，蚕歌属于吴歌；按职业分类，蚕歌属于农歌，在学科上属于农业下位类的蚕业类，如同山歌、秧歌、樵歌、渔歌、船歌、牧歌、采茶歌、夯歌、舂歌等一样。②

江明惇《汉族民歌概论》按照题材（内容）将民歌分为：反映社会斗争的，反映生产斗争的，反映爱情生活的，反映一般日常生活的，逗趣、启智的，歌唱传说故

① 顾颉刚《吴歌甲集》采用此分类法。

② 朱自清：《中国歌谣》，复旦大学出版社 2004 年版，第 122—125 页。

事、人物新闻、景物古迹等六种。[①] 从生产条件来看，有工、农、林、牧、渔之别。[②] 在这个标准下，蚕歌属于农歌，在内容上几乎涵盖以上所有题材（内容）。

从调名（谣、儿歌不标调名）来看，主要分山歌（包括田歌、渔歌、船歌、盐歌等）、小调（包括春调、四季调、五更调、十月花名调等）、诵词（包括婚礼词、唱赞、祝词、丧葬词、祭词、诀词等）三大类，[③]蚕歌也基本包括这三类。

20世纪80年代，中国民间文学三套集成编委会确定了一系列的编纂原则，其中就包括民歌分类原则。《中国歌谣集成·浙江卷》根据《中国歌谣集成》编辑细则，将采录的歌谣按内容分为：引歌、劳动歌、时政歌、革命斗争歌、仪式歌、情歌、生活歌、劝世歌、历史传说歌、地方风土歌、长歌、儿歌十二辑。每一辑内又分若干类。[④] 其中蚕歌按照不同的内容，分别被列入劳动歌类别下的养殖歌；仪式歌类别下的的竖屋歌、祁蚕歌、节令歌、情歌；生活歌类别下的劳苦工歌；历史传说歌类别下的传说故事歌；地方风土歌类别下的风俗歌中。蚕歌（祁蚕歌）不是与劳动歌、仪式歌并列的大类，而是仪式歌的下位类。

《浙江民间文学集成·杭州市歌谣、谚语卷》将歌谣分为劳动歌、时政歌、仪式歌、情歌、生活歌、历史传说歌、儿歌、杂歌和长篇叙事歌九大类。

《浙江民间文学集成·湖州市歌谣、谚语卷》将歌谣分为劳动歌、情歌、生活歌、时政歌、仪式歌、历史传说歌、儿歌、地方歌、杂歌等九类。

《浙江民间文学集成·嘉兴市歌谣、谚语卷》将歌谣分为劳动歌、蚕歌、情歌、生活歌、仪式歌、历史传说歌、时政歌、儿歌八大类，是唯一一个把蚕歌作为单独一个类别的市级民歌集，收入蚕歌13首。而这个分类方法来源于《中国民间文学集成·浙江省嘉兴市桐乡县故事、歌谣、谚语卷》。本来从职业划分，蚕歌应该是劳动歌的下位类，但是其内容又不仅包括蚕桑劳动，还包括情歌、生活歌、仪式歌、儿歌等。表面上看，蚕歌与这些类别同级列出，分类体系有些混乱，但考虑到嘉兴尤其是桐乡作为蚕歌最著名的地区，这样的分类可以更好地突出蚕乡蚕歌的特色和重要地位，以及当地对蚕歌的重视程度。

综上所述，根据分类标准和分类角度的不同，蚕歌有多种分类方法。在地域和文化上，杭嘉湖蚕歌属于吴歌；在职业和生产条件上，属于农歌；在调名上

---

① 江明惇：《汉族民歌概论》，上海音乐出版社2004年版，第7页。

② 同上，第8页。

③ 中国民间文学集成全国编辑委员会、中国民间文学集成浙江卷编辑委员会：《中国歌谣集成·浙江卷》凡例，中国ISBN中心，1995年版。

④ 同上。

属于山歌、小调和诵词。职业歌也叫劳动歌，蚕歌属于劳动歌的范畴，但包含的内容又不仅仅局限于劳动，既包括劳动生产，又包括生活、时令、习俗、信仰、感情等方面，内容极为丰富多彩。按照包含内容的纯粹程度不同，又有全部为蚕桑内容的蚕歌和含有部分蚕桑内容的蚕歌之分。

现仅以蚕歌内容（题材）来分，可以根据实际存在的现状，大致分为劳动歌、生活歌、仪式歌、岁时节令歌、情歌、儿歌、历史传说歌等几大类。因蚕桑习俗在生产、生活中渗透的领域实在太多，有时候这几类蚕歌内容会有交叉，并不能完全分离开来，只能做一个大概的分类。

一、劳动歌

劳动歌的内容是叙述劳动生活和生产过程、传授经验或描绘劳动情景。① 蚕歌中的劳动歌，概括地记叙了蚕农种桑、养蚕、缫丝、织绸等的经验、技术等的历史发展，反映了蚕农的蚕桑生产及社会经济水平在各个不同历史时期的变化。尤其是有的长篇蚕歌按照时间先后顺序将种桑、养蚕、缫丝等过程完整唱出，与其他传播方式相比，简洁明了，通俗易懂，便于记忆，利于传唱，从而起到传递经验的作用，说它是一部小型的简明科普类教科书也不为过，在传播生产经验、知识和蚕桑历史中起到了至关重要的作用。

蚕歌中有不少描述某种具体劳动过程的。从种桑、采桑、养蚕到缫丝、织绸，基本每个流程都有相应的蚕歌对应。如流传于各地的有关采桑歌、养蚕歌、缫丝歌、织绸歌等。流传于海盐一带的《桑园劳动歌》比较详细地讲述了一年四季完整的种桑劳动流程，流传于桐乡一带的《腌种》叙述了养蚕前对蚕种的消毒准备工作等（详细内容见第四章）。

采桑叶是养蚕的前提，是整个过程中重要的劳动之一。关于采桑的采桑歌很多，一般分两种，一种是表现最常见的采桑劳动的歌谣，另一种就是由采桑引出的情歌了，后者数量更多，将在后文详述。

二、生活歌

生活歌反映了与蚕桑相关的蚕乡日常家庭生活。内容比较丰富，包括衣食住行、待人接物等与蚕桑相关的习俗等内容。如表现农家养蚕过程中相关事宜的《三月清明到》《望蚕讯》等，表现蚕乡家庭中不同媳妇形象的《十个媳

---

① 毕桪：《民间文学教程》，中央民族大学出版社 2009 年版，第 139—153 页。

妇》,表现蚕乡姑娘所嫁丈夫的职业的《十个姑娘嫁新郎》等,反映了当时民间生活中的习俗和社会现实。

三、仪式歌

在蚕乡,信仰蚕神是非常普遍的现象。在蚕歌中,有相当一批是有关蚕神、机神信仰及民间传说的仪式歌,包括神歌(祭祀歌)、祁蚕歌、竖屋歌、婚嫁歌、丧歌等。最著名的当为赕佛仪式上演唱的《马明王蚕花》等。

四、岁时节令歌

岁时节令歌是与节气、时令相关的蚕歌,基本内容与蚕桑生产有关的节气、时令有关,涉及各种节气或时令中需要做的生产活动,通过这些歌来指导生产,有的地方与劳动歌又有所交叉。岁时节令歌有的也叫四季歌、十二月花名歌等。因养蚕、缫丝也就持续一两个月左右,歌中就仅有某一个月或者几个月与蚕桑有关,并非全年。如《十二月花名》(嘉兴桐乡)、《十二月童谣》(湖州德清)等。

五、情歌

情歌在蚕歌中占有相当大的比例,是蚕歌的重要组成部分。爱情是人类感情中永恒的主题,同样也体现在蚕歌中,即使在蚕歌流行的封建社会仍旧如此。早在明代时冯梦龙就肯定了山歌(情歌)的重要性,尤其指出情歌所表达的真挚感情的重要意义。他以《诗经》中收录的情歌来进一步说明:“桑间濮上,国风刺之,尼父录焉,以是为情真而不可废也。”正如一首安吉民歌唱的那样:“山歌都有郎和姐,无郎无姐不成歌。”

很多蚕歌的主题和题材内容互有交叉、兼而有之,不仅仅包含单一内容。比如桑歌和织歌,表面看起来是劳动歌,但实际上更多的是由采桑、织绸等劳动而引出的情歌,劳动内容仅作为情歌的缘起和组成部分。如桑歌中最常见的是采桑女到桑园采桑叶,借此机会与情郎在桑园相会的情歌,反映了采桑女的恋爱和感情生活,表达了采桑女大胆追求恋爱自由、婚姻自主的真情实感以及敢于蔑视世俗的反抗精神。旧时,由于传统文化以及包办婚姻制度等封建糟粕的限制,人们的婚姻不能自主,女子很少抛头露面,能让青年男女自由恋爱的机会微乎其微。不过,在繁忙的蚕月,早晚采桑的重任落在蚕乡姑娘身上,她们基本天天要去桑园里采桑,这就为小伙子和姑娘们谈情说爱提供了极好的时机，[1]采桑情歌就在这样的背景下自然而然地产生了。其中具有代表性的是流传于嘉兴桐乡一带的《采桑歌》，流传于杭州余杭的长篇蚕歌《采叶姐》等。

《采桑歌》：

日出东方红堂堂，姐儿房中巧梳妆。
双手挽起青丝发，起步轻盈出绣房。
娘见女儿出绣房，叫声阿囡去采桑。
姐儿心想会情郎，采桑正是好时光。
叶篰一只肩上挂，脚底擦油出厅堂。
三步并做两步走，来到村外桑园旁。
东一张来西一望，望见情郎在挑秧。
叶篰挂在桑枝上，手甩包巾招呼打。
情哥有心会阿妹，立刻来到妹身旁。
三日未成能相见，相隔好似九秋长。
排排豆梗当围墙，密密桑叶作纱帐。
绣花鞋子当枕头，玄色衣衫挡一旁。
满地青草铺眠床，桑园正好做洞房。
恩爱之情难言表，风风雨雨配鸳鸯。
野桑园里偷情郎，心似打鼓有点慌。
青骨田鸡猛一跳，疑是有人过路旁。
鹁鸪拍翅来飞过，怕是有人来探望。
急急匆匆来分手，各自东西走得忙。
姐儿藏进桑园里，情哥回头去挑秧。
急急忙忙桑叶采，娘亲面上好交账。
草草勒得几把叶，背起叶篰回蚕房。
娘见女儿回蚕房，神色匆对有点慌。
看看叶篰浅绷绷，悄悄开口问端详：
为啥头发乱荡荡？为啥花鞋湿了帮？
头发桑条多擦碰，花鞋露水来沾上。

---

① 陈永昊、余连祥、张传峰：《中国丝绸文化》，浙江摄影出版社1995年版，第372页。

为啥裙上有血色?衣衫有泥叶箭脏?
阿囡休要嘴巴犟,瞒你爹爹休瞒娘。
爹爹得知难饶你,娘知息事好商量。
姐儿定神细思量,私情总要瞒爹娘。
借口采桑腰酸痛,转身即刻回绣房。[①]

下面这首《采叶姐》内容与《采桑歌》相似,不过情节和对话内容更为丰富,篇幅较长。

三春天气暖洋洋,芦笋透起笋芽长,
桃花落地菜花黄,北风吹来闻花香。
蜜蜂出洞追打雄,蝴蝶飞来上下打相打[②],
鲳鲦鱼翘起水面上,鲤花鱼翘起重五两,
乌背鲫鱼草上行,土婆鱼悄悄找婆娘。
家家户户养蚕忙,我家三间厅屋落蚕房,
上年蚕房搭起东厅堂,今年搭在西厅上。
索叶[③]蒲屯齐栋梁,快刀索叶响唧唧。
一对鹅毛头前插,蚕筷插起叶顶浪[④],
养蚕索叶日夜忙,采叶姐一心思想会情郎。
嫂嫂索叶细喽细,姑娘索叶同麻爿样。
娘叫女儿去采叶,姆妈娘呀姆妈娘,
嫂嫂有哥去采叶,阿妈房中无叶我才帮。
千思量来万思量,桑园里面走一趟。
拨开楼窗张一张,河南哥哥已经落田庄。
撩子[⑤]放在秧畈浪上,粪桶放在田塍旁。
闻声哥哥摇夜水,采叶姐姐脚底痒,
我昨天有心碰伊无心顾,今朝无心碰牢有心郎。

① 徐春雷:《桐乡蚕歌》,中国文联出版社 2009 年版,第 1—2 页。
② 打相打:打斗状。
③ 索叶;切桑叶。
④ 叶顶浪:指装桑叶的竹篓上面。
⑤ 撩子:盛水的长柄勺子。

手搭桑篮下楼去，同河南哥哥会一会来相一相。
种田哥哥等一等来停一停，叫你种田哥哥调[①]上来。
并无桥来又无路，哪个样子调上来？
哥哥吼船把身渡，北头河上让你种田哥哥渡过来，
有船渡过来，吼船叫你采叶姐姐脱落大红袄子划过来。
日渡田姆[②]夜渡爷，要渡田姆出三百钱。
今日正是好辰光，哥哥爱妹妹爱郎。
桑树岗上配鸳鸯，两人像是入洞房，
蚕豆大麦当围墙，菜子细花当喜幛。
上顶无有青纱帐，下底无有好眠床，
上顶六六三十六株荷叶爿野桑当了青纱帐，脚踏青草是牙床。
大红夹袄当被盖，元色衬衫挡一旁。
姐姐脱下八幅罗裙当了湖州青草席，大红花鞋当对枕头凑成双。
一只河蟆[③]田鸡跳得高来跳得低，咕咕呱呱来贺喜。
一只白头鸪飞到东来飞到西，叫你采叶姐姐快回去。
野地洞房真新奇，田郎蚕姑不肯离。
采叶姐姐心中愁，唯恐外面知情吼脸皮，
叫你哥哥慢慢动，妹妹困倒又坐起。
郎过东来姐过西，采叶姐姐悄悄回家去，
郎过东边种田地，妹过西边吼心计。
手拎桑篮回家转，娘亲问东又问西。
娘老子介娘来，头句就是问得奇：
“囡儿起得早来回得晏，桑篮里桑叶为啥勿见底？
你嫂嫂去得晏来回得早，篮里桑叶和篮柄齐。”
姑娘回话看娘面，句句话语答如意：
“我嫂嫂田埂上六六三十六枝荷叶爿野桑蛮好采，
我北田埂上七七四十九枝麻皮家桑奇难采。”
“你爹爹放过桑树都在傢姆妈肚皮里，横竖曲直也都留意。”
娘见女儿话屈理，追根找须刨到底。

① 调：方言，即走。
② 田姆：俗称管理田地产业的神婆。
③ 河蟆：即蛤蟆。

"囡儿子呀囡儿子，奈格[1]一把青丝头发弄得乱蓬蓬?"

"娘老子介娘来，头发乱是侬女儿爬上桑树拉落头发才乱的。"

"囡儿子呀囡儿子，僚双大红鞋子为啥皱西西?"

"娘老子介娘来，都是早上露水烂泥浸湿的。"

"囡儿子呀囡儿子，僚条大红裤子为啥弄得一点白来一点红?"

"娘老子介娘来，红的原是桑果子，白的原是桑脂尿。"

"囡儿子呀囡儿子，乃勿要尽扯空来活出气，

介事体你娘晓得还算好，你爹爹苏州城里回转来，就要抽你筋来剥你皮。"

"娘老子个娘来，自从盘古开天地，只有扇水鲫鱼[2]刀上死，

只有新市街上剥羊皮，春花田鸡活剥皮，哪有爹爹剥女儿皮。"

"囡儿子呀因儿子，等你爹爹回转来，

请来东庄王木匠，把一间房子隔做五间生。"

"娘老子介娘来，房间隔开倒无妨，

只要阿爸勿进姆妈房，哥哥勿睡嫂嫂床。"

"僚哥哥是六月里的天罗茭白亮堂堂，你嫂嫂是蒸笼里圆子白胖胖，

吾是三春头尾巴花草相当少。"

"娘老子介娘来，隔壁三间门外三姐姐，

跟我同年同月同时辰，已经孩儿抱手里。"

"囡儿子呀囡儿子，六十岁介寿，

四十岁上做媳妇，还有廿年好夫妻。"

"娘老子介娘来，哪有四十岁上做媳妇，

我棺材木头也要变烂泥。"

"囡儿子呀囡儿子，你阿爷城隍庙前算过命，

已经挑了城里少爷给你做夫妻。"

"娘老子介娘来，城里少爷我勿去，宁愿独身守家里。

奴奴只要河南三哥哥，我今早去得明早死，也有一日一夜好

---

① 奈格：方言，即怎么的意思。

② 扇水鲫鱼：即鲜活的鲫鱼。

夫妻。”①

这首歌收入《中国歌谣集成·浙江卷》中，采录者张长工对采集经过和山歌的来源及传播途径特别做了说明：

此歌流传于古运河两岸，1959年首次记录，但不全，1980年重记，得全后定稿。1931年6月顾颉刚在《苏州唱本叙录》的《采桑山歌》篇目中有如下介绍：“这是七字一句，四句一段的山歌。一共有六套。第一套《采桑山歌》，第二套《后私情》，第三套《游春山歌》，第四套《合欢情》，第五套《新人歌》，第六套《闹新房》。这歌叙说一女郎同一爱人约会在桑园中，被父母知道，斥责她，女郎狡辩，并怨恨父母不早给她成婚，以致无限孤独。”《采叶姐》想为《采桑山歌》流传下来的一部分。②

可见这首歌是由过去苏州一带的民歌流传过来的。由第一章第三节所示，明代冯梦龙辑山歌集《山歌》卷四《私情四句》，有一首《争》，共五段，其中第二、三段的内容分别是：

娘道囡儿呀，你弗要慌来弗要忙，我教爹去寻媒话你个郎。六十岁做亲八十岁死，还有廿年夫妇好风光。

囡道娘呀，我也弗慌来也弗忙，也弗要爹去寻媒话我个郎。爹爹也弗要来娘房里去，哥哥也弗许听个嫂同床。

与这首歌的“囡儿子呀囡儿子，六十岁介寿，四十岁上做媳妇，还有廿年好夫妻”以及“娘老子介娘来，房间隔开倒无妨，只要阿爸勿进姆妈房，哥哥勿睡嫂嫂床”，无论是内容还是语言特点、语言结构都基本一致，可见这类情歌是从明代一直传承至今的。不仅在苏州，在杭嘉湖地区乃至整个太湖流域都有流传，正与吴歌流传的地域相一致。

至于短篇四句头情歌，更是常见，如流传于苏州一带的《蚕儿上山桑叶稀》：

---

①② 中国民间文学集成全国编辑委员会，中国民间文学集成浙江卷编辑委员会，《中国歌谣集成·浙江卷》，中国ISBN中心1995年版，第229—231页。

蚕儿上山桑叶稀，结识私情难分离，
今年蚕儿撒下子，只等来年花开时。[①]

在情歌中，女主人公的身份一般都为采桑女，男主人公的身份不固定，一般是乡村青年农民，如种田郎、放牛郎等。在湖州德清县，流传一首关于放牛郎和采桑女的恋爱故事的男女对唱情歌《放牛郎和采桑女》：

(男)小小放牛郎 放牛在山冈(女)小小采桑女 采桑山脚下
(女)你呀放牛哥 莫要太浪荡(男)拷打放牛郎 这倒也无妨
(女)我俩配成双 这倒也无妨(男)打死放牛郎 这倒也无妨
(女)成双又成对 这倒也无妨(男)烧了小桑秧 这倒也无妨
(女)成对又成双 这倒也无妨
(男)容貌 生得实在好(女)放牛哥 有意对我唱
(女)知道了 你我山歌唱(男)晚夜归 互相来帮忙
(女)靠谁养 有否仔细量(男)小桑秧 长在大路旁
(女)二头锯 将你来锯断(男)好妹妹 三餐来洗菜
(女)小鲤鱼 去鳞又剖肚(男)老东家 喝酒我来尝
(男、女)女当家 你我配成双
(男、女)有福享 将你们来夸奖
(男)唱山歌 看她怎么样(女)和几句 答他二三声
(女)严家规 拷打你放牛郎(男)我有意 我俩配成双
(女)奉劝你 莫要胡思想(男)大路旁 成对又成双
(女)又烧菜 烧灰你小桑秧(男)在池旁 成对又成双
(男)油煎又泡汤 这倒也无妨
(男女)叫他见阎王(你我、我你)出牢房
(男女)自己把家当 我耕你采桑(你耕我采桑)
(男)望下来 有位好姑娘(女)山冈上 山歌连天响
(女)老东家 实在太凶狂(男)唱山歌 有说有商量
(女)老东家 打死你放牛郎(男)有你在 何尚把命丧
(女)知道了 砍断小桑秧(男)小鲤鱼 游在水中央

① 苏州市文学艺术界联合会：《吴歌新集》，1979年版，第155页。

(女)来知晓 一网将你打(男)鱼骨头 藏在汤碗上
(男女)同怜人 再不受悲伤
(男女)你(我)浇园能过好时光
(女)小鲤鱼 油煎又泡汤(男)喉咙痛 叫他见阎王
(男女)待老母 自己把家当
(男女)共欢乐 从此幸福长①

在湖州吴兴一带,流传的则是采桑女与砍柴郎的恋爱故事。如《煮好喜饭盼妹尝》:

一对喜鹊尾巴长,双双停在树枝上;
妹在山下采桑叶,哥在山上砍柴忙。
一双蝴蝶红配黄,并排飞在天中央;
采桑要采阔叶板,砍柴要砍细叶梗。
一对桑子亮光光,红子绿子配成双;
妹养蚕宝织绸缎,送你衣料做新郎。
一根柴杠两边翘,两边柴把捆成双;
哥砍青柴好烧镬,煮好喜饭盼妹尝。②

《小放牛》(节选,嘉兴海盐)是一首流传于海盐的情歌,以前半部分四段历史传说起头,引出后半部分八段男子与姑娘的斗嘴打趣对话,也被称为情歌中的打趣歌。

埋在大路旁又无妨,变一棵桑树在路上。
单等姐姐来采桑,桑枝儿挂破了你的红衣裳。③

蚕歌中的不少丝歌和织歌,主题仍然是情歌。如湖州的《嘴咬丝头眼观郎》:

---

① 德清县文化广电新闻出版局:《德清县非物质文化遗产大观》,浙江大学出版社 2009 年版,第 33—34 页。

② 朱秋枫:《浙江民间歌谣》,浙江人民出版社 1981 年版,第 77—78 页。

③ 海盐县民间文学集成办公室:《中国民间文学集成·浙江省嘉兴市海盐县故事、歌谣、谚语卷》,海盐县民间文学集成办公室 1989 年版,第 762 页。

东风吹来暖洋洋，湾里开爿缫丝厂。
嘴咬丝头眼观郎，粗丝接拉细丝上。[①]

这首歌里的缫丝女工在工作时心不在焉，不断偷偷观望情郎，以至于接错丝线出了差错。

湖州安吉的一首《郎在外面唱山歌》，描述了一个正在织绸的女子，因为听到她的情郎在外面唱山歌，乱了思绪，以至于把绫罗都织坏了。跟上个情歌有异曲同工之妙：

郎在外面唱山歌，姐在房里织绫罗。
听了山歌乱抛梭，白白丢了三尺多。[②]

这首歌在收入《中国歌谣集成·浙江卷》时，歌名为《心思不定乱抛梭》，内容稍有不同：

郎在外面唱山歌，姐在房里织绫罗。
听了山歌手脚软，心思不定乱抛梭，
白白丢了三尺多。[③]

杭嘉湖蚕乡流传一种固定格式的民歌，与节令相关，基本上以十二月、十月或者四季等为背景，分段描述民间生活，内容包罗万象，多称为十二月花名或四季歌等，其中至少有一段四月的内容与蚕月和蚕桑事相关，其中也包括情歌。如在湖州安吉，有一首比较少见的，以男子的口吻叙述的情歌《十月探妹》，其中第四段为缫丝的内容，以“丝长”喻两人之间的“情长”：

四月里探妹呀是清明，我跟啦妹子呀进啊茧行；
茧子上千筐呀妹子耶，

① 湖州市民间文学集成办公室：《浙江省民间文学集成·湖州市歌谣、谚语卷》，浙江文艺出版社1991年版，第65页。

② 同上，第54—55页。

③ 中国民间文学集成全国编辑委员会、中国民间文学集成浙江卷编辑委员会：《中国歌谣集成·浙江卷》，中国ISBN中心1995年版，第189页。

长丝缫不光呐，我侬情更长。①

湖州德清县流传的《竹叶姐》，描述了竹叶姐与其情郎文生自由恋爱、一波三折、最终有情人终成眷属的故事。从结构上来说，以十二月花名的形式，每个月均有八句七言歌词，按照不同月份对应的花卉的不同而有不同的内容，从不同的侧面来叙述竹叶姐和文生的恋爱经过。虽然不是上述我们所说的完全的蚕歌，但是在具体的某个月份如蚕月(四月)也涉及蚕桑，以“丝”喻“思”，这是从南朝起就有的修辞手法，正是典型的吴歌结构，可以算得上部分蚕歌。现摘录如下：

正月梅花雪里开，暗里私情笑里来。
姐见情郎心欢喜，两边两厢②结连环。
牛郎织女天仙配，竹叶文生两相爱。
竹叶本是多情女，文生也是痴心汉。
…………
四月蔷薇靠墙开，情郎做丝姐来陪。
路上行人常私语，说我阿奴有私爱。
男欢女爱自古来，奴劝旁人勿多管。
雪白耀眼万缕丝，万缕情丝一道挽。
…………
十二月里腊梅香，晴冬太阳暖洋洋。
身重③莫再等来年，迎亲锣鼓锵冬哐，
一顶花轿红朗朗，阿奴今日嫁夫郎。
结发夫妻同到老，恩恩爱爱度辰光！

1963年3月中旬，采录者钟伟今根据黄家坝提供的线索，前往上柏公社西湖大队请时年71岁的朱阿娥阿娘唱《竹叶姐》山歌。她唱得自然、认真，唱

① 安吉县民间文学集成办公室：《中国民间文学集成浙江省湖州市安吉县歌谣卷》，浙江省安吉县民间文学集成办公室1989年版，第128页。

② 《中国歌谣集成浙江卷》，第231—233页，与此略有不同，“厢”为“笑”。

③ 身重：指怀孕。

腔确实是地道的吴歌风味。[1] 此歌也收录于《中国歌谣集成·浙江卷》。

嘉善田歌《十转郎》之一(节选,嘉兴嘉善)其部分内容与蚕歌相关:

第四转郎看蚕忙,
小阿奴娘蓬头赤脚在房中,
头卷勿梳粉勿拍来花勿插,
养蚕阿姐要算第一桩。
郎说道:"姐呀姐,
今朝日子为啥香粉不擦花勿插?"
姐说道:"郎呀郎,我懒看情郎姐亦忙。"
郎听着格句闲话立起身来就动身,
小阿奴娘玉手弯弯、十指尖尖,隔台子一把扳郎君,
姐说道:"郎呀郎,
你保护宝宝头眠出货、二眠头上山、三眠茧子掼梁丝上轴,
我出空身体依旧打扮伴郎君!"
第五转郎来姐织机,
姐织绸机好比散云飞,
小阿奴娘八缎机上织十缎,
瞒娘两缎做郎衣![2]

据搜集整理者金天麟在附记中介绍,"转",实际上是"想"的意思。这首田歌从第一转郎唱到第十转郎,也就是从第一次想郎到第十次想郎。"十"是个虚数,"十转"是一次又一次思念的意思。这首田歌广泛流传于嘉善农村和周边地区,金天麟以陶庄乡(现陶庄镇)时年62岁的袁小妹的演唱为基础,参考丁栅乡(现丁栅镇)沈少泉演唱的内容,略加整理而成。[3]

在嘉善,这类民歌比较多,内容大同小异,多异文。如《十转郎》之二(节

---

① 湖州市民间文学集成办公室:《浙江省民间文学集成湖州市歌谣、谚语卷》,浙江文艺出版社1991年版,第86—90页。

② 金天麟:《中国·嘉善田歌》,黑龙江人民出版社2008年版,第460—461页。1984年金葵曾经在嘉善县文化馆采集过。见浙江省嘉善县文化局、文联、文化馆:《中国民间文学集成浙江省嘉兴市嘉善县歌谣卷》,嘉善县文化局、文联、文化馆1987年版,第51—52页。

③ 金天麟:《中国·嘉善田歌》,黑龙江人民出版社2008年版,第463页。

选，嘉兴嘉善）：

第五转郎养蚕忙
小妹姑娘蓬头赤脚在房中，
今朝头佬头勿梳，脚佬脚勿绕，
白粉勿扑，红粉勿点，
十分面貌减三分，
情郎哥见是皱皱眉头得转身，
小妹姑娘头清眼快一把拖牢吾郎君。
吾四月里春蚕采桑脱体①吃功夫，
哪有功夫梳妆打扮换衣襟？
吾看到头眠、两眠、出富四叶、四眠眠好、
宝宝到山、茧子落地丝回腰②。
搭开四个箱子换衣只旧③伴新郎。
郎说一声姐呀姐，
今朝你十分面嫩标致，
好比荷花荡里格朵活莲花。④

《十转郎》之三（节选，嘉兴嘉善）：

第四转郎来养蚕忙，
爱养花蚕日夜用苦功，
日间头攀桑勒叶、勒叶攀桑，
夜间头替蚕喂宝无没空，
黄昏头哈欠打打勿得困，
起早訾眼懵懂打瞌眈。
大郎君哥哥跑来问三声，
姐啊姐，倷为啥头勿梳来面勿潮，

---

① 脱体：方言，整体上，一点也没有的意思。
② 丝回腰：方言，指蚕丝收获了。
③ 只旧：方言，依旧。
④ 金天麟：《中国·嘉善田歌》，黑龙江人民出版社 2008 年版，第 465—466 页。

胭脂勿点粉勿擦？
郎呀郎，倷勿晓得吾四月天气养蚕忙！
大郎君哥哥听得格句闲话旋转身，
姐隔窗盘一把拖牢奴郎君。
郎啊郎，头眠过来三眠边，
三朝过去是大眠，
宝宝到山，茧子落山，
环环丝车丝道穴，
吾再梳妆打扮伴情郎。①

类似的内容，也存在于嘉善田歌《大熬郎》（节选，嘉兴嘉善），在嘉善县及周边的上海青浦、江苏吴江等地广泛流传。其中与蚕桑有关的部分是三、四月的内容。歌名原文"大熬郎"，正文里为"傲郎"。傲，"思念"的意思。大，指篇幅较长，也有的说是指程度副词，修饰"傲"，"大傲"指"思念深切"的意思。

三月傲郎是清明，百草回芽蚊虫生。
蟆蟆咯咯叫，桑叶养蚕身。
奴娘十八岁，针线件件会。
客堂里跑出又聪明，人来客往又文静；
厨房里做出只只小菜又鲜灵，剪刀头上勿求人，
东有东隔壁、西有西隔壁，八十岁公公丛丛话，
格拉伶俐姐为啥勿出帖子勿配亲？
勿配亲来话配亲，
隔壁三伯婆婆拉第一第二第三格位三小姐，
同我同年十八岁，
旧年出门今年回门，
情郎君哥哥同出同进能开心，
小小孩童抱在手里抱出抱进能登样，
我小妹姑娘何年何月能成双？
四月傲郎去养蚕，话起养蚕又心酸，

① 金天麟：《中国·嘉善田歌》，黑龙江人民出版社2008年版，第468—469页。

黄昏勿得困，起早勿得眠。
黄昏只得姆妈娘眠，起早只得姆妈娘困。
好像东海东边、西海西边，三伯婆婆拉格盏油盏火，
照得奴奴养蚕阿姐心窝里头苦，三次三顿茶饭拌苦黄连。
苦黄连来勿算苦，顶苦要数情郎君哥哥勿在眼面前！①

此歌1982年由张灿从袁小妹处采录，1983年5月金天麟在嘉善县陶庄乡(现为陶庄镇)采风，又找袁小妹重新搜集了一次，后又听过沈少泉、俞叙兴等多位民谣歌手演唱的内容，内容结构基本一致，故这个版本可以说是记录稿，基本未做整理。②

这首歌节选的部分内容和结构与冯梦龙《山歌》卷四《私情四句》中的《争》、顾颉刚采集到的一首吴歌《十八岁小娘半夜里哭》以及杭州《采叶姐》等都非常相似，应该属于同一个源头，因在不同地区的流行而衍变成目前的状态。

流传于嘉善一带的长篇叙事山歌《鲍六姐》，又名《采桑鲍六姐》，也叫《白六姐》《拜六姐》《六姐拜私情》等。讲述的是采桑女鲍六姐因采桑篮与篾匠李三郎结缘，在桑园相会，反抗媒妁之言和包办婚姻，不愿意嫁给富家子弟沈三官，经历了私下怀孕、打胎，被沈三官发现扭送官府，后来牢头偷偷放走六姐与三郎的故事。③ 其中采桑与桑园相会等段落正是典型的采桑情歌。这首歌也流传于苏州、吴江、常熟、青浦一带，④有多种异文，在浙江杭州余杭区，其中的部分段落构成了《采叶姐》的内容，在苏州吴县黄埭叫《采桑娘子》等。因篇幅较长，现节录部分如下：

(一)新打桑篮竹篾青

西山毛竹下山来
西山发水氽落来，
要拔船浪哥哥捞是去，

① 浙江省嘉善县文化局、文联、文化馆：《中国民间文学集成浙江省嘉兴市嘉善县歌谣卷》，嘉善县文化局、文联、文化馆1987年版，第66页。

② 金天麟：《中国·嘉善田歌》，黑龙江人民出版社2008年版，第441页。

③ 同上，第431页。

④ 过伟：《吴歌研究》，古吴轩出版社2011年版，第121页。

快刀劈篾打桑篮。
新打桑篮竹篾青，
桑篮上打到七十二个古后人，
三十六个是英雄汉，
三十六个是大美人。
新打桑篮花枝边，
姐卖桑篮是啥钿？
苏州城里开到七十二爿桶盆篾竹店，
只把桑篮值啥钿？
新打格只桑篮竹篾青，
六姐姑娘到娘房里梳头打扮换衣襟，
顺(右)手捏了黄杨板木梳，
济(左)手捏了青丝细发，
梳了九曲三弯八角一个盘龙髻，
一只金插勒翘出两边分。

之后的十几段都以“新打格只桑篮竹篾青”开头，描写了六姐从里到外、从头到脚精心梳洗、打扮的详细过程。

(二)六姐移步塘上行

六姐移步塘上行，
塘上才有踏车娘，
踏车娘嘴里勒丛丛讲，
六姐姑娘一身打扮来能登样。

以下分别以“六姐移步塘上行”“等情郎来话情郎”“六姐采桑转门庭”“六姐肚里细思忖”等开头，[①]描写了六姐采桑途中在水塘边边走边看风景，在桑园采桑与情郎相会，回家应对母亲责问等情节，极尽铺陈。

此外，蚕歌还有如嘉兴海宁一带流行的问答形式的儿歌《做啥谣》，湖州安吉一带流行的历史传说歌《包公夸桑枝》等。

---

① 金天麟：《中国·嘉善田歌》，黑龙江人民出版社2008年版，第417—421页。

《做啥谣》(嘉兴海宁)：

嘭！嘭！嘭！开开门。
啥人？张三老。
张三老来做点啥？撮个火。
撮个火来做点啥？寻眼线。
寻眼线来做点啥？缝袋袋。
缝袋袋来做点啥？放铜钿。
放铜钿来做点啥？买竹刀。
买竹刀来做点啥？劈篾爿。
劈篾爿来做点啥？编蚕匾。
编蚕匾来做点啥？养宝宝。
养宝宝来做点啥？结茧子。
结茧子来做点啥？缫蚕丝。
缫蚕丝来做点啥？做衣裳。
做衣裳来做点啥？囡囡伽[1]，囡囡乖。
做件花花衣裳囡囡着。[2]

历史传说歌《包公夸桑》，以包公的口吻说出植桑的好处和重要作用，从东北地区、北京、山西、陕西、河南、山东，到江苏、浙江都有流传。在湖州的安吉县，这首歌叫《包公夸桑枝》：

太阳出来照长沙，照到长沙百万家。
正官娘娘生太子，文武百官插金花。
只有包公不爱俏，摘根桑枝头上插。
万岁一见忙问他：朕叫一声包卿家，
金花银花你不戴，你戴桑枝丑孤家。
包公一听回言答：我主万岁听根芽，
你家桑枝不为贵，我把桑枝夸一夸。

---

① 伽：借用字，方言，聪明的意思。

② 海宁市民间文学集成办公室：《中国民间文学集成浙江省海宁市卷》，浙江省民间文学集成办公室1989年版，第408页。

人吃桑果甜如蜜，蚕吃桑叶抽长纱。
万岁龙袍要它做，纱帽蓝衫难少它。
万岁一听笑哈哈，小小桑枝赛金花。[①]

这首歌被收入《浙江省民间文学集成·湖州市歌谣、谚语卷》，其中“纱帽蓝衫难少它”改为“寻常百姓难少它”[②]。在收入《中国歌谣集成·浙江卷》时，“长沙”，改为“长街”；“万岁一见忙问他：朕叫一声包卿家”改为“万岁一见龙颜改，厉声喝问包卿家”；“你家桑枝不为贵”改为“你讲桑枝不为贵”；“蚕吃桑叶抽长纱”改为“蚕吃桑叶抽长丝”[③]。在《丝绸之府湖州与丝绸文化》中“你家桑枝不为贵”改为“你家金花不为贵”，“纱帽蓝衫难少它”改为“寻常百姓难少它”[④]，当是传播过程中歌手的记忆差错或是歌手自己的自由创作。

因杭嘉湖蚕区蚕桑生产与蚕农生活实在是息息相关，如前所述一些节令歌、生活歌等虽然不是完全的蚕歌，但是部分涉及蚕桑。此外，因在杭嘉湖地区“田蚕”往往联系在一起，一些种田歌名为种田，但也与蚕桑事相关。如嘉善是以田歌闻名的，但是它的种田歌仍然包括蚕桑内容，如《种田歌》：

种田人唱种田歌，
双手弯弯种六棵，
种得六棵青苗头浪[⑤]出珍珠，
看蚕娘子桑树浪结绫罗。[⑥]

嘉善是田歌的故乡。嘉善田歌以前也叫嘉善山歌，后来因为嘉善无山，歌词内容又大多为种田，1950年代搜集整理时才将嘉善山歌改名为嘉善田歌。嘉

---

① 安吉县民间文学集成办公室：《中国民间文学集成浙江省湖州市安吉县歌谣卷》，浙江省安吉县民间文学集成办公室1989年版，第277—278页。

② 湖州市民间文学集成办公室：《浙江省民间文学集成·湖州市歌谣、谚语卷》，浙江文艺出版社1991年版，第305—306页。

③ 中国民间文学集成全国编辑委员会，中国民间文学集成浙江卷编辑委员会：《中国歌谣集成·浙江卷》，中国ISBN中心1995年版，第390—391页。

④ 嵇发根、陆松平：《丝绸之府湖州与丝绸文化》，中国国际广播出版社1994年版，第247页。

⑤ 浪：方言，相当于“上”。

⑥ 嘉兴市民间文学集成办公室：《浙江省民间文学集成·嘉兴市歌谣、谚语卷》，浙江文艺出版社1991年版，第2页。

善田歌中的劳动歌以种田为主,但是又因为嘉善一带同样养蚕,因此,嘉善田歌中仍然大量地包含蚕桑内容。其实蚕歌与田歌同属于吴歌,包含的劳动内容经常互相交叉,都属于农家劳动的一种,只是侧重点不一样,并不能够截然分开。

六、其他蚕歌——丝歌、织歌

一般来说,养蚕的目的就是为了织绸(除了部分用丝绵絮做棉衣棉被外)。从种桑、养蚕、缫丝到织绸,养蚕是关键步骤,各个步骤环环紧扣,构成一个不可分割的有机整体,每一环节都孕育出相应的蚕歌,从整个劳动流程的大范围上来看,除了桑歌、蚕歌外,丝歌和织歌也可以归属为蚕歌大类。

(一)丝歌

与缫丝有关的蚕歌就是丝歌。蚕茧收获之后,下一步就是缫丝了。旧时一般农户养蚕规模不大,就在家自行缫丝,如果是养蚕的大户人家,就要雇佣其他人缫丝,一般被雇佣的多为女子,所以被称为"缫丝娘"。桐乡有一首三跳艺人张金林演唱的《缫丝娘》:

东南风起自然凉,村中忙坏缫丝娘,
脚踏丝车团团转,索帚捞绪丝头长。
几颗茧子一根丝,粗细心里拿主张,
手脚并用眼睛快,全凭索帚功夫强。①

缫出的丝有粗细之分,粗丝也叫肥丝,比较粗糙,细丝精白,如蚕歌《经蚕肚肠》中唱道:"做个细丝像金条,做个粗丝像银条。"粗丝细丝各有不同的用途,价格也不一样。如在嘉善是"粗丝织绸穿,细丝卖衣银"。粗丝细丝相应的出售去处也不同。如桐乡蚕歌《蚕花谣》所唱的"敲落丝车把船开,粗丝要往杭州送,细丝要往湖州载",《经蚕肚肠》所唱的"粗丝要向杭州装,细丝要往上海摇",德清《扫蚕花地》所唱的"粗丝卖到杭州府,细丝卖到广东省"等等。

杭嘉湖一带蚕桑、丝织业发达,出产的蚕丝质量上等,在全国都名列前茅。明朱国桢在《涌幢小品》中说:"湖地宜蚕,新丝妙天下。……湖丝唯七里者尤佳。"②明陈全之在《蓬窗日录·寰宇》中评论全国各地出产的白丝:"归安为

---

① 徐春雷:《桐乡蚕歌》,中国文联出版社2009年版,第12页。

② [明]朱国祯:《涌幢小品》卷二《农蚕十则》,中华书局1959年版,第44页。

最，次德清，其次嘉之桐乡、崇德，杭之仁和（今杭州市），而山东、河南又次之。”蚕桑业分工越来越细，农村主要负责种桑养蚕，而城镇出现了专门缫丝的作坊，即丝坊。有的蚕农就不再自行缫丝，直接将收获的蚕茧出售给这些专门的丝坊，同时有些穷苦农民会被雇佣专职缫丝。杭嘉湖地区的这类专门的丝坊非常多，旧时的湖州城乡以及杭州的古运河两岸特别是城东一带，丝坊遍地。这些丝坊雇佣了大量的缫丝女工，女工被称为“缫丝阿姐”或者“湖丝阿姐”。这是因为湖州的丝绸业在杭嘉湖地区历史最为悠久，最为兴盛，湖丝“妙天下”最负盛名，而缫丝女工功不可没。因此湖州本地缫丝女工数量众多，去外地大城市如上海、杭州一带从事缫丝的也特别多，久而久之，“湖丝阿姐”就成了缫丝女工的代名词。

这么一个重要的劳动群体，自然出现了相当多的相关歌谣，在杭嘉湖地区各地都有流传。常见的丝歌有《缫丝阿姐（叹）》《湖丝阿姐》等，一般用“泗洲调”演唱。[①] 这些有关缫丝女工的歌谣流传范围甚广，分布于丝厂范围内、缫丝女工居住的棚户区，甚至流传到街头巷尾和茶馆酒肆。目前采集到的流行于杭州下城区一带的《缫丝阿姐》有一简一详两个版本。简略版除了语句精简以外，只是单独描写缫丝女工艰苦的工作和令人心酸的生活，详细版还增加了对有钱人家小姐锦衣玉食的幸福生活的描述，与缫丝阿姐贫困不堪的生活形成鲜明的对比，叹社会之不公，使人印象深刻。现分别录于下。

《缫丝阿姐》（泗洲调，杭州市区，简版）：

缫丝阿姐第一叹，月亮高高就起来，
烧好六谷糊，带点萝卜菜，跌煞绊倒[②]去上班。
缫丝阿姐第二叹，进厂好比坐牢监，
茧子滚水里煮，两手好像抓火炭，十指烫得连心痛，
工头的棒儿打你，打得鲜血流出来！
缫丝阿姐第三叹，太阳落山才放班，
浑身筋骨痛，走路像上山，
两只角子做一工，只好买捆把儿柴。[③]

① 朱秋枫：《杭州运河歌谣》，杭州出版社 2013 年版，第 73—74 页。

② 跌煞绊倒：形容急急匆匆。

③ 中国民间文学集成全国编辑委员会、中国民间文学集成浙江卷编辑委员会：《中国歌谣集成·浙江卷》，中国 ISBN 中心 1995 年版，第 245—246 页。

《缫丝阿姐叹》(杭州市区,详版):

缫丝阿姐第一叹,月亮高高就起来,
烧好六谷糊,带点萝卜菜,
瞌眬懵懂出了门,跌煞绊倒去上班。
有钱人家困高楼,太阳高高才起来,
娘姨来梳妆,丫头揩皮鞋,
不平不平真不平,缫丝阿姐受苦难。
缫丝阿姐第二叹,进厂好比坐牢监,
茧子滚水里煮,两手好像抓火炭,十指烫得连心痛,
工头的棒儿打你,打得鲜血流出来!
有钱小姐日日西湖游,十六十七就去恋爱谈,
搽孔凤春的粉,着香港店的衫,
不平不平真不平,缫丝阿姐受苦难。
缫丝阿姐第三叹,太阳落山才放班,
浑身筋骨痛,走路像上山,
两只角子做一工,只好买捆把儿柴。
有钱小姐山珍海味吃,十菜八汤满桌摆,
喷香暹罗米,金边碗,白玉筷,
不平不平真不平,缫丝阿姐受苦难。[①]

杭州余杭区的塘栖镇,是浙江省境内最早的机械缫丝发源地,因此有不少经验丰富的缫丝熟练工人,很多杭州、无锡一带的丝厂在创办初期都来塘栖招工。据民国时期的《东南日报》报道,在杭州,由于来自塘栖的缫丝女工实在太多,所以被叫作“塘栖婆”[②]。在塘栖,也流传着与上一首内容基本一致的《缫丝阿姐叹》,这首歌从一些退休的缫丝女工处搜集整理而来,形象地描绘了当时缫丝女工工作的辛苦及生活的贫困。

缫丝阿姐第一叹,听见回声半夜爬起来。

① 董校昌:《浙江省民间文学集成·杭州市歌谣、谚语卷》,中国民间文艺出版社 1989 年版,第 19 页。

② 丰国需:《塘栖风俗》,浙江摄影出版社 2006 年版,第 50 页。

烧好六谷糊，带好萝卜干，
瞌晾懵懂出了神，跌煞绊倒去上班。
有钱小姐住高楼，太阳高高才起来。
娘姨来梳头，丫头揩皮鞋，
不平不平真不平，缫丝阿姐受苦难。
缫丝阿姐第二叹，进厂好比坐牢监。
茧子在滚水里煮，两手好比抓火炭，
工头棒儿头上打，满头鲜血流出来。
有钱小姐天天嬉，十六七岁谈恋爱。
搽孔凤春的粉，着香港店的衫，
不平不平真不平，缫丝阿姐受苦难。
缫丝阿姐第三叹，太阳落山才放班。
浑身筋骨痛，走路像上山，
两只角子做一工，只好买把毛毛菜。
有钱小姐山珍海味吃，十菜八汤满桌摆。
喷香泰谷米，金边碗和白玉筷，
不平不平真不平，缫丝阿姐受苦难。①

还有一首流传于杭州东西桥附近的类似内容的《月儿一出照东桥》，也出自于老缫丝女工之口，收入《浙江省民间文学集成·杭州市歌谣、谚语卷》中"生活歌"分类下的"劳工苦歌"类：

月儿一出照东桥，湖丝阿姐快起早，
冷饭头儿茶泡泡，霉干菜儿撮一吊。
寒冬腊月薄棉袄，抖抖索索往厂跑，
进厂先把身上抄，工头皮鞭、木棍朝你头上敲。
茧子在滚水里煮，两手在滚水里捞，
好像剥出的黄鱼头②，十指连心痛难熬。
月儿一出照西桥，湖丝阿姐放工了，
一步当作三步走，浑身好像滚油浇。

---

① 丰国需：《塘栖风俗》，浙江摄影出版社2006年版，第50—52页。

② 黄鱼头：形容手指与手臂被烫破了皮。

芋艿头儿水煮煮，盐花儿蘸蘸把肚饱，
吃了上顿没下顿，老鼠也饿得吱吱叫。
蚊子好像轰炸机，臭虫赛过坦克炮，
一块木板当眠床，稻草堆里来困觉。①

采录者在附记中说明：东桥西桥，在今下城区杭州高级中学两侧。清末民初，河两侧分布着多家缫丝厂。② 直到现在，附近的西健康路两侧，仍然密布很多丝绸公司。

同样，塘栖镇也有一首类似的丝歌《月儿未落回声叫》：

月儿未落回声叫，湖丝阿姐快起早，
冷饭头来茶泡泡，霉干菜来撮一吊。
寒冬腊月单夹袄，抖抖嗦嗦往厂跑，
进厂先要把身抄，工头皮鞭头上敲。
茧子在滚水里煮，两手在滚水里捞，
好像剥出黄鱼头，十指连心痛难熬。
月亮一出照长桥，湖丝阿姐放工了，
一步当作三步走，浑身好像滚油浇。
芋艿头开水煮煮，盐花蘸蘸把肚饱，
吃了上顿无下顿，湖丝阿姐真苦恼。③

这里的“回声”，指的是机械缫丝厂蒸气锅炉的汽笛声。清末民国年间，塘栖有四大丝厂，每天早上上班前都要鸣汽笛为号，笛声嘹亮，传播很远，叫作“拉回声”。旧时丝厂女工家里没有钟表，掌握上班时间就全靠听回声了。“拉回声”的习俗一直延续到 20 世纪 70 年代中期，直到因钟表日益普及且“拉回声”噪声太大而被废止。④

同时期，杭嘉湖各地都有缫丝厂，也就有不同版本的《湖丝阿姐》，有各种

① 董校昌：《浙江省民间文学集成·杭州市歌谣、谚语卷》，中国民间文艺出版社 1989 年版，第 18 页。

② 朱秋枫：《杭州运河歌谣》，杭州出版社 2013 年版，第 73—74 页。

③ 丰国需：《塘栖风俗》浙江摄影出版社 2006 年版，第 50—51 页。

④ 同上，第 49 页。

异文。歌词稍有不同，如“快起早”“起得早”“要起早”等，其用词也是地道的当地方言，如桐乡的《湖丝阿姐》：

月落西山天明了，湖丝阿姐起得早，
喊娘亲先把饭烧，
嗳唷，嗳唷，喊娘亲先把饭烧。
忽听头波罗①唠唠叫，来了姐妹一大淘②，
金弟姐你也来了，
嗳唷，嗳唷，金弟姐你也来了。
看看钟头五点过，又听叫了二波罗，
姐妹们都去上工，
嗳唷，嗳唷，姐妹们都去上工。
左手拿把文明伞，右手提只小饭篮，
在路上说说谈谈，
嗳唷，嗳唷，在路上说说谈谈。
老小进了湖丝栈，打盆做丝茧子拣，
十二点钟放工吃饭，
嗳唷，嗳唷，十二点钟放工吃饭。
江北阿姐真苦恼，天天冷饭开水泡，
好小菜一根油条，
暖唷，嗳唷，好小菜一根油条。
上海阿姐本领高，打盆做丝称头挑，
着衣裳真正时髦，
嗳唷，嗳唷，着衣裳真正时髦。
苏州阿姐路上跑，滑头麻子来盯稍③，
骂一声杀侬千刀。
你看穷爷啥路道，瞎脱眼睛来胡调，
恨起来打你耳光，
嗳唷，嗳唷，恨起来打你耳光。

① 波罗：方言，即汽笛。
② 一大淘：即一群。
③ 滑头麻子：指油滑不老实的人。下文“滑头码子”同。稍，应为梢。

滑头麻子哈哈笑，叫声阿姐休烦恼，
我有事告你知晓，
嗳唷，嗳唷，我有事告你知晓。
杭州阿姐买相好，管车先生膀子吊，
小房子借在旱桥，
嗳唷，嗳唷．小房子借在旱桥。①

除桐乡外，嘉兴的其他县市，也分布着不少缫丝工坊。在海盐流传的一首用泗州调演唱的《缫丝阿姐》，其内容为桐乡《湖丝阿姐》的异文，不过其中"湖丝阿姐"为"缫丝阿姐"，"江北阿姐"为"苏北阿姐"，汽笛叫"汽笛"而不叫"波罗"等。

《缫丝阿姐》（泗州调，嘉兴海盐）：

月落西山天明了，缫丝阿姐要起早。
喊娘亲，先把饭烧。
（嗳唷，嗳唷）喊娘亲，先把饭烧。
忽听汽笛一声叫，来了姐妹一大淘。
金娣姐，你也来了。
（嗳唷，嗳唷）金娣姐，你也来了。
看看钟头五点过，又听汽笛叫一声。
姐妹们，多去上工，
（嗳唷，嗳唷）姐妹们，多去上工。
左手拿着文明伞，右手提个小饭篮。
在路上，说说谈谈。
（嗳唷，嗳唷）在路上，说说谈谈。
大家进了缫丝栈②，打盆做丝茧子拣。
十二点，放工吃饭。
（嗳唷，嗳唷）十二点，放工吃饭。
苏北阿姐真苦恼，天天冷饭开水泡。
好小菜，一根油条。

① 徐春雷：《桐乡蚕歌》，中国文联出版社 2009 年版，第 13—15 页。
② 缫丝栈：当时的缫丝作坊。

(嗳唷,嗳唷)好小菜,一根油条。
上海阿姐本领高,打盆做丝称头挑,
穿衣裳,真正时髦。
(嗳唷,嗳唷)穿衣裳,真正时髦。
苏州阿姐路上跑,滑头码子来盯梢。
骂一声,杀侬千刀!
(嗳唷,嗳唷)骂一声,杀侬千刀!
你看穷爷啥路道,瞎脱眼睛瞎胡调。
火起来,打侬耳光。
(嗳唷,嗳唷)火起来,打侬耳光。
杭州阿姐卖相好,管车先生膀子吊。
小房子,租在旱桥。
(嗳唷,嗳唷)小房子,租在旱桥①。

在现代,海宁一带流行的《湖丝阿姐》与桐乡的内容类似,最后一段少了部分内容:“滑头麻子哈哈笑,叫声阿姐休烦恼,我有事告你知晓,嗳唷,嗳唷,我有事告你知晓。……小房子借在旱桥,嗳唷,嗳唷,小房子借在旱桥。”个别词汇不同,如“一大淘”为“一大潮”,“老小进了湖丝栈”为“大小进了湖丝栈”,“波罗唠唠叫”为“波罗呜呜叫”等,这与各地方言相关,也可能是传播过程中的音误。其内容如下:

《湖丝阿姐》(小调,嘉兴海宁):

月落西山天明了,湖丝阿姐要起早,
害娘亲,先把饭烧,
哎哟,哎哟,害娘亲,先把饭烧。
耳听波罗咣咣叫,来了姐妹一大淘,
提起苦,没得话说了,
哎哟,哎哟,提起苦,没得话说了。
看看钟头五点过,耳听叫了二波罗,
姐妹们都去上工,

① 海盐县民间文学集成办公室:《中国民间文学集成·浙江省嘉兴市海盐县故事、歌谣、谚语卷》,海盐县民间文学集成办公室1989年版,第797—798页。

哎哟，哎哟，姐妹们都去上工。
左手捏把文明伞，右手一只小饭篮，
在路上说说谈谈，
哎哟，哎哟，在路上说说谈谈。
大小进了湖丝厂，打盆做丝茧子拣，
十二点钟放工吃饭，
哎哟，哎哟，十二点钟放工吃饭。
上海阿姐本领高，打盆做丝称头挑，
着衣裳也算时髦，
哎哟，哎哟，着衣裳也算时髦。
杭州有个阿姐卖相好，管车先生膀子吊，
身不由己呒办法，
哎哟，哎哟，身不由己呒办法。
江北阿姐真苦恼，天天冷饭开水泡，
下小菜一根油条，
哎哟，哎哟，下小菜一根油条。
苏州阿姐路上跑，滑头麻子来盯梢①，
骂一声杀头千刀，
侬看那穷爷啥个路道，
恨起来打你个耳光。
哎哟，哎哟，恨起来打你个耳光！②

这首歌被收入《浙江省民间文学集成·嘉兴市歌谣、谚语卷》时，部分词句做了修改，其中“害娘亲”改为“喊娘亲”，“波罗咣咣叫”改为“波罗呜呜叫”③。收入《中国歌谣集成·浙江卷》时，“呒办法”改为“呒法逃”，最后一段少了部分内容，由“苏州阿姐路上跑，滑头麻子来盯梢，骂一声杀头千刀，侬看那穷爷啥个路道，恨起来打你个耳光。哎哟，哎哟，恨起来打你个耳光！”改为

① 稍：应为梢。

② 海宁市民间文学集成办公室：《中国民间文学集成浙江省海宁市卷》，浙江省民间文学集成办公室 1989 年版，第 359—360 页。

③ 嘉兴市民间文学集成办公室：《浙江省民间文学集成·嘉兴市歌谣、谚语卷》，浙江文艺出版社 1991 年版，第 162—164 页。

"苏州阿姐路上跑，滑头麻子来盯梢，骂一声杀头千刀。哎哟，哎哟，骂一声杀头千刀！"①

流传于湖州市区的《湖丝阿姐真苦恼》篇幅短小，仅有四句，内容为：

月亮弯弯照楼梢，湖丝阿姐真苦恼！
借手拿把文明扇，②顺手拎只讨饭篮。③

在周边的苏州上海等地，也流行这类关于缫丝阿姐的歌。旧时丝厂的缫丝女工也被称为"盆工"，也称"打蚕盆"的童工为"盆工"。流传在苏州瑞丰丝厂的一首歌谣《盆工谣》唱道：半夜起，五更做；蓬头赤脚血泪吞，盆工有苦无处伸。④

流传于上海嘉定的《缫丝阿姐》是这样的：

栀子花开来十六瓣，谭家桥开起缫丝站，
缫丝阿姐千千万，手里拎只小饭篮。⑤

从下面这首同样流传于嘉定的歌来看，似乎湖丝阿姐的生活稍微好一些，还能够穿上"香云纱裤子纺绸衫"来打扮自己。

《手里拎只小饭篮》(上海嘉定)：

芝麻开花心里爱，湖丝阿姐爱打扮，
手里拎只小饭篮，香云纱裤子纺绸衫。⑥

据海宁《湖丝阿姐》采录者介绍，《湖丝阿姐》流传时间略晚于《缫丝阿姐》，

---

① 中国民间文学集成全国编辑委员会、中国民间文学集成浙江卷编辑委员会：《中国歌谣集成·浙江卷》，中国 ISBN 中心 1995 年版，第 247 页。

② "借手(即左手)拿把文明扇"一句，意为在工厂做工人，名义上很好听。

③ "顺手(即右手)拎只讨饭篮"一句，意为实际做工象讨饭一样苦。

④ 中国民间文学集成全国编辑委员会、中国民间文学集成江苏卷编辑委员会编：《中国歌谣集成·江苏卷》，中国 ISBN 中心 1998 年版，第 81 页。

⑤ 嘉定县民间文学集成编委会：《中国民间文学集成·上海卷嘉定县歌谣分卷》，嘉定县民间文学集成编委会 1989 年版，第 321 页。

⑥ 王士均：《江南民间情歌八百首》，学林出版社 2011 年版，第 66 页。

描述的内容也有所不同。[1] 与杭州一带《缫丝阿姐》《湖丝阿姐》重点描述缫丝女工个体生活和工作的悲惨遭遇不同，嘉兴、湖州一带的《湖丝阿姐》更注重缫丝女工整个群体中不同个体的描述，如分别描写了“上海阿姐”“杭州阿姐”“江北阿姐”“苏州阿姐”的形象等，对这个群体的描写视野更为扩大，所涵盖的内容更为丰富。

在一些十二月花名形式的歌谣中，有的描写了长工生活，有的描写了青年爱情，其中部分内容除涉及采桑、养蚕外，还涉及缫丝，如《竹叶姐》中的四月一段（见本节的情歌部分），以及《小弟长工》中的四月一段等。

《小弟长工》（节选，湖州德清）：

四月蔷薇靠墙开，
姐儿跟小弟过蚕海，
长长的蚕凳象爿桥，
桥上走的梁山伯与祝英台。
摘下白茧做生丝，
小弟做丝姐儿陪。
闲话要比丝头长，
好像十八相送情似海。[2]

（二）织歌（机歌）

缫丝之后的一道工序就是织绸了。杭嘉湖地区丝织业发达，历史悠久，尤其是杭州，丝织技术一直久负盛名，唐时上缴的贡品有绯绫、纹绫及白编绫等多种丝织品，宋时起一直设织务局专门收购丝织品，自元以来一直是江南丝织业的中心，明清时杭州东城一带“机杼之声，比户相闻”，一派繁忙兴盛景象。杭嘉湖各地出产的丝织品都有自己的特色和主打产品。如杭州产的杭罗很有名，湖州除出产的湖丝妙天下外，还盛产绫绢，嘉兴以出产绸出名，如著名的桐乡濮院的“濮绸”，为历代贡品，有“天下第一绸”之称。海宁多产各类丝绸。据康熙《海宁

① 中国民间文学集成全国编辑委员会、中国民间文学集成浙江卷编辑委员会：《中国歌谣集成·浙江卷》，中国 ISBN 中心 1995 年版，第 246—247 页。

② 湖州市民间文学集成办公室：《浙江省民间文学集成·湖州市歌谣、谚语卷》，浙江文艺出版社 1991 年版，第 92 页。

县志》记载:宁邑……西乡兼丝、绵、绢、席,东乡专于绸、布。[①] 硖石镇所产紫微绸远近闻名。[②] 在过去纺织机械不发达的时期,这么多花样繁多、丰富多彩的精美的丝织品,主要靠织工在传统的手工织机上一丝一缕地织出来。

随着生产力的逐步发展和技术的不断改进,社会分工越来越细、越来越专业化,纺织、印染和刺绣等手工业逐渐从农业等劳动中独立出来,出现了一大批专门的工匠。[③] 杭嘉湖蚕乡的丝织业也从种桑养蚕等劳动中分离出来,出现了缫丝工、织绸工等工种。丝织业生产的组织形式大致有两种:一种是机户,另一种是机坊。机户以家庭为单位,分两种。在杭嘉湖农村,在从事蚕桑生产之余又自家织绸的农家,被称为"田庄机户"。在城镇,从事织绸的家庭,被称为"零机户"。机坊是一种把织工集中起来工作的手工业工场,分民办、官办两种。据史料记载,机坊早在西汉时就已设立。明中叶以后,实行"机户领织"制度,杭嘉湖苏松一带具有资本主义萌芽性质的机坊已经到处出现,[④]尤其盛行于杭州和湖州。在杭州,庆春街以北、城东一带机坊林立。[⑤] 湖州的双林等镇、嘉兴的濮院、王江泾等镇都是著名的丝绸出产重地。这些机坊、绸厂雇佣大量的专业织工进行丝织劳动。

丝织工作枯燥乏味,织工劳动强度高、时间长,每天工作 12 个小时以上;劳动环境恶劣,待遇很差,导致织工在社会上地位低下,跟乞讨的乞丐差不多。织工也叫机工,通常被人们称为"机匠""机手""机坊鬼儿",好一点被称为"机坊师傅"。[⑥] 大多数织工收入微薄,而女工收入更低。仅有少数技艺高超、手艺精湛的机工,被称为"巧儿"[⑦],有比较高的收入,工钱甚至可以是其他人的两倍。明初曾任杭州府学教授的天台人徐一夔在《始丰藁》卷一《织工对》中,讲述了有关"知足"的哲理,同时对元末杭州的这种机坊及织工的状况也做了一番描述:

余僦居钱塘之相安里。有饶于财者,率居工以织。每夜至二鼓,

---

① [清]金鳌等:乾隆《海宁县志》卷一《方域志·物产》,《中国方志丛书》华中地方第五一六号,成文出版社有限公司 1984 年版,第 167 页。

② 樊树志:《明清江南市镇探微》,复旦大学出版社 1990 年版,第 401 页。

③ 齐涛:《生产志》(下册),山东教育出版社 2007 年版,第 407 页。

④ 朱新予:《浙江丝绸史》,浙江人民出版社 1985 年版,第 67 页。

⑤ 浙江民俗学会:《浙江简志之五浙江风俗简志》,浙江人民出版社 1986 年版,第 19 页。

⑥ 杭州市江干区地名委员会:《江干地名故事》,杭州出版社 2014 年版,第 133 页。

⑦ 浙江民俗学会:《浙江简志之五浙江风俗简志》,浙江人民出版社 1986 年版,第 19 页。

一唱众和，其声欢然，盖织工也。余叹曰：乐哉！……旦过其处，见老屋将压，杼机四五具，南北向列，工十数人，手提足蹴，皆苍然无神色。进工问之曰：以余观若所为，其劳也亦甚矣，而乐何也？……工对曰：……吾业虽贱，日佣为钱二百缗，吾衣食于主人，而以日之所入，养吾父母妻子。……于凡织作，咸极精致，为时所尚，故主之聚易以售，而佣之值亦易以入。……顷见有业同吾者，佣于他家，受值略相似。久之，乃曰：吾艺固过人，而受值与众工等。当求倍值者而为之佣。已而，他家果倍其值佣之，主者阅其织，果异于人，他工见其艺精，亦颇推之。主者退自喜曰：得一工，胜十工，位其值不吝也。①

这篇文章里提到的夜班织工唱的歌，就是流传到现在的"织歌"了。"织歌"，是机坊工人在机坊里唱的歌，又称为"机歌"。旧时手工织机须由二人互相配合操作，称为上手、下手或者上档、下档。一人在机下坐着掌梭，叫上档，一人在机上站着牵绳拉花纸版，叫下档。② 二人必须配合默契，动作协调，才能织出好看的花纹。因这项工作动作枯燥乏味，织机声单调重复，又经常做夜工，很容易使人疲倦不堪、昏昏欲睡。为了协调劳动节奏，提振精神，消乏解闷，机工们逐渐养成了唱织歌的习惯。③ 同时，机工们虽然工作辛苦，但收入菲薄，生活艰难，唱歌也是为了抒发自己的感情，诉说自己的辛酸和悲苦，正如徐一夔在《始丰藁·织工对》中描述的那样，半夜里做夜工的织工们表面上听起来"一唱众和，其声欢然"，实际上却是"苍然无神色"，满脸疲惫憔悴，不过苦中作乐罢了。

织歌反映的内容广泛，通常采用对唱形式。大多诉说机坊工人工作的辛苦和生活的艰辛。近现代杭嘉湖苏一带，较为流行的织歌有《机坊叹五更》《十个瞌晥》等，不但具有极高的艺术价值，还成为可贵的历史资料。③

明清时杭嘉湖地区丝织业非常兴旺，作为丝织行业的行业神，机神信仰兴盛，机神庙也相应建了很多，一般由民间集资兴建，香火旺盛。近代杭州的忠清里、东园巷、闸弄口、红门局一带④都是机坊林立、丝织业和布织业最为集中

① ［明］徐一夔：《始丰藁》卷一《织工对》，《丛书集成续编》第111册集部·别集类，上海书店出版社1994年版，第95页。

② 吴一舟：《天虫》，上海人民出版社2005年版，第147页。

③ 齐涛：《生产志》（下册），山东教育出版社2007年版，第407页。

④ 黄公元：《杭州运河宗教文化掠影》，杭州出版社2013年版，第130页。

的地段。为了便于祭祀机神,机神庙大都建在机坊附近。在杭州,机神庙多的地方也是"织歌"广为流行的地方。① 而湖州双林镇是丝织业发达的地方,"双林织歌"从明代起就很著名了。②

苏杭民间流传的一首《机房叹五更》(机房小调),以"轩辕王"即丝织祖师爷(有时也被称为机神的)轩辕黄帝起头,倾诉了机坊工人们做工的辛苦:

一更一点下苏杭,说起轩辕王③,起造绸缎庄,城里马上开帐房,承揽揭子中人做"横挡",先套"翻头""机范"扛。④

二更二点月似霜,轮着出皇差,又是苦日脚,造出来咯缎子象麻布筛,急得呒数目,勿轮好差单叫日脚快。

三更三点机荒年,一歇呒饭钿,顿时要豁边,身朗厢咯短衫送到典当里,呒柴呒米连带少油盐,弄得"活七牵"⑤。

四更四点月西沉,满缎(匹)蛮起劲,交缎难过门,看生活咯人眼睛象铜铃,再用放大镜,横相竖看小毛病,罚工勿歇算时运。

五更五点行行薄,机房也勿局,六月里汗水多,还怕出次货;再有十二月,夜作做到起码半夜把,薄汤也呒喝一口。⑥

另一首流传于湖州的反映织绸工人工作和生活的《哭机房》,也是按照五更的结构,哀叹机坊工人之苦,与上面的《机房叹五更》风格有些类似:

一更一哭机房苦,想起前情泪簌簌;爹娘早死田产无,只好挽亲托眷拜师傅。

二更二哭机房苦,脚踏牵板⑦呒记数,梭子掼得手骨酸,肚饥喝口咸菜卤。

三更三哭机房苦,洞里老虫来欺侮;偷吃纱浆还不算,还要咬我

---

① 朱秋枫:《杭州运河歌谣》,杭州出版社2013年版,第76页。

② 湖州市民间文学集成办公室:《浙江省民间文学集成·湖州市歌谣、谚语卷》,浙江文艺出版社1991年版,第32—35页。

③ 轩辕王:传为丝织业祖师。也就是轩辕黄帝。

④ 横档、翻头、机范:均为机房术语。

⑤ 活七牵:尴尬,难于处理。也有"死活不得"的意思。

⑥ 苏州市文学艺术界联合会:《吴歌新集》,1979年版,第91页。

⑦ 牵板:织机的踏板。

机上布。

四更四哭机房苦，冷风飕飕透窗户；十指冻得格格抖，我哪有气力把机扶？

五更五哭机房苦，年过三十还把光棍做，绫罗绸缎手中出，破衣褴衫咜人补！[①]

这样的织歌数量不少，如流行于杭州、湖州一带的：

梭子两头尖，歇落无饭钱。
织的绫罗缎，穿的破烂衣。

以及：

劝君莫要学机房，机房好比坐班房。
一饭一粥没保障，半夜三更卧冷床，
老来无用做和尚。[②]

上一首的异文：

劝君莫要学机房，机房行当好比坐班房。
一饭二粥没保障，老来无用做和尚。[③]

旧时织绸织布的机工多为男性，往往要经历“三年半”辛苦的学徒阶段才可以开始正式工作。老板生意好时，催促机工延长夜工时间是经常的事，特别是学徒工更难避免。流行于杭州一带的这首《(机房)十个瞌晥(歌)》是最常见的织歌，描述了机坊学徒“黄昏半夜不在话，鸡啼天明早起身”终日劳累的生活景象。[④]

---

① 湖州市民间文学集成办公室：《浙江省民间文学集成·湖州市歌谣、谚语卷》，浙江文艺出版社 1991 年版，第 35—36 页。此歌也收入《中国歌谣集成·浙江卷》(第 248 页)。

② 吴一舟：《天虫》，上海人民出版社 2005 年版，第 146 页。

③ 湖州市总工会：《湖州工人运动史》，中国广播电视出版社 1992 年版，第 41 页。

④ 朱秋枫：《杭州运河歌谣》，杭州出版社 2013 年版，第 75—76 页。

《机房十个瞌眈歌》(杭州)：

头一个瞌眈初起头，夜饭吃落喉咙口，脚踏横档全无力，唉声叹气上花楼。

第二个瞌眈凑成双，瞌眈来了最难当，哈欠连连手无力，手捏牵线险断档。

第三个瞌眈冷清清，三年半徒弟苦伤心，黄昏半夜不在话，鸡啼天明早起身。

第四个瞌眈懵懂懂，下档师傅板面孔，梭子一掼朝上骂，只见上档眼圈红。

第五个瞌眈浑汹汹，机坊原是苦行当，人人道是机坊好，机坊好比讨饭行。

第六个瞌眈眼睛酸，一把拉断"牵横线"。上档招呼下档换，换得停当三更天。

第七个瞌眈夜静深，斗转星移半夜中，东家吃饱呼呼睡，机房冰冷做夜工。

第八个瞌眈心慌忙，前世勿修学机房，一日不做饿肚皮，好比讨饭走四方。

第九个瞌眈月星高，半夜三更窝冷床，冷床刚好来窝热，东邻西舍开门窗。

收场瞌眈第十个，机房一夜瞌眈鬼，吃粥好比龙喝水，满肚苦水向谁流。①

湖州也是丝织业发达的地方。流传于湖州的《十个瞌眈》(山歌，湖州市区)异文如下：

头一个瞌眈初起头，夜饭吃拉喉咙头；桥尺②一响抽身起，瞌瞌眈眈那介织花绸！

第二个瞌眈凑成双，瞌眈来哉真难当；脚踏桁档全无力，手捏牵线软郎当。

① 同上，第75页。
② 桥尺：织机上挂转盘的横木。

第三个瞌晄凑成单，一把拉断上中线；徒弟照火师傅换，换到停当一更天。

第四个瞌晄晄里晄，下挡师傅摆面孔，梭子一掼朝上看，慌忙扎乱拉析点①。

第五个瞌晄浑淘淘，走到机前掼一箸，东一张来西一望，郎荡打翻绸坏了。

第六个瞌晄师傅叫剪剪掉，口口声声剪勿掉，机剪落地叮当响，口口声声骂爷娘。

第七个瞌晄冷冰冰，想着三年半徒弟苦伤心，吪不黄昏半夜多勿困，鸡叫平亮早起身。

第八个瞌晄四成双，怨我爹娘送我上机行，莫道机行里生意行当好，我情愿剃头削发做和尚。

第九个瞌晄九尺长，下挡师傅还有勿收场，开门扇门来勿听见机声响，只听得谯楼打五更。

收场瞌晄第十个，眼目清亮搭白口，吃粥吃饭好比龙喝水，叫我苦经噢向谁讲！②

据湖州《十个瞌晄》采集者的采录附记说明：湖地凡有织机处便有织歌，它是吴歌的一个分支。20世纪二三十年代，湖州城四濠八门处处有织歌声。“双林织歌”相传早在明代就很有名。织工们边操作边唱山歌，正好与织机声响的节奏相协调。“本机”由操作的上、下手对唱；“拉机”由织工和在机旁“掉丝”的女工对唱。

织歌大多反映青年男女的爱情生活、织工艰苦的劳动以及当地风物，曲调多为本地民间流传的吴歌谣曲，后来发展到业余对唱。每年清明到端午在双林镇中心“歌浪桥”畔举行织歌比赛，约三天左右。歌者以男工居多，隔河对唱。自机械织机兴起后，织歌对唱等也日渐消隐。③

---

① 拉析点：接线点。

② 湖州市民间文学集成办公室：《浙江省民间文学集成·湖州市歌谣、谚语卷》，浙江文艺出版社1991年版，第32—35页。在收入《中国歌谣集成·浙江卷》(第247页)时，部分字词有改动。

③ 湖州市民间文学集成办公室：《浙江省民间文学集成·湖州市歌谣、谚语卷》，浙江文艺出版社1991年版，第34—35页。

流传于苏州一带的《十个瞌睆》与杭州、湖州的类似：

第一个瞌睆初起头，夜饭吃勒喉咙头，脚踏横挡全无力，唉声叹气上花楼；

第二个瞌睆凑成双，要打瞌睆最难当，眼白扬扬朝天看，“慌忙札拉”拉“摔转”；

第三个瞌睆冷清清，三年半徒弟苦伤心，黄昏半夜勿在话，鸡啼明亮早起身。

第四个瞌睆睆又睆，下档师父板面孔，梭子一掼朝上看，只见上档眼圈红。

第五个瞌睆较浪当，机房原是苦行档，人人说道机房好，机房好比讨饭行；

第六个瞌睆眼睛酸，一把拉断“牵横线，上档招呼下档换，换得停当三更天；

第七个瞌睆夜静深，未转星梭半夜中，东家吃饭呼呼睡，机房寒冷做夜工；

第八个瞌睆心慌忙，前世勿修学机房，一日勿做饿肚皮，好比讨饭走四方；

第九个瞌睆月星高，半夜三更窝冷床，冷床刚巧来窝热，东邻西舍开门窗。

收场瞌睆第十个，眼明清亮“答白口”，吃粥好比龙取水，通绞转棋老拿手。①

1949年前流传在苏州振亚织物厂的一首机房小调《十怨厂》，从十个不同的角度，描写了丝织厂女工因家贫所迫进厂做工，接受严苛的规章制度，遭受资本家盘剥，起早贪黑，工作辛苦却收入菲薄，好比进了监狱一样的悲惨情形：

第一怨来怨章程，贴出章程要招人，老老小小名来报，勿知厂里好不好？

第二怨来怨早起，天好落雨才要去，别人家儿女困勒床当中，我

① 苏州市文学艺术界联合会：《吴歌新集》，1979年版，第86—88页。

小囡因为啥到厂里？

第三怨来怨工铃①，想起工铃汗淋淋，连摇三摇关后门，蹩转身来走前门②；

第四怨来怨工场，踏进工场勿能来讲张③，倘然工头来看见，马上开除出厂门；

第五怨来怨帐房，帐房先生象阎王，早上早来夜里晏，要吃饭啊总归难；

第六怨来怨商人，开仔工厂害煞人，害得我小囡囡心勿定，刮得伲穷人血淋淋。

第七怨来怨经理，经理先生想恶计，想尽办法拿我生意歇，歇了生意叫我回家门。

第八怨来怨穿版④，穿纸版想想总归难，一天要穿二千张，工钿只有二角洋。

第九怨来怨连结，奉劝姊妹们总勿要学连结⑤，学会连结无好处，穿错连结要赔钱。

第十怨来怨勿尽，奉劝姊妹们勿要进厂门，跨进厂门呒好处，好象司前街浪女监门。⑥

此外，还流行一种用“子”字作每句韵脚的“子字歌”，常用在诉苦歌谣上。有一首反映杭嘉湖地区的织绸小伙的“子字歌”《织绸小伙》，十分生动：

织绸小伙子，真是苦恼子。
家里无房子，袋里无银子。
做工一辈子，讨不上妻子，
老来无儿子。⑦

---

① 工铃：上下工以摇铃为号。

② 厂规规定：放工时男工走前门，女工走后门，男女工人不得在厂内谈话。

③ 讲张：相互谈话。

④ 穿版：就是“穿纸版”，这一道工序工作繁重，工资微薄。

⑤ 连结：与“穿版”都是准备车间的一道工序的名称。

⑥ 苏州市文学艺术界联合会：《吴歌新集》，1979 年版，第 88－90 页

⑦ 朱秋枫：《杭州运河歌谣》，杭州出版社 2013 年版，第 76 页。

在紧挨着嘉兴的江苏吴江县(今江苏苏州吴江区),也流传着类似的“子字歌”,如《织绸小伙子》:

织绸小伙子,做工呒票子,
讨不上娘子,老来呒伲子,
苦仔一辈子。[①]

与桑歌、丝歌一样,有的织歌内容属于情歌。下面这首流行于嘉善的《织绫罗》,形象地描绘了织绫罗的少女因思念情郎不得见而烦躁的心情:

《织绫罗》(嘉兴嘉善):

郎拉田里耥六棵,姐拉上头[②]织绫罗。
“昨日头介夜要织三个长头布,
今日为啥断断续续呒声音?”
嘴快囡唔答回娘:
“晴燥天公断头多,光起火来提起火,
扯掉格只绫罗掼掉格只机。”[③]

在织歌中,除了大部分的诉苦歌和情歌外,有时也会有一些内容比较俏皮、幽默的歌谣,如湖州安吉的《提起歌来忘了歌》:

提起歌来忘了歌,
等鸡生蛋忘了窝,
秀才提笔忘了字,
乖姐织布忘抛梭,
丢了三尺好绫罗。[④]

---

① 中国民间文学集成全国编辑委员会、中国民间文学集成江苏卷编辑委员会:《中国歌谣集成·江苏卷》,中国 ISBN 中心 1998 年版,第 81 页。

② 上头:指楼上。

③ 嘉兴市民间文学集成办公室:《浙江省民间文学集成·嘉兴市歌谣、谚语卷》,浙江文艺出版社 1991 年版,第 60 页。

④ 湖州市民间文学集成办公室:《浙江省民间文学集成·湖州市歌谣、谚语卷》,浙江文艺出版社 1991 年版,第 184 页。

第二节　蚕歌与其他艺术形式

蚕歌表演形式多样，除了常见的单独演唱外，还经常与其他艺术形式有机结合。如在地方戏曲中三跳、皮影戏中演唱的很多唱段，在庙会上演唱的拜香凳歌词很多都属于蚕歌。

海宁的地方戏是皮影戏，每年在农闲时节演出时，最后一出必唱蚕歌《马明王》。

当地赞神的神歌中唱的赞歌，很多都为蚕歌。如《赞蚕神》，既是蚕歌，又属于神歌的一个部分。

每年清明节，在桐乡市洲泉镇清河村的双庙诸都要举办蚕花水会。届时各村派出彩船，云集河面，进行各种各样的民间娱乐和竞技表演活动，以祈蚕娱神并同时娱人。其中一种彩船叫拜香船，船上有儿童手捧红漆小板凳即拜香凳，上置凉亭和宝塔，排成两排，用当地的一种“拜香调”的音乐作为伴奏，边跳边唱《十支香烛》，歌词内容主要为拜祭各路神仙，其中最重要的就是描述了蚕神传说以及养蚕经过，祈求蚕花丰收。

第三节　蚕歌特征

蚕歌由集体创作，口头传播，有自己特定的组织结构，语言充满当地特有的江南水乡特色，反应了蚕农的生产、生活和情感，其内容既随着时代的发展有所变化，曲调、结构等又具有相对的稳定性。总的说来，流传至今的杭嘉湖蚕歌“主要受明清以来繁荣于大运河流域一带的杂曲小调的影响，风格比较多样，……歌词通俗平易，口语味浓。曲调委婉柔和”①。

宋郭茂倩《乐府诗集》卷四十五中的《大子夜歌》两首恰如其分地说明了这一特点：

歌谣数百种，子夜最可怜。慷慨吐清音，明转出自然。
丝竹发歌响，假器扬清音。不知歌谣妙，声势出口心。

① 朱秋枫：《浙江歌谣源流史》，浙江古籍出版社2004年版，第337页。

蚕歌的语言形式，在字数上从南朝时五言四句，经由隋唐以后的演变，基本都变成了七言四句。除少数长篇蚕歌之外，大多数篇幅短小精悍，短篇的为四句，长篇的为多组四句，有的甚至达到一千多句，因此在民间也被称为“四句头山歌”。语言结构上，“多音节丰富，虚词、助词多样而多变，有自己特定的组词习惯”，①节奏明朗。常采用排比、铺陈的手法，可以说在某种程度上继承了《诗经》和《乐府》的传统。②

蚕歌的歌词天然质朴。尤其是蚕歌中的情歌，在表达感情上往往较上流阶层直白大胆，不过语言修辞方法却往往采用吴歌最为常见的“谐音、双关”等含蓄的表达方式。一般前句以景物比兴，后句引出实物代表的意义。这是蚕歌最鲜明的特征，这种方法的运用非常普遍，与《诗经·国风》中的比兴修辞手法非常接近。③ 宋代严羽在《沧浪诗话》中就指出：“论杂体诗则有风人，上句述其语，下句释其义，如古《子夜歌》、《读曲歌》之类，则多用此体。”宋洪迈《容斋三笔》言其写景言情，“每以前句比兴引喻，而后句实言以证之”。这种修辞方法也被后人称为“吴格”“风人体”，早在南朝的吴声歌曲中就出现了这种风格并基本定型，一直影响到今天，存在于现在的蚕歌中。

杭嘉湖蚕歌反映的当地文化特征，由所在的地理位置和自然环境，当地的生产方式和人文环境所决定。正如有学者所总结的那样，杭嘉湖所在的长江下游温湿多水，使人性格如水一样柔顺；种植水稻、养蚕、缫丝、织绸等所采用的劳作和生产方式精致细密，使人心思缜密细致；晋室南渡，魏晋士族文化的阴柔特质及其对温婉、清秀、恬静的追求，又给当地文化注入了“士族精神”和“书生气质”。这一带在南宋以后被称为“人文渊薮”，浓郁的文学艺术氛围，使人在潜移默化中养成了儒雅的气质，从而形成了江南“柔、细、雅”的文化性特征。④

蚕歌作为吴歌的一种，深受吴地江南水乡地理和自然环境的陶冶，⑤具有浓郁的江南水文化色彩，其语言风格正是具备上述特点。蚕歌歌词简明朴实，

---

① 刘伟侠、凌冬梅：《嘉兴蚕歌及其保护与传承》，《科技展望》2016 年第 20 期，第 263—264，267 页。

② 周玉波：《月上荼蘼架明代民歌札记》，南京师范大学出版社 2009 年版，第 350—351 页。

③ 钱仲联等：《中国文学大辞典》，上海辞书出版社 1997 年版，第 202 页。

④ 金开诚主编，谷英姿编著：《吴越文化》，吉林出版集团有限责任公司，吉林文史出版社 2009 年版，第 4—7 页。

⑤ 顾颉刚：《吴歌小史》王煦华序，载顾颉刚等辑，王煦华整理：《吴歌·吴歌小史》，江苏古籍出版社 1999 年版，第 604—605 页。

采用的是地道的吴侬软语，“委婉清丽，温柔敦厚，含蓄缠绵，如涓涓流水，隐喻曲折”，与北方民歌的粗犷、热烈奔放形成鲜明对比。这样的歌词与顾颉刚所评说的“靡曼缠绵”的声调结合在一起，也就是羊玄所说的“妖而浮”，又颇为“凄清”，描写的是旖旎的吴地风光、吴人风情和蚕农的喜怒哀乐，生动活泼，平易近人，贴近生活，所以深受广大蚕农的喜爱，有些甚至流传到外地。

蚕歌中相当一部分是情歌，情意缠绵。正如新文化运动的先驱胡适评价的那样——江南一带的文学是关于“缠绵宛转的恋爱”的“儿女文学”①，那么蚕歌也是“缠绵宛转的恋爱”的“儿女歌谣”了。

蚕农在种桑养蚕的劳动中，积累了丰富的生产和社会实践经验，体会到了各种人生体验和情感。虽然在过去，处于社会底层的蚕农们基本被剥夺了读书的权利，绝大多数不识字，但是在长期的劳动、生活中，仍然发自内心、自然而然地用自己耳熟能详、喜闻乐见的艺术手段来表达自己的所思所想。最初的蚕歌，其创作者往往就是演唱者和传播者，并不是先写好然后才传唱，而是在广泛的集体即兴创作、口头传唱以后，经过集体长期不断地修正、改编，又随着时代的变迁，不断加入新的内涵，逐步完善，最终形成一个被广大蚕农接受的处于比较稳定状态的民歌②，也就是我们今天所能够听到的传诵至今的蚕歌。

蚕歌最大的特点在于它的“口头性、变异性、传承性和自娱性”③。在过去长期的封建社会小农经济生产条件下，蚕歌成为过去蚕乡农村贫瘠的文化生活中几乎唯一的自娱形式和精神活动，成为广大蚕农生活中不可缺少的精神食粮和娱乐工具。蚕乡人民创作和传播的蚕歌充分表现了蚕乡人民的聪明才智，丰富了蚕乡人民的劳动和生活知识，传承了当地的蚕桑文化。

---

① 胡适：《白话文学》，武汉大学出版社 2014 年版，第 68 页。

② 江明惇：《汉族民歌概论》，上海音乐出版社 2004 年版，第 3—5 页。

③ 冯骥才、白庚胜：《中国民间文化杰出传承人名录》，民族出版社 2007 年版，第 11 页。

第三章　杭嘉湖蚕歌与民俗文化

民俗，是指“一个民族或一个社会群体在长期的生产实践和社会生活中逐渐形成并世代相传、较为稳定的文化事项”。被誉为中国“民俗学之父”的钟敬文先生在其主编的《民俗学概论》中，将“民俗”定义为“一个国家或民族中广大民众所创造、享用和传承的生活文化”[1]。简单地说，民俗是指流行于民间的风俗和习惯，简称为习俗，也叫民间文化，是某地地方文化的一种。风俗，主要指通过人作为载体进行世代相习和传承的生生不息的文化现象，所谓“相沿成风，相习成俗”。唐张守节《史记正义》谓：“上行谓之风，下习谓之俗。”

钟敬文先生《民间文学概论》认为民间文学是劳动人民的口头创作，包括“歌”“谣”“谚”等。乌丙安先生《中国民俗学》将民俗分为经济、社会、信仰、游艺四种。[2] 其中游艺的民俗又分为民间口头文学、民间歌舞乐、民间游戏、民间竞技、民间杂艺活动类。[3] 民歌属于民间口头文学，既是民俗的一个组成部分，又是民俗的一种表达方式和载体形式。

在杭嘉湖蚕乡，自古以来蚕事及其相关活动在蚕农生活中都占据主要地位，是最为重要的副业，属于当地的支柱产业，蚕桑收入是蚕农的主要经济来源，有时蚕桑的经济地位甚至超过了农业，对蚕农生活影响至深。杭嘉湖蚕区有俗语“蚕好全好”，蚕歌中有“蚕好半年宽”的说法。蚕没养好，对家庭收入的影响很大，后果就很严重，如光绪《嘉兴府志》载海盐一带：“蚕或不登者，举家聚哭，盖农家全恃养蚕以为耕耘之资，蚕荒则田芜，揭债鬻子，惨

---

① 钟敬文：《民俗学概论》，上海文艺出版社 1998 年版，第 1 页。

② 乌丙安：《中国民俗学》，长春出版社 2014 年版，第 11 页。

③ 同上，第 315—343 页。

不免矣。”[①]

在过去缺乏科学养蚕技术的情况下，杭嘉湖地区的广大蚕农平时所依照的是前人留下来的经验和教训（直到中华人民共和国成立前期大部分蚕农还在采用土法养蚕），这些经验久而久之就变成大家普遍遵守的习惯和风俗，并延伸到生活中。同样因为缺乏基本的科学常识，广大蚕农认为养蚕养得好是蚕神带来了蚕花喜气，故常要祭祀蚕神，以求得蚕神的庇佑；养蚕养得不好，则是“蚕祟”等不好的东西在作怪，需要祛蚕祟。由此，在广大蚕农劳动和生活的基础上，千百年来逐渐形成了一系列有关生产、生活及信仰的蚕桑习俗。[②] 小到衣食住行等日常生活，大到生老病死、婚丧嫁娶等人生大事都与此相关。

这些丰富多彩、形形色色与养蚕相关的民俗构成地方文化中独特的一个分支——蚕桑文化。

蚕桑文化是杭嘉湖地区最富有地方特色的地方文化之一。蚕桑文化的主体即蚕桑习俗。在杭嘉湖地区，“近吴风俗半蚕俗”，正如清代文人袁枚《雨过湖州》所写的那样：“人家门户多临水，儿女生涯总是桑。”蚕桑习俗融于当地社会、经济生活的方方面面，较其他习俗更为丰富。无论是蚕农的生产、生活经验还是蚕神信仰的传播，一直依赖于蚕农之间的口口相传，而这些经验、传说、神话等琐碎繁杂，很不容易记住，但如果将其编成通俗易懂、朗朗上口的歌谣，通过唱歌的方式传播就容易多了。这些习俗衍生出的蚕歌不仅是传递生产经验的工具，而且更多地反映了蚕乡蚕农们的生产和生活习惯，抒发了蚕农们的感情，反映了蚕农的心声，在此基础上，形成并传承了独具江南水乡特色的蚕桑文化。蚕歌，承载着蚕农的喜怒哀乐，体现了蚕农生产、物质生活、精神生活的方方面面，反映了时代和社会现象，并受到时代、历史和社会的影响不断演变加入新的元素。蚕歌集蚕桑文化、民间信仰、民俗文化等地方文化于一体，既是蚕桑文化的一部分，又是蚕桑文化的载体之一，与蚕俗、蚕桑技艺一起成为蚕桑民俗文化的重要组成部分。通过蚕歌，蚕桑文化能够有效表现出来并传承下去。

蚕歌是民间歌谣，属于游艺民俗中的民间口头文学类，不但具有独特的文学和艺术价值，而且是当地民间文学的精华，也是对杭嘉湖以及江南地区的社会、文化、语言、地理、艺术和传播等多学科进行研究的珍贵资料和载体，具有

---

① ［清］许瑶光等修，［清］吴仰贤等纂：光绪《嘉兴府志》卷三二《农桑》，《中国地方志集成 浙江府县志辑》12，上海书店出版社 1993 年版，第 786 页。

② 刘文、凌冬梅：《嘉兴蚕桑史》，浙江工商大学出版社 2013 年版，第 85 页。

重要的参考价值,[①]同时也是杭嘉湖蚕区历史资料的重要补充。

第一节 蚕花、龙蚕与蚕歌

在杭嘉湖蚕歌中,最为常见的、出镜频率最高的莫过于“蚕花”这个词了,基本每首蚕歌中都会出现。仅从歌名上来看,就有《送蚕花》《接蚕花》《戴蚕花》《蚕花竹》《蚕花鸡》《蚕花谣》《蚕花歌》《蚕花经》《扫蚕花地》《赞蚕花》《拔蚕花》《拨蚕花》《撒蚕花》《接蚕花盆》等,简直无处不在,可以说是“无蚕花不蚕歌”了。另外还有众多以蚕花命名的习俗,如接蚕花、送蚕花、请蚕花、演蚕花戏、轧蚕花庙会、蚕花胜会等民间蚕桑庆祝、祈祷活动等,数不胜数。

那么蚕花是一种什么植物的花呢？首先,蚕花不是自然界中真实存在的花卉,而是一种人造花,是蚕乡独有的,用彩纸或彩色茧子、绸绢等材料制作的头饰花朵(现在也有塑料制作的)。蚕花一般会在春节期间、蚕月时分或者庙会时出售,蚕乡女子常常自制或者买来佩戴在鬓边(有的地方是男子插在帽檐),以祈盼蚕花丰收。还有的地方把蚕花作为蚕神的象征物,用来代替蚕神码,用于祭祀蚕神。在海盐乡间,旧时有渡海去普陀烧香的习俗,同时要戴蚕花。当地女子,无论老幼,在祭蚕神、谢蚕神以及一般的烧香拜佛时,头上总要插一朵用彩纸做成的蚕花,来表达对蚕神的虔诚。在海宁一带,还可以采一朵油菜花代替蚕花,不过只能戴一天,不等花枯萎就要丢弃。在桐乡,春天妇女去烧香回来的时候一定要买一朵蚕花戴在发髻上,这种习俗称为“买蚕花”。中华人民共和国成立后,蚕花已成为杭嘉湖蚕乡女子一种传统的日常装饰品,不但可以在隆重、喜庆的场合如祭祀仪式、婚礼上戴,在整个养蚕时节和日常生活中也可以戴。

其次,蚕花指刚孵出的幼蚕,因外形似蚂蚁,也叫蚕蚁或蚁蚕。

除此之外,蚕花更常常用来指代蚕乡的蚕桑事和蚕茧收成。在杭嘉湖蚕乡,蚕花这个词基本可以涵盖一切蚕桑生产事宜,通常代表着蚕农对蚕茧丰收的美好期盼,可以说是蚕桑生产的一种吉祥物或者说信物。

最有意思的是,蚕花还经常跟十二、廿四、三十六这几个数字联系在一起,用“蚕花多少分”表达蚕茧收成。尤为特殊的是,这种说法仅用于蚕茧收成,并

① 冯骥才:《中国非物质文化遗产百科全书·代表性项目卷》上卷,中国文联出版社 2015 年版,第 48 页。

不用在其他农副作物的收成上。[①]

杭嘉湖蚕乡一直到今天都流行“蚕花廿四分”的说法。蚕一生要蜕四次皮，分别称“头眠”“二眠”“三眠”“大眠”。大眠后，就到了采茧子的收获季节。蚕农把大眠头铺在地上，每六斤分装为一筐，等到采下茧子后，再过秤称茧子的重量用来比对，即所谓“吴地育蚕唯论筐”[②]。一筐大眠头每采一斤茧子，就叫一分蚕花，采几斤茧子叫几分蚕花。[③] 一般茧子普通收成是一筐七八斤，收成较好的话，一筐能采到十斤茧子，就称为“十分蚕花”，采到十二斤茧子就已经是丰收了，也就是所说的“蚕花十二分”。桐乡籍著名作家茅盾在小说《春蚕》中写道：“同样的欢笑声在村里到处都起来了。今年蚕花娘娘保佑这小小的村子。二三十人家都可以采到七八分，老通宝家更是比众不同，估量来总可以采一个十二三分。”而蚕歌中经常出现的“蚕花廿四分”，也就是蚕花十二分的两倍，即双倍丰收的意思，这实际上是不可能达到的。蚕乡流行这样说法，是希望蚕茧丰收，只是为了讨个好彩头、图个吉利，反映了蚕农期盼蚕茧丰收的美好愿望的意思。在海宁，新年伊始第一件事是斋佛，请蚕神“蚕花五圣”，人们见面互相祝愿的祝词就是“蚕花廿四分”[④]。因此，蚕歌中经常出现“蚕花廿四分”甚至“三十六分”的说法也就不足为奇了。

除了蚕歌中经常出现“蚕花廿四分”之外，当地的文人创作也受到这一风俗的影响，如清代乾隆年间桐乡文人张宏范的《幽湖竹枝词》中就写道：“养得春蚕白满簏，今年二十四分收。黄鱼索粉都空担，健妇缫丝谢马头。”[⑤]这里的“谢马头”是指祭祀、酬谢蚕神马头娘。

据当地民间传说，“蚕花”一词的出现，与中国古代四大美女之一的西施有关。[⑥] 当年西施离越入吴，经过含山附近时，在路边遇到十二个采桑姑娘，于是把携带的绢花分送给她们，预祝家家养蚕丰收，年年蚕花十二分。从此，杭嘉湖一带就流传下来戴蚕花祈盼蚕茧丰收，并用“蚕花十二分”代表蚕茧好收成的习俗了。

此外，蚕歌中经常出现的另一个词是“龙蚕”。杭嘉湖民间历来有“龙蚕”

---

① 朱金坤总主编，屠冬冬主编：《西溪风情》，西泠印社出版社 2010 年版，第 13 页。

② 陈永昊、余连祥、张传峰：《中国丝绸文化》，浙江摄影出版社 1995 年版，第 268 页。

③④ 海宁市旅游局：《海宁民俗风情大观》，西泠印社出版社 1999 年版，第 222 页。

⑤ 潘超、马瀞元：《中华竹枝词全编 4 浙江卷》，北京出版社 2007 年版，第 613 页。

⑥ 李奕仁主编，李建华副主编：《神州丝路行：中国蚕桑丝绸历史文化研究札记》，上海科学技术出版社 2013 年版，第 322 页。

的说法,传说中龙蚕是一种生活在天宫里的神蚕,蚕体硕大,结的茧子也非常大,有时蚕神会将它恩赐给凡间,它下凡所到之处普通的蚕都会向它朝拜,这就意味着这里蚕花会有大丰收。这个说法来源于古人对桑树和蚕的神化。《太平广记》卷四〇七《偃桑》引东方朔《神异经》云:"东方有树焉,高八十丈,敷张自辅。其叶长一丈,广六七尺,名曰桑。其上自有蚕,作茧,长三尺,缫一茧,得丝一觔。有椹焉,长三尺五寸,围如长。"①蚕农们总是祈盼龙蚕到来,带来好收成,所以蚕歌中经常会提到它。

有时龙蚕也被称作"龙蚕娘",成为蚕神的化身。如一首《马鸣王蚕花》中唱的那样:"三姐姐……赴黄泉,忙冥府,葬来桑树边。太白星君闻知得,将身火速下凡间。来到南山桑树边,要度三姐化龙蚕。诵灵文,念真言,妙法广无边。霹雳三声响,顷刻现婵娟。忙作法,念真言,就化出,龙蚕万万千。"还有一首《龙蚕娘》这样唱道:"龙蚕娘原本住天庭,天庭上面多清净。黄帝手里下凡尘,世代相传到如今。"另一种唱法是:"龙蚕娘住海宁城,海宁城外潘乡村。龙蚕不是今年出,宋朝手里到如今。"

第二节　蚕歌与蚕桑生产习俗

整个蚕桑生产流程包含以下几个基本步骤:种桑、采桑、养蚕、收茧、缫丝、织绸等。每个步骤都伴随特有的蚕乡习俗,都有大量的相应蚕歌流传。

首先,养蚕需要先有桑叶,还需要建蚕房,置办蚕匾、箩筐、蚕帘、蚕网、簇篷等养蚕用具,②蚕茧收好之后还要缫丝、织绸等。桑、蚕、丝、织这几步环环相扣,每一步都必不可少。在过去漫长的历史时期,蚕农普遍没有文化,在没有科学养殖知识的情况下,千百年来蚕农们用前人传下的经验教训,创作传唱了关于生产经验的蚕歌,对蚕桑生产的技术和发展起到了举足轻重的传承作用,功不可没。这些蚕歌有描述采桑的,有描述包含从采桑到做丝、织绸全过程的,如《蚕花歌》(嘉兴)、《蚕花谣》(嘉兴桐乡)、《蚕花经》(嘉兴海盐)等。也有不少描述如腌种、收蚁等具体养殖步骤的,如《腌种》(嘉兴桐乡)、收蚁(嘉兴桐乡)《采茧歌》(山歌,嘉兴市区)等。

在杭嘉湖蚕区,一直以来都有"腌种"的习惯。一般来说,农历三、四月份为最繁忙的"蚕月",但实际上养蚕的准备工作从前一年的腊月就已经开始了。

---

① [宋]李昉等编,张国风会校:《太平广记会校》,北京燕山出版社 2011 年版,第 7164 页。

② 巴兆祥:《中国民俗旅游新编》,福建人民出版社 2013 年版,第 254 页。

蚕农们在腊月十二——俗称的“蚕花生日”这天开始进行“腌种”。据乾隆《海宁县志》载：“腊月十二日，养蚕之家各以盐卤茄灰熏揉蚕子，藏之谷壳中，至廿四日则出之。浴于川，以待春至。”[①]这个过程称为“腌种”，是开始养蚕的第一步。所谓“腌种”，其实是对蚕种的预处理，实际上是消毒杀菌。因为蚕非常娇气，在春季蚕月乍暖还寒时期，稍有不慎，就可能感染细菌染病甚至死亡，导致蚕茧收成不好。于是，蚕农们在长期的生产实践中采用“腌种”的方法来进行消毒，这是蚕农千百年来的养蚕经验的总结，用唱“腌种”歌来记录和传递经验流传给后人。腌种用的材料和方法多样，如石灰、松盐、悬挂等。流传于桐乡的蚕歌《腌种》就详细描述了整个“腌种”过程。

腊月十二蚕生日，家家腌种不偷闲，
有的人家石灰洒，有的人家松盐腌。
还有人家天腌种，高高挂在屋廊檐，
通风透气防鼠剥，不怕日晒不怕寒。
十二日子时来腌起，腊月廿四卯时收，
收落蚕种掸落盐，轻轻放在埭里面。
提来一桶春雨水，百花汤里端介端，
切忌外面日头晒，半阴半凉自然干。[②]

短短四段歌词，把腌种的几种方法、具体过程、起始时间、注意事项等描述得清清楚楚，明明白白。通过传唱这首蚕歌，蚕农们就可以了解蚕种的准备过程，指导自己的生产活动。

腌种完之后是孵化幼蚕，因孵出的幼蚕形状像黑色的小蚂蚁，故名蚁蚕。把蚁蚕分放到蚕匾内给桑饲养，就叫作“收蚁”。下面这首《收蚁》(嘉兴桐乡)记录了孵化幼蚕、收蚁、采桑的方法、注意事项等：

谷雨收蚕正当时，家家布子裹棉衣，
三天三夜不离身，焐出乌娘千万计。
蚕室蚕房并蚕具，蚕架蚕匾备周齐，

---

① [清]金鳌等：乾隆《海宁县志》卷一《方域志·风俗》，《中国方志丛书》华中地方第五一六号，成文出版社有限公司1984年版，第166页。

② 徐春雷：《桐乡蚕歌》，中国文联出版社2009年版，第7页。

手持鹅毛轻轻掸，温和天气来收蚁。
小小宝宝似蚂蚁．嘴嫩体弱步难移，
要采新鲜嫩桑叶，快刀切叶细如丝。
收蚁之后寸不移．盆中炭火不断熄，
准时送叶用心计，夜里安眠不脱衣。①

桑叶是蚕宝宝唯一的食物，“蚕所赖者，专在于桑”。要想蚕茧收成好，质优量大的桑叶是必备的前提，因此必须种好管理好桑树。俗话说“种桑三年，采桑一世”，可谓一劳永逸。蚕农们必须精心养护桑树，使之能够长久地产出质量高、产量多的桑叶。

在海盐一带，流传着一首《桑园劳动歌》（鲍林鸣记录），其详细地叙述了一年四季十二个月育桑生产的全过程，称得上种桑的技术指导书：

正月立春和雨水，桑园正要施春肥。猪灰羊灰②加河泥，好比人要补身体。

二月惊蛰和春分，桑园野草要翻垦。除掉野草桑树旺，树旺才能桑叶嫩。

三月清明和谷雨，桑芽雀口③笑嘻嘻。要想寒里种新桑，嫁接桑苗正当季。

四月立夏和小满，家家户户看春蚕。采回桑叶忙剪条，剪条还须多补拳。

五月芒种和夏至，桑园要垦产褥地④。浅耕细垦巧用肥，好比产妇要休息。

六月小暑和大暑，钻进桑园汗如雨。桑树新芽尺把长，夏蚕还要删二叶⑤。

七月立秋和处暑，天蚕毛虫⑥要捉起。削草要抢晴正天，桑叶正

---

① 徐春雷：《桐乡蚕歌》，中国文联出版社 2009 年版，第 8 页。
② 猪灰、羊灰：猪羊粪肥。
③ 雀口：桑芽初萌，犹如麻雀的小嘴巴。
④ 产褥地：桑园刚采罢春叶，犹如产妇分娩一般，需要休息滋养。
⑤ 删二叶：剪去细小的、不健康的新芽。
⑥ 天蚕、毛虫：桑园常见的害虫。

好换力气。

八月白露和秋分，秋风秋雨一阵阵。农家秋蚕正忙煞，捕捉羊夹[1]要认真。

九月寒露和霜降，卖掉茧子喜洋洋，桑树里桑虫用钩扎，绿肥下种正当忙。

十月立冬和小雪，田里忙好莫贪逸。手拿锯子去修拳，桑拳光洁桑条齐。

十一月大雪和冬至，桑园里要垦冻地。坌得大来翻得深，地冻松来虫也死。

十二月小寒和大寒，桑园里生活勿曾完。施肥开沟刮岸草，低地区还要做圩岸。[2]

桑歌或称采桑歌，反映蚕农在采桑劳动中的所思所想和喜怒哀乐。每到蚕月，正赶上农忙时节，男子忙于田间的农活，采桑往往由女子承担。正如这首流传于嘉善的《芒种忙》中唱的那样："芒种忙，芒种忙，那有闲人在路旁；男家手里都有一把秧，女家手里都有一篮桑。"[3]

江南三月，春光明媚，姑娘嫂嫂们结伴到桑园里采桑，如出了笼的小鸟一般，内心的欢欣是显而易见的，有的蚕歌就抒发了这种喜悦之情，如《采桑歌》："东采桑，西采桑，桑树底下来回忙；箩里满，篰里装，饲得宝宝白又壮。"[4]还有这首《看春蚕》："正二三月勤修桑，四月里来养蚕忙。养蚕先要有桑叶，姑娘阿嫂去采桑。桑叶铺在蚕眠床，绿绿叶，白白蚕，吃叶好象细雨降。蚕大要做茧，放在蚕山上。蚕茧抽丝织丝绸，卖钱又好做衣裳。"[5]电影《蚕花姑娘》中，小萍在和嫂子、女伴们去桑园采桑时演唱的《采桑曲》——"朝采桑、暮采桑，十里桑园好风光。风吹桑林沙沙响，蚕花姑娘采桑忙。口唱山歌手摘桑，歌满桑林叶满筐。片片良桑送蚕房，蚕儿喂好条条壮"，就表现了采桑姑娘采桑时的喜悦心情。

---

① 羊夹：桑园常见的害虫。

② 顾希佳：《东南蚕桑文化》，中国民间文艺出版社 1991 年版，第 15—16 页。

③ 朱秋枫：《浙江民间歌谣》，浙江人民出版社 1981 年版，第 46 页

④ 嘉兴市民间文学集成办公室：《浙江省民间文学集成·嘉兴市歌谣、谚语卷》，浙江文艺出版社 1991 年版，第 28 页。

⑤ 吴越：《浙江丝绸及其艺术》，浙江人民出版社 1956 年版，第 16 页。

不过,随着蚕越长越大,需要的桑叶越来越多,采桑工作的劳动强度越来越高,初期采桑的喜悦并未持续多久,蚕娘就开始发愁了,如近代流行于吴地的《养蚕阿婶日夜愁》所唱:

一只蚕匾园溜溜,十只蚕匾十层楼,[1]
三眠蚕[2]起发风暴,养蚕阿婶日夜愁。[3]

异文:

一只蚕匾圆溜溜,十只蚕匾十层楼;
大眠三朝吃大叶,养蚕阿婶日夜愁。

以及:

四月里来养蚕忙,蚕吃牙齿要吃三间房;
穿绸哪知养蚕苦,哪顾得梳头脚上脏。[4]

这个时候桑叶需求量大,采桑女早晚都需要去采桑,甚至手指都采出了血,更多的采桑歌诉说了采桑女的辛苦和辛酸。

近代流行于吴县、无锡一带的蚕歌《采桑娘子歌》二首就描写了采桑女的艰辛:

蚕山洞流水白洋洋,两边才是采桑娘,从早采到满天星呀,十指尖尖鲜血淌。

小麦青青大麦黄,姑娘双双去采桑,桑篮挂在桑枝上,一把眼泪一把桑。[5]

---

① 指养蚕的蚕台,一般一幢十层。

② 三眠:春蚕的发育关键时期,宜天气暖和。

③ 苏州市文学艺术界联合会:《吴歌新集》,1979 年版,第 188 页。

④ 陈永昊、余连祥、张传峰:《中国丝绸文化》,浙江摄影出版社 1995 年版,第 370 页。

⑤ 苏州市文学艺术界联合会、江苏省民间文学工作者协会苏州市分会:《吴歌》,中国民间文艺出版社,1984 年版,第 31 页。

盛行于大江南北的民歌《孟姜女》，在杭嘉湖地区各地都有流传，男女老幼耳熟能详。根据流传地域的不同有多种异文，歌词内容整体上差别不大，但是从使用的动词的微小差别上能看出各地不同的方言特点。《孟姜女》篇章结构是十二月花名的形式，不是通常意义上的蚕歌，不过其中四月一段也描写了采桑女采桑的辛劳：

四月里来养蚕忙，姑嫂结伴去采桑；

桑篮挂在桑树上，抹把眼泪采把桑。（《孟姜女》，杭州拱墅）①

四月里来养蚕忙，姑娘阿嫂去采桑，

桑篮挂在桑树上，揩把眼泪采把桑。（《孟姜女》，湖州德清）②

四月里来养蚕忙，姑娘阿嫂去采桑。

桑篮挂在桑枝上，一把眼泪一把桑。（《孟姜女》，湖州安吉）③

四月里来养蚕忙，姑娘嫂嫂去采桑，

桑篮挂在桑树上，抹把眼泪采把桑。（《孟姜女》，嘉兴桐乡）④

四月里来养蚕忙，姑嫂双双去采桑，

桑篮挂在桑树上，揩一把眼泪采一把桑。（《孟姜女寻夫》，嘉兴嘉善）⑤

四月里来养蚕忙，姑娘嫂嫂去采桑，

桑篮挂在桑树上，捋把眼泪采把桑。（《孟姜女》，嘉兴海宁）⑥

四月里来养蚕忙，姑娘嫂嫂去采桑。

桑篮挂在桑树上，揩把眼泪捋把桑。（《孟姜女十二月花名（春

---

① 朱秋枫：《杭州运河歌谣》，杭州出版社 2013 年版，第 118 页。

② 湖州市民间文学集成办公室：《浙江省民间文学集成·湖州市歌谣、谚语卷》，浙江文艺出版社 1991 年版，第 300 页。

③ 安吉县民间文学集成办公室：《中国民间文学集成·浙江省湖州市安吉县歌谣卷》，浙江省民间文学集成办公室 1989 年版，第 275 页。

④ 桐乡县民间文学集成办公室：《中国民间文学集成·浙江省嘉兴市桐乡县故事、歌谣、谚语卷》，浙江省民间文学集成办公室 1989 年版，第 587 页。这首歌由桐乡县羔羊乡东泉村的姚明蛾演唱，哔哩哔哩网站《浙江桐乡老太吴语清唱孟姜女十二月调》中，由王雪妹演唱的《孟姜女十二月调》四月最后一句为“揩一把眼泪勒一把桑”。

⑤ 浙江省嘉善县文化局、文联、文化馆：《中国民间文学集成·浙江省嘉兴市嘉善县歌谣卷》，嘉善县文化局、文联、文化馆 1987 年版，第 188 页。

⑥ 海宁市民间文学集成办公室：《中国民间文学集成·浙江省嘉兴市海宁市故事、歌谣、谚语卷》，浙江省民间文学集成办公室 1989 年版，第 405 页。

调)》,嘉兴海盐)①

相似的采桑歌也流行于苏州、上海。如《一把眼泪一把桑》(苏州):

湖州地上白浪浪,苏州阿姐去采桑,
桑篮挂勒桑树浪,一把眼泪一把桑。②

《孟姜女哭夫》(上海):

四月里来养蚕忙,姑嫂双双去采桑。
桑篮挂勒桑树浪,落把眼泪勒把桑。③

下面的几首蚕歌在收入《中国歌谣集成·浙江卷》时被归为"劳动歌"分类下的"养殖歌"类。

如描写蚕月辛劳、投放桑叶注意事项等的《养蚕歌》(山歌,湖州市):

一到四月五月天,家家养蚕不得闲。
哪怕日日忙辛苦,只怕蚕饿不结茧。
叶大要拿刀切细,叶湿要用布擦干。
儿啼女哭顾不得,把蚕当作儿女看。
头眠二眠三四眠,结成茧子白又鲜。
缫丝织绸制衣服,穿在身上轻又软。④

上面这首歌1987年11月采录于湖州市区,属于湖州的蚕歌,后收入《中国歌谣集成·浙江卷》。4年后再一次采录时,收入《浙江省民间文学集成·嘉兴市歌谣、谚语卷》,歌名为《养蚕忙》,并注明了演唱者和采录者的个人身份

① 海盐县民间文学集成办公室:《中国民间文学集成·浙江省嘉兴市海盐县故事、歌谣、谚语卷》,海盐县民间文学集成办公室1989年版,第848页。

② 苏州市文学艺术界联合会:《吴歌新集》,1979年版,第39页。

③ 费翔宝:《上海市嘉定县歌谣集成·南翔资料本》,1987年版,第91页。

④ 中国民间文学集成全国编辑委员会、中国民间文学集成浙江卷编辑委员会:《中国歌谣集成·浙江卷》,中国ISBN中心1995年版,第44页。

信息。[①]

茧子丰收后就要开始采茧了，流行于嘉兴市区的山歌《采茧歌》以及桐乡的《采茧》表达了采茧时的喜悦：

《采茧歌》(嘉兴市区)：

茧子白，龙山黄，
只见白来少见黄；
篰里满，船里载，
摇进城去换铜钿。[②]

《采茧》(嘉兴桐乡)：

清明一过谷雨临，家家要想蚕花兴，
兄弟合力石成玉，父子同心土变金。
头眠眠得齐整整，二眠眠得匀称称，
大眠捉是几百斤，并无一个来落沉。
芦帘山棚来搭成，宝宝上山白似银，
三朝一过赛雪墩。落山采茧硬丁丁。
细茧个个鸭蛋形，大茧犹如白天灯，
合家采茧忙不停，筐筐要采廿四分。[③]

还有桐乡一带描写从采桑到卖丝整个过程的《蚕娘个个喜洋洋》：

年年二三月，天气不寒冷，
门前桑叶日夜长，东南风起凉堂堂。
春到清明好，收蚕选天光，
蚕子转得一样生，蚁蚕出得多兴旺。

---

① 嘉兴市民间文学集成办公室：《浙江省民间文学集成·嘉兴市歌谣、谚语卷》，浙江文艺出版社1991年版，第29页。

② 中国民间文学集成全国编辑委员会、中国民间文学集成浙江卷编辑委员会：《中国歌谣集成·浙江卷》，中国ISBN中心1995年版，第44页

③ 徐春雷：《桐乡蚕歌》，中国文联出版社2009年版，第9页。

头眠二眠齐，昼夜守蚕房，
三眠出火炭盆生，乡村四月少人行。
帘外三竿日，大眠打眠庄，
每筐五斤十三两，蚕娘个个喜洋洋。
尽道丰年瑞，今年蚕花强，
三朝开体无冲碰，上山成茧雪墩样。
茧灶烧得旺，丝车排两行，
粗丝细丝踏千两，九州四海尽传扬。
年年当此节，细丝价不长，
藏到来年菜花黄，卖丝银子桶来装。①

下面这首是描述养蚕过程更为详细的《蚕花谣》（桐乡），由花鼓戏艺人演唱，从孵幼虫唱到卖丝，开头还添加了一段关于蚕神马鸣王菩萨的传说，最后两句以感谢蚕神结尾。

马鸣王菩萨坐莲台，到侬府上看好蚕。
马鸣王生在啥所在，生在东阳义乌县。
马鸣王要吃啥素菜，要吃千张豆腐干。
清明一过谷雨来，谷雨两边要看蚕。
当家娘娘有主意，蚕种包好放在被里面。
隔了三天看一看，布子上面绿茵茵。
当家娘娘手段好，鹅毛轻轻掸介掸。
快刀切叶金丝片，引出乌娘万万千。
头眠眠得崭崭齐，二眠眠得齐崭崭。
火柿开花捉出火，楝树开花捉大眠。
大眠捉得真正好，连夜开出两只买叶船。
一只开到许村去，一只开到庄婆堰。
昨日价钱三千六，今朝贱掉一大半。
难为一摊老酒钿，船里装得满堆堆。
拔出篙子就开船，顺风顺水摇到桥堍边。

① 徐春雷：《桐乡蚕歌》，中国文联出版社2009年版，第10—11页。

毛竹扁担两头尖，一肩肩到蚕房边。
当家娘娘有主意，攀根桃枝鞭介鞭。
喂蚕好比龙风起，吃叶好比阵头来。
龙蚕看到五昼时，搭起山棚好上山。
前屋后屋都上到，还有三埭小伙蚕。
上来上去没处上，只好上在灶脚边。
隔了三天看一看，好比十二月里落雪天。
小的茧子像汤圆，大的茧子像鸭蛋。
合家老少一起来，茧子采了几十担。
三十六部丝车两行摆，敲落丝车把船开。
粗丝要往杭州送，细丝要往湖州载。
银子卖了几百两，眉花眼笑回家转。，
一个存心办嫁妆，一个想要楼房盖。
今年蚕花收成好，全靠马鸣王菩萨到门来。①

旧时，嘉兴郊区新篁地区有两个皮影戏剧团，每年春节至清明，当地一般都要演出皮影戏。因是蚕乡，在演完整本戏后必唱一支谢幕曲《蚕花歌》，从前一年的腌种开始一直唱到卖丝。除了赞蚕花，预祝蚕花丰收之外，还加上了“杀尽那班贪官与污吏，永保蚕乡百姓得安康”的歌词。

《蚕花歌》(嘉兴郊区)：

十二月十二蚕生日，家家户户腌蚕种，
有的人家石灰腌，有的人家盐卤腌，腌得蚕种绿艳艳。
清明过去谷雨来，谷雨两边掸花蚕，
买刀新纸褙②蚕箕，拔根鸡毛做蚕掸，引出乌娘万万千。
百花节令大蚕时，野菜开花捉头眠，
刺藜花③开捉二眠，楝树花开捉出火，蔷薇花开捉大眠。
小夫妻俩窃窃窃，“今年眠头做得齐”，
“今年的花蚕看得出”

① 徐春雷：《桐乡蚕歌》，中国文联出版社2009年版，第5—6页。
② 褙：粘贴的意思。
③ 刺藜花：一种白色野蔷薇花。

"上年的桑叶正好吃"
"今年看来缺一半！"
连夜开出两只买叶船：
一只开到桐乡县，一只开到石门湾，
走上岸去问问看，今朝的桑叶啥价钿？
昨日两块洋钿掮一掮[①]，今朝一块洋钿掮两掮，
歇隔三日只值一包老烟钿，
来来来，来来来，你一掮，我一掮。
一掮掮到蚕架边，蚕娘一看喜心间，忙用清水洒一遍，
连夜喂足三铺叶，吃得簟里宝宝韧纤纤。
南山木头北山竹，平湖芦帘硖石麻，搭起簇[②]棚像戏台，
东厅要上余杭种，西厅要上改良种。
八十公公来撒蚕，七岁孩童端金盘，
上簇好比大节日，男女老少忙开怀，上好簇棚不许看。
歇隔三日三夜浪[③]簇棚，至亲好友来望簇头，
前簇望去千堆雪，后簇望去万朵云，当中横里望去金银满天星。
采把茧子来看一看，大的做来像鸭蛋，小的做来像汤团，
放个嘴里咬咬看，茧子硬得像石卵。
今年的茧子茧衣厚，采下茧子要做丝，
出门去请做丝娘，张村请到张一娘，李庄请到李二娘。
廿四部丝车排开场，当中留条送茶道，
缫丝娘娘本领强，脚踏车轴吱吱响，金丝银丝像流泉。
敲下新丝三百车，放到明年茶开花，
一个客商贩不起，两个客商方开包，要买七七四十九只大元宝。
铜钿多来派啥用，先给宝宝盖只绣花厅。
描龙绣凤学飞针，绣出凤凰展翅飞，百鸟朝凤满天音。
铜钿多来派啥用？再给官官造只读书厅，
熟读诗书去赶考，南场考来南场进，北场考来北场进。
连中三元得头名，头名状元封点啥？

---

① 掮一掮：清末民初时当地买卖桑叶以掮为单位，大约相当于现在的一担。
② 簇：同"蔟"。蚕蔟，供蚕作茧的东西，用稻麦秆等堆聚而成。
③ 浪：开封透气。

封你七省巡按来苏杭，
杀尽那班贪官与污吏，永保蚕乡百姓得安康。[①]

海盐的“骚子歌”，是很有地方特色的民间歌谣，因在蚕乡，与蚕歌关系密切，很多都有关于蚕桑的内容，属于蚕歌。如《看蚕歌》从养蚕前打扫卫生、清洁蚕具的准备工作一直唱到收茧子后缫丝的整个流程。

《看蚕歌》(骚子歌，嘉兴海盐)：

四月里来蚕月到，家家户户喜心苗。
屋角落，勤掸扫，糊好蚕笪[②]看宝宝。
头二眠，困得早[③]，蚕宝出火[④]稳牢靠。
困大眠，风色好，东南风起嘹嘹叫。
吃贱叶，称运道，上山茧子就做好。
只听得丝车叽嘎叽嘎响不绝，
廿八日[⑤]辛苦有功劳！[⑥]

有的骚子歌从蚕神开始唱到最后卖丝，将整个养蚕过程的注意事项都通过蚕歌唱出来，表达了丰收的喜悦和对蚕神的敬意，如《蚕花经》。

《蚕花经》(嘉兴海盐)

华蚕老太[⑦]能细心，年年出来讲蚕经，
百年难遇岁朝春[⑧]，开新年来换新春。
清明过仔谷雨来，谷雨三朝掸花蚕[⑨]。

---

① 嘉兴市民间文学集成办公室：《浙江省民间文学集成·嘉兴市歌谣、谚语卷》，浙江文艺出版社1991年版，第40—44页。

② 蚕笪：竹制的养蚕用具。

③ 困得早：即脱皮及时。

④ 出火：蚕至大眠，无需生火加温，叫“出火”。

⑤ 春蚕饲养期一般为28天左右。

⑥ 中国民间文学集成全国编辑委员会、中国民间文学集成浙江卷编辑委员会：《中国歌谣集成·浙江卷》，中国ISBN中心1995年版，第44页。

⑦ 华蚕老太：蚕神，即马头娘，又称蚕花娘娘。

⑧ 岁朝春：农历年初一是立春。

⑨ 花蚕：刚孵化出来的小蚕，黑色，又称“乌娘”“乌蚁”。

当家婶婶能黠吒①，引出乌娘蛮齐扎②。
三日三夜做头眠，两日两夜做二眠。
大眠做仔好几担。
当家叔叔细心点，青桑园里转一转。
旧年老叶正好吃，今年老叶缺一半。
夫妻两个细商量，连夜要开买叶船，
一只开到桐乡县，一只开到石门湾。
吃碗茶来敲管烟，打听老叶啥价钿？
昨日每洋挑一肩③，今朝还要贱一点。
几担老叶都装到，拔起篙子就开船。
摇一橹来挪一挪，一路摇到石渡④边。
毛竹扁担两头尖，肩肩挑到大门前。
当家婶婶细心点，铅擳掌头鞭三鞭。
姑嫂两个来扳叶，一扳扳到蚕植边。
接连餵了三铺叶，匾里丝头韧牵牵。
东山木头西山竹，搭起山棚接连牵。
八十公公来上蚕，七岁官官掇花盘。
前后厅堂都上到，灶边还有小伙蚕⑤。
停仔三日望望看，山头浪茧子白漫漫。
大茧做来像汤团，小茧做来像佛圆⑥。
夫妻两个细商量，连夜要唤做丝娘。
旧年唤河南张家娘，今年要唤河北李三娘。
手段又介好，工钿又介俏⑦。
廿四部丝车排两廊，当中出条送茶汤。
顺脚踏来凤凰叫，继脚踏车鹦哥叫。
敲脱丝来挨到来年桃花红来菜花黄。

---

① 黠吒：聪明能干的意思。
② 齐扎：整整齐齐。
③ 每洋挑一肩：一个银圆可以买回来一担桑叶。
④ 石渡：条石砌成的河埠石级。
⑤ 小伙蚕：姑娘、媳妇自己养的私份蚕，收入归自己所有。
⑥ 佛圆：旧时斋佛时用的米粉汤圆，较小。
⑦ 俏：便宜。

南京客人未曾晓得，北京客人上门来买。
铜钿银子呒啥用，婚男配女买田庄。
高田买到南山脚，低田买到太湖浪。①

海盐的长篇叙事骚子歌《蚕花书》，大约220句，由历代歌手逐步增补修改而成，反映了清末的蚕桑生产水平。前面部分为有关蚕的起源的传说。在这里，大部分情节和内容与其他的蚕神传说相似，部分内容有所不同。三姑娘的父亲不是外出做事不归而是因为从军被困，不是她自己许愿而是她母亲做主将其许配给能救回其父的人。后面部分详细叙述了养蚕经过，中间穿插养蚕禁忌、桃枝辟邪、蚕关门、蚕开门等蚕俗。

神爹有名郑百万，神母施氏配结发。
西番国兴兵作乱，出皇榜广招兵马。
郑百万闻知晓得，去投军领兵保驾。
就来到西番国内，番兵将蛮力巨大。
难抵敌团团围住，无救兵不得回家。
郑公不生男儿子，单生三位女裙钗。
大姐二姐配夫家，三姐还小未出帖。
院君娘闻知晓得，忙祷告天地菩萨。
若有人救得夫君，许三女终身结发。
白马儿闻知欢喜，救家主马儿作法。
就来到西番国内，把番兵尽行踏杀。
员外归家心欢喜，赞扬马儿功劳大。
有日棚中马作法，口吐人言叫员外：
三小姐许我婚配，貌堂堂现已长大。
马儿想洞房花烛，百万他人倒气煞。
怒冲冲开言就骂，贼畜生休得作法！
千思想别无计较，把铜棍手里来捏。
打死马儿归阴去，有功无赏屈拉拉。
三姐出厅看明白，马皮高挂来作法。

① 嘉兴市民间文学集成办公室：《浙江省民间文学集成·嘉兴市歌谣、谚语卷》，浙江文艺出版社1991年版，第44—47页。

见马皮裹住三姐，起狂风不分昼夜。
就飞到南庄地面，桑园里殡葬安埋。
变花蚕青桑吃尽，结成茧如霜雪白。
就做成绫罗缎匹，各州县处处去卖。
观音佛母闻知得，急驾祥云奏上驾。
玉帝见奏笑哈哈，高提龙笔就封她。
就敕封马鸣蚕室，又封神蚕皇老太。
浙江省普天世界，天圣帝二年到。
乡下人净种青桑，遍地里农夫垦削。
杭嘉湖二十三县，全靠得吃用穿着。
凡民全靠神护福，天降蚕花做人家。
门前桑叶大得快，千家万户尽想着。
忙搁起摇车布机，落蚕户就糊蚕簐①。
收蚕收到好日脚，不怕阴阳小疙瘩。
捂蚕子需要小心，钻得来齐齐扎扎。
连忙去煨足斑糠，蚕出透不可过夜。
东南风天公最好，收花蚕早晨到夜。
三脚櫥中央摆起，冲火缸就用桑柴。
用火人家忙碌碌，夜里不用坐起化。
也有顾管小人拉，只管花蚕不游野。
都说到晒蚕好看，摆得来七碗八碟。
人来往百无禁忌，早晨头晒到伊夜。
最怕得天公落雨，收进来罩只朝簐。
水渍干连忙采叶，捉空来地上垦削。
三餐茶饭无早晏，勤谨人家无昼夜。
懒惰娘娘不巴家，只去上村管闲着。
不见伊忙忙碌碌，话起来逞能黠咤。
不想着财帛进门，也不肯糊只蚕簐。
管别家长三短四，吃了饭就到别家。
有人见问伊做啥？假做去寻把野柴。

① 簐：音 dài，一种竹制的农用器具。

东家进来西家出，一日相骂十八家。
还有人家最恶赖，话起实在要笑煞。
桃树桩敲了无数，左手绳经了几道。
陌生人走到场上，看见了气来吓煞。
门前过只做不见，叫应时嘴倒不答。
无啥话扒个八扒，旋转身眼睛昳昳。
当面堂皇不敢念，眼睛背后嘴巴歪。
用火看蚕果然快，九日三眠不觉着。
最怕得天公落雨，见桑叶采来过夜。
睏出火齐齐全全，捉得出全靠菩萨。
日茫茫西南风起，空心蚕最怕吹怀。
看蚕娘忙忙碌碌，蚕椾上齐齐扎扎。
东北风吹起连夜雨，花蚕齐巧眠起拉。
看蚕生活不容易，提心吊胆过日脚。
立夏日西南风起，连三朝雾露吓煞。
都说到桑叶要贵，一担叶换担米价。
看花蚕并无商量，全靠得天地菩萨。
有运气有说有笑，无运气打算不着。
睏大眠东南风起，一斤捉五斤余外。
常年规矩家家有，买鱼买肉请菩萨。
五更金鸡叫嘎嘎，夫妻商量细安排。
到叶行抬头观看，坐起拉都是买客。
主人说七百连佣，卖客人争要八百。
三四个人坐在一道，就打听别处去买。
端正好洋钿钞票，圈棚船寻介一只。
连夜开船不耽搁，摇船都是后生家。
摇一橹来挪一挪，一路打听问叶价。
闻知着停船上岸，叶行情日日涨价。
朱介桥话道相巧，早晨头五百发客。
周王庙话道相巧，也有话袁化平价。
大河港叶船来去，硖径头船都挤坏。
海宁城东都采尽，城西叶采得光塌塌。

买来买去无处买，长安坝上不停塌，
一班索背到许村，投叶行就寻卖客。
主人说七百连佣，卖客念只要六百。
春河坝连夜就落，到屋里东方发白。
叶船到连忙上岸，吃酒饭就打哈哈。
叶贱年成无人要，叶贵年成无处买。
三朝开体无落脚，匾头清静好其扎。
看蚕身撩脚丝起，看体子铺铺塌塌。
买芦帘蚕炭火盆，忙端正山棚就搭。
少对手忙忙碌碌，捉栲子双手乱抓，
大家蚕灶厅上到，小伙蚕羊棚调排。
前厅后埭都上到，上得屋里无空埭。
别①山火盆就生着，吃了早饭别到夜。
黄昏头别到明天，连别了二日二夜。
开山棚门窗掇落，山头上茧子雪白。
客人到欢天喜地，孙姑娘望望奶奶。
一家门哈哈大笑，采茧子空头白嚼。
都说今年蛾头短，沿村去央做丝客。
湖州丝车两边排，话道平车用不着。
做丝娘都有手段，手头勤再无疙瘩。
打结头轻轻脱脱，搭上去果然手快。
踏班正三寸半把，踏罗经要踏一石。
踏布经四个半把，无底面通手好卖。
细丝经足无其数，粗丝经来做绢着。
上年搁着涨了价，今年摆到开春卖。
卖丝银锭锭蛮大，兑铜钿个个托白。
看花蚕一朝发财，就买田地置四界。
做官好读书辛苦，看文章起早落夜。
开店好讨债惹厌，做商客算盘打煞。
种田总要六个月，日脚拖长赶匆着。

① 别：收入《浙江省民间文学集成·嘉兴市歌谣、谚语卷》时为“蹩”，寻找的意思。

只有花蚕果然快，见了如同变戏法。
廿八日花蚕成茧，做成丝谢谢菩萨。①

第三节　蚕歌与生活习俗

一、蚕歌与日常生活

蚕歌反映了蚕农的家庭、婚姻生活，尤其是与蚕桑相关的日常生活。

湖州蚕歌《三月清明过》，描写了妻子不小心烘坏蚕种，引发夫妻矛盾，最终妻子回娘家重新讨来蚕种，问题解决最后皆大欢喜的经过，语言幽默，富有生活情趣，是蚕农夫妻在蚕月日常生活的真实写照。

三月清明过，霎眼谷雨到，
看蚕娘娘嘻嘻笑。
红米饭，还嫌糙，
笋烧咸鱼白米饭，外加猪油浇。
男人家想讨好，红酒里面白糖泡。
甜咪咪，辣暴暴，
三杯浑汤嘴里倒，
吃得头重脚轻走路晃啊晃。
迷迷糊糊我把蚕种送上烘灶，
青炭加得蛮蛮高，
一个瞌眈，啊呀呀，不得了，
眼前蚕种烘得乌焦焦。
男人家又是骂来又是拷，
我只有哭哭啼啼娘家走一遭。
爷回话，老子勿管帐，
你去向倷姆妈要。
还好！还好！娘回话：
丫头丫头你来得正凑巧，

① 海盐县民间文学集成办公室:《中国民间文学集成·浙江省嘉兴市海盐县故事、歌谣、谚语卷》，海盐县民间文学集成办公室1989年版，第735—740页。

家里还有三张种，拿去勿要再啦火里烧。
包一包，塞在腰，
走到田埂浪厢哈哈笑。
骂一声“翘辫子”，打我一顿勿怨你，
今夜枕头横头一定要你讨个浇。①

在海宁，有一首类似情节的蚕歌《懒蚕娘》，不过不是因为看蚕娘娘吃醉酒造成蚕种烤坏，而是因为看蚕娘娘睡懒觉造成蚕种烤焦。最后的处理结果不是妈妈让带回去蚕种重新孵化，而是嫂子给她出主意让她回去祭奠一下灶神以求得保佑，等到明年再小心孵化好好养蚕。

清明过时谷雨到，看蚕娘娘懒惰嫂。
买仔胡桃买黑枣，
青鳘鱼，当菜咬，白米饭，笋汤淘，
一惚困到鸟儿叫，乌娘头烘得窸窸燥。
男人回来打仔七遭，逃到娘家，碰到阿嫂。
阿嫂叫侬夫妻两人好好交，
做两个糯米团子斋斋灶②，明年看蚕乖仔好。③

在蚕乡，姑娘们从小就要开始学养蚕缫丝的本事，以备将来结婚后成为家庭养蚕的主力，这不仅关系到婆家蚕花运的好坏，家庭的兴旺与否，更直接决定了她将来的家庭地位和在亲戚邻居中的口碑。新娘子结婚后第一年必须要独立饲养一张蚕种的蚕即“看花蚕”，以接受亲朋四邻的评判。如果新娘子第一年蚕养不好，就会被公公婆婆丈夫看不起，出门也会低人三分。因此结婚后第一年养蚕是最关键的，她们总是全力以赴，一心一意扑在蚕宝宝身上，顾不得新婚燕尔，常常忙得把新郎丢在了一边。下面这首流行于无锡一带的《养蚕山歌》，就反映了新娘在看花蚕时的辛勤和忙碌，表达了新娘对于新郎的歉意

① 湖州市民间文学集成办公室：《浙江省民间文学集成·湖州市歌谣、谚语卷》，浙江文艺出版社1991年版，第122—123页。

② 斋灶：祭灶神。

③ 嘉兴市民间文学集成办公室：《浙江省民间文学集成·嘉兴市歌谣、谚语卷》，浙江文艺出版社1991年版，第53页。

和思恋。[1]

谷雨三朝蚕白头，姐姐要把蚕花收，
新来蚕子绿油油，放勒蚕娘胸前头。
三头两日蚕子出，鹅毛掸动姐姐收，
姐养花蚕郎种田，田熟蚕多喜丰收。
东南风吹快如梭，姐在房中蚕花收。
今年花蚕出得齐，不知桑叶价如何？
才收蚕花心担忧，天旱叶小没奈何，
蚕出白发丝价高，眼望花蚕做眠头。
姐勒窗下做眠头，郎勒外头坌田头，
开口轻轻问蚕妹，不知花蚕几眠头？
姐养花蚕心里愁，朝朝夜夜勿梳头，
四月里养蚕多辛苦，花鞋脱勒踏板头。
姐养花蚕忙勿休，梳妆打扮丢脑后，
夜里住在蚕房里，郎君寒暖自担忧。
姐养花蚕勿歇手，叶少蚕多叶怕偷，
郎看桑叶在田头，姐姐养蚕少帮手。
李花白，菜花黄，村村巷巷养蚕忙，
麦田中，抽穗起，忙了花蚕丢了郎。
养蚕多，采桑忙，哪有功夫找我郎，
红粉勿擦花勿戴，无心穿着巧梳妆。
头勿梳，花勿戴，养了花蚕丢落郎，
等得几日茧出售，重新打扮待我郎。[2]

重视新娘子结婚第一年养第一张蚕的习俗，一直到当代都还存在。电影《蚕花姑娘》就描写了这一风俗。影片主人公陶小萍的新婚堂嫂柳巧莲，从不怎么养蚕的外地嫁过来，不会养蚕，婚后主动要求学习养蚕。她的队长丈夫和作为养蚕负责人的姑妈都不建议她养，怕她第一年养不好被人耻笑。但是巧莲凭着自己的谦虚好学、踏实肯干，克服了种种困难，终于获得了养蚕丰收，赢

① 陈永昊、余连祥、张传峰：《中国丝绸文化》，浙江摄影出版社 1995 年版，第 370 页。
② 金煦：《江苏民俗》，甘肃人民出版社 2003 年版，第 28 页。

得了大家的赞许。

下面这首流行于湖州的《十个媳妇》，描写了蚕乡农村常见的形形色色不同的媳妇形象，既有懂礼貌、尊老爱幼、勤做家务会烹饪、容貌姣好会打扮、心灵手巧会绣花的正面媳妇形象，也有懒惰邋遢的反面媳妇形象，两者形成鲜明对比，煞是有趣。其中第四段就描写了善于养蚕的精明能干的第四个媳妇的形象。

头个媳妇一盆花，开出门来就烧茶。客人不到茶先倒，檀香橄榄细芽茶。

第二个媳妇匆打扮，绫罗缎子待公婆，棉绸做衣丈夫穿，布衣布裤自己穿，

第三个媳妇真能干，能来能去要分家产。摆了七七四十九桌分家酒，不用厨师自烧菜。

第四个媳妇来养蚕，日不安耽夜不眠。掰条摘叶费功夫，不要丈夫上得前。

第五个媳妇真齐俊，蓝布短衫黑布裙，红绿鞋子高三寸，好比南山活观音。

第六个媳妇珍宝多，珍珠宝贝几升箩。阿奴头上有只珍珠夹，珍珠夹上镶金银。

第七个媳妇嫁妆多，满橱满箱嫁小奴。嫁得小奴双双拜，龙凤蜡烛照进房。

第八个媳妇真知珍①，换脱衣裳件件新。开出门来看青天，看得青天皎皎晴。

第九个媳妇都闻名，绣花道里件件能，衣带头上绣朵花，鞋子头上绣只凤。

第十个媳妇邋遢虫，脱下罗裙臭哄哄。邋遢婆娘洗罗裙，十只桥口九只浑。②

有的蚕歌反映实际生活中蚕乡姑娘们各自嫁的丈夫的职业，是杭嘉湖蚕

① 知珍：方言，意为惜物、仔细等。

② 湖州市民间文学集成办公室：《浙江省民间文学集成·湖州市歌谣、谚语卷》，浙江文艺出版社1991年版，第125—127页。

乡农民现实生活的真实写照。如流行于桐乡的《十个姑娘嫁新郎》，其中五姐的丈夫的职业为织绸，六姐的丈夫职业为染绸。

小喜鹊，做新房，十个姑娘嫁新郎。
大姐嫁给木排郎，撑叠木排造楼房。
二姐嫁给漆匠郎，金漆马桶红漆床。
三姐嫁给肉店郎，猪油炒菜油汪汪。
四姐嫁给鱼船郎，长脚弯转烧鲜汤。
五姐嫁给织绸郎，缫丝织绸做衣裳。
六姐嫁给染坊郎，染出花绸好漂亮。
七姐嫁给豆腐郎，豆腐甘水洗衣裳。
九姐嫁给胭脂郎，胭脂花粉由你妆。
十姐嫁给种田郎，干柴白米燥砻糠。[①]

一般这类数字歌都是以数字起头，涉及的内容各式各样，全文四、十二段是最常见的结构，表达四季、十二个月等不同的情景。其中有某一段或几段亦即相对应的农历三四五月，与蚕桑相关。严格说来，应该不算所谓完全的蚕歌，只不过是在蚕乡传唱的，或多或少都涉及蚕桑。第五节的风俗歌、节令歌也是如此。

旧时，在杭嘉湖农村，大户人家经常雇佣长工劳动，贫困农民很多都外出做长工，因此长工歌非常多，以一年四季十二个月的劳动为背景，诉说长工劳动的辛苦和生活的贫苦，有的也称诉苦歌。而四季的劳动一般都包括了与种桑养蚕相关的内容，比如长工要负责管理桑园，蚕月负责采桑叶等。

湖州德清的民歌《长工苦》，描写了长工四季辛勤劳作的辛苦，从正月唱到十二月，其中二月、四月都提到了关于蚕桑的劳动即修桑刮蟥与攀桑剪叶。

雨落绵绵正月中，吃米吃柴里外空。
一升半合[②]借勿动，走投无路做长工！

---

① 徐春雷：《桐乡蚕歌》，中国文联出版社 2009 年版，第 34 页。
② 合：音 gě。市制容量单位，十合为一升。

正月过去二月中，修桑刮蟥[①]真是忙[②]。
南亩刮到北亩去，剩落三株野桑骂长工！
二月过去三月中，村里出会[③]闹丛丛。
红男绿女如穿梭，只有我长工驮把秧耥去田中！
三月过去四月中，攀桑剪叶忙西东。
剪得好叶呒好话，剪得湿叶骂长工！
四月过去五月中，芒种插秧把腰弓。
上畈插到下畈去，风吹三根五根浮株骂长工！
五月过去六月中，早起耘田暗朦朦。
前头单怕赤练蛇，后头担心弯弯扭扭蚂蟥虫！
六月过去七月中，踏起水车辘辘隆。
东家乘凉在树荫，长工我两腿酸痛脚底重！
七月过去八月中，风吹稻田香烘烘。
好田好稻我长工做，可恨呒得一个稻头归长工！
八月过去九月中，砰砰彭彭掼谷忙。
满箩壮谷勿讨好，三粒瘪谷怪长工！
九月过去十月中，撑篙捻泥去漾东。
头号船捻来泼泼满，还骂我长工水多泥少勿用功！
十月过去十一月中，日夜哪有一点空？
东家吃了糯米圆子瓶手瓶脚睏，
我长工吃口稀汤薄粥还要夜牵砻[④]！
十一月过去十二月中，杀猪杀羊到年终。
东家摆起三四十二桌团圆酒，苦长工双手空空回家中！[⑤]

这类长工歌有很多。比如嘉善的《老长工》，与这首歌结构形式同样，第四段(第四个月)也涉及养蚕，歌里的长工除了在其余的日子做农活之外，还需要

① 阴历二月，蚕农要对桑树修拳整枝和刮除蟥卵。桑蟥，一种害虫。

② 忙：土话读 mǎng。

③ 出会：指举行灯会、会市。

④ 牵砻：旧时稻谷脱壳用木砻，尔后用石臼“打米”(变糙米为白米)。有民谣谓：“日掼谷，夜牵砻，一月常做六十工。”

⑤ 湖州市民间文学集成办公室：《浙江省民间文学集成・湖州市歌谣、谚语卷》，浙江文艺出版社 1991 年版，第 8—11 页。

在蚕月采桑叶:“蔷薇花开四月中,养蚕天天闹从从,剪了干叶勿话起,剪了湿叶骂长工。”[①]此外,其他地区也多此类长工歌。

《长工歌》(节选,嘉兴海盐):

四月里养蚕闹丛丛,西北上扯高乌云来,
乌天地黑阵头凶,蚕房里吼叶骂长工。
…………
十月过仔十一月中,十一月里捋叶[②]闹丛丛,
别家一个捋叶一个挑,我末七个捋来我一个挑。[③]

《长工歌》(节选,嘉兴海盐):

三月过来四月中,起早落夜锄苗暗烘烘。
头晨采哩二担半叶,挑到各家吃饭闹盈盈。
当家叔叔还要骂我长工采勿动。[④]

《小长工》(节选,嘉兴海宁):

四月蔷薇开得早,姐同小弟采叶喂宝宝,
你喂好宝宝早点困,四只被角要塞牢。[⑤]

像这一类长工歌,以十二个月花名的形式,描述了长工一年到头辛苦所做的劳动,更描述了长工的悲惨遭遇,通常也叫作生活歌。不过其内容通常还包括十二月节令、长工与雇主家小姐或者侍女的爱情故事,又含有劳动歌、时令歌、情歌的元素在内,可以说是一种综合性质的民歌,不可简单地以单一形

① 浙江省嘉善县文化局、文联、文化馆:《中国民间文学集成·浙江省嘉兴市嘉善县歌谣卷》,嘉善县文化局、文联、文化馆 1987 年版,第 13 页。

② 捋叶:捋下桑叶留作羊的过冬饲料。

③ 海盐县民间文学集成·办公室:《中国民间文学集成浙江省嘉兴市海盐县故事、歌谣、谚语卷》,海盐县民间文学集成办公室 1989 年版,第 698 页。

④ 同上,第 699 页。

⑤ 海宁市民间文学集成办公室:《中国民间文学集成·浙江省嘉兴市海宁市故事、歌谣、谚语卷》,浙江省民间文学集成办公室 1989 年版,第 352 页。

式论。

杭嘉湖蚕乡另一个重要的习俗是“望蚕讯(或望蚕信)”。“望蚕讯”也叫“望山头”。蚕宝宝成熟后,要爬上柴龙①结茧子,俗称“上山”,上山完毕,挂满茧子的蔟就像一个个小山头一样。一般在这个时候或者是在茧子收完开始缫丝时,各家各户的至亲好友开始带着礼品相互往来做客,询问双方茧子的收成,亦即探望“山头”,故名“望山头”。《乌青镇志·风俗》载:“至采茧时,亲戚馈遗谓之望山头。”为什么要选在这个时候呢?这是由蚕农的生活节奏所决定的。因为在开始养蚕前,养蚕人家为避免带进邪祟,邻里亲友互不往来,称“蚕关门”。到了采茧子的时候恢复正常往来,俗称“蚕开门”。经过采桑、养蚕等一系列繁忙的劳动后,蚕农的辛苦告一段落,蚕茧收成也有了定论,蚕农们此时终于有了相对清闲的一段时间,可以走亲访友,联络感情,互相慰问、犒劳一番了。

“望蚕讯”的礼品是很有讲究的,都包含一定的定规和寓意。如鰳鲞,谐音“立想”,即“丰收在望”的意思;或者大黄鱼、鸭蛋、绿豆糕或软糕以及枇杷、梅子等时令水果等,这些食物颜色或黄或白,代表着黄金白银,主要目的在于讨个好口彩,图个吉利。尤其是有女儿出嫁第一年养蚕的人家,蚕养的好坏是新娘子及其父母非常紧张和在意的事情。所以娘家准备了厚礼,迫不及待要到女儿家“望蚕讯”,看看女儿养蚕的收成如何,也算是检验一下自己教女的成果。娘家带来的礼物尤其丰盛,装满两个大竹箩。既有鸡、鸭、鱼、肉、水果、点心、爆竹等美食和喜庆用品,也有秧凳、箬笠、拔秧伞等种田拔秧的工具。送食物很好理解,为什么要送这些工具呢?这也是蚕乡一个特有的风俗。本来这些工具在女儿出嫁时都是由娘家陪送的嫁妆,但因为“秧凳”音似“殃钝”,“秧伞”音似“养散”,听起来很不吉利,很不符合新婚喜庆、圆满的美好愿望,属于蚕乡的禁忌,因此不能在女儿出嫁时直接送过去,只能在出嫁后第一个蚕罢季节“望蚕讯”时再带过去。②

这么重要的一个习俗,自然也有相应的蚕歌。旧时杭嘉湖农村各地就有各种不同版本的望蚕汛蚕歌:

《望蚕讯》(嘉兴桐乡)

秧凳笠帽拔秧伞,枇杷梨子灰鸭蛋,

① 柴龙:稻草做成,四周炸开,供蚕宝宝结茧用,即蔟。

② 徐春雷:《桐乡蚕歌》,中国文联出版社2009年版,第45页。

黄鱼鲜肉蝴蚕篮，软糕包子挑一担。[1]

《望山头》(嘉兴桐乡)

枇杷梅子灰鸭蛋，蹄子蝴蚕装一篮，
软糕包子长寿面，去望山头挑一担。[2]

茅盾小说《春蚕》里面就有不少对蚕乡风俗的描述，其中就有“望山头”：“接着是家家都‘浪山头’了，各家的至亲好友都来‘望山头’。老通宝的亲家张财发带小儿子阿九特地从镇上来到村里。他们带来的礼物，是软糕，饯粉，梅子，枇杷，也有咸鱼。小小宝快活得好像雪天的小狗。”这个习俗对于天真无忧的孩子们来说，是最喜闻乐见的。见到平时不多见的这些美食，孩子们欢欣鼓舞，大饱口福。吃完了还不过瘾，“吃了还想要”，但是“望蚕讯”一年只有一次，已经过去了怎么办？那就只有翘首以盼明年的这个时候了。正如以下桐乡的蚕歌《明年头蚕罢》[3]所唱：

黄鱼软糕肉，梅子加枇杷，
吃了还想要，明年头蚕罢。[4]

上面这几首歌也可以算是儿歌了。

二、蚕歌与婚俗

结婚是人生大事。婚礼是杭嘉湖农村极为看重的，仪式隆重、繁复。从结婚当天重要的送嫁妆开始，整个婚礼过程中的每一个步骤、每一个环节，都融入一定的祈福及禁忌习俗，蕴含了丰富的蚕桑文化，处处有蚕歌相随，通过蚕歌表达出对新生活的祝福，对双方家庭田蚕丰收的祈盼。

在德清，流传有一首《出嫁歌》，在婚礼当天由喜娘演唱，内容为各种吉祥词，祝福新娘将来新生活中各种各样的“好”，祝福亲朋好友街坊四邻都生产丰

---

① 徐春雷：《桐乡蚕歌》，中国文联出版社 2009 年版，第 45 页。
② 同上，第 44 页。
③ 头蚕罢：指春蚕饲养结束之后。
④ 同①，第 46 页。

收、生活顺利，涵盖农民生活生产的全部，其中也包括养蚕的丰收。

脚踏扶梯步步高，脱掉蓑衣换龙袍；
在家娘家好，出门夫家好；
长生果开花长生不老，芝麻开花节节高；
跑出碰着摇钱树，进门抱个聚宝盆；
保佑年年年岁好，风调雨顺收成好；
养蚕末蚕花好，种田末田里好；
屋里平安老小好，邻舍隔壁大家好！
棚里猪羊好，塘里养鱼好。①

旧时杭嘉湖蚕农家女儿结婚当天送嫁妆时，嫁妆里必须要有一对带根的竹子（也有的用甘蔗或者桑树苗代替），将其带到夫家种上，预祝新娘将来养蚕收成像竹子一样节节高，故称“蚕花竹”。取竹子时，喜娘即吟唱《蚕花竹》：

蚕花竹长又长，新郎新娘配鸳鸯。
蚕花竹枝叶茂，新郎新娘头碰头。
蚕花竹掮得平，新人生活似蜜甜。
蚕花竹坚又挺，新郎新娘亲又亲。
蚕花竹节节高，一年生下胖宝宝。
蚕花竹种得深，多根多笋多子孙。②

同时，一雄一雌两只漂亮健壮的活鸡，也是陪嫁中必不可少的。这一对鸡称为“蚕花鸡”，雄鸡须为红色，雌鸡须为橙色或者黄色，不能有杂色。鸡似凤凰，“蚕花鸡”既象征新婚夫妻相亲相爱，也预祝新娘将来能养出龙蚕，蚕蛹再化蝶似凤，代表着配对后多产卵，多孵出小蚕，也就是预兆蚕茧丰收的意思。喜娘将蚕花鸡交给新郎家人时，要吟唱下面这首《蚕花鸡》：

蚕花鸡一对配成双，夫妻双双进洞房。

---

① 德清县文化广电新闻出版局：《德清县非物质文化遗产大观》，浙江大学出版社 2009 年版，第 30 页。

② 徐春雷：《桐乡蚕歌》，中国文联出版社 2009 年版，第 20 页。

蚕花鸡冠红又红，夫妻恩爱乐融融。
蚕花鸡嘴尖又尖，夫勤妻俭土变金。
蚕花鸡，黄又黄，养格龙蚕粗又壮。
龙蚕吐丝结龙茧，龙茧回春飞凤凰。①

蚕花鸡在婚礼后要一直养着，直到第二年养蚕丰收后再宰杀以谢蚕神。②

新娘子离开娘家临上花轿前，要“拔蚕花”，就是由母亲从女儿头上拔下一朵蚕花，把这朵蚕花放到自家灶山上。这是为了让娘家的蚕花喜气留在家里，不要被女儿带走。拔花时喜娘吟唱蚕歌《拔蚕花》：

拔朵蚕花装个巧，巧巧一朵金花好，
巧巧两朵银花好，留下一朵蚕花好。
阿妈带花朝里走，年纪活到九十九，
发财发财，元宝搭台，
发福发福，打船造屋。③

新娘子被接到新郎家大门口时，要将预先放在大门口的红烛灯火拨一拨，俗称“拨蚕花”，讨个蚕花“越拨越旺”的好口彩，同时喜娘吟唱《拨蚕花》：

新人走近大门前，亲邻看客分两边，
左右一对银灯架，蚕花灯火亮闪闪。
新人来到大门前，红烛双双吐金莲，
一灯拨做三灯旺，一倍蚕花万倍宽。④

桐乡百桃一带旧时农家办喜事，当新娘子被接到新郎家大门前时，新郎家要向四周撒一些钱币和喜糖，叫“蚕花铜钿”，这个仪式俗称“撒蚕花”或者“撒蚕花铜钿”，意在祝愿新娘养蚕收成好。同时由喜娘或请来的乐人吟唱祈蚕歌

---

① 徐春雷：《桐乡蚕歌》，中国文联出版社2009年版，第21页。

② 吴利民、张琳主编，祝汉明、徐春雷、褚红斌编著：《含山轧蚕花》，浙江摄影出版社2014年版，第95页。

③ 同①，第16页。

④ 同上，第17页。

《撒蚕花》:

新人来到大门前,诸亲百眷分两边。
取出银锣与宝瓶,蚕花铜钿撒四面。
蚕花铜钿撒上南,添个官官中状元。
蚕花铜钿撒落北,田头地横路路熟。
蚕花铜钿撒过东,一年四季福寿洪。
蚕花铜钿撒过西,生意兴隆多有利。
东西南北撒得匀,今年要交蚕花运。
蚕花茂盛廿四分,茧子堆来碰屋顶。①

前来贺喜的亲友和左邻右舍争相来捡“蚕花铜钿”,谁捡得多,预兆着谁家的蚕养得好。②

旧时,桐乡屠甸、濮院一带乡间的风俗,新娘被接至新郎家大门前,要先给新人吃一碗糖茶,代表着以后的日子甜甜蜜蜜。吃完以后,用一只面盆,里面放满大米,中间插两支点着的红蜡烛,象征着蚕花。新郎坐在门里新娘坐在门外,面对面捧住这个面盆,此时喜娘或者乐人开始吟唱《接蚕花盆》,两人捧住面盆走进大门,交给婆婆,安放在公婆房间里,俗称“接蚕花盆”,也就意味着接过“蚕花”喜气,意在祝愿蚕花茂盛。③

新人来到大门前,诸亲百眷分两边。
一碗糖茶送新人,吃在嘴里填在心。
新人坐在大门前,蚕花双双插罗盆,
手捧银罗接蚕花,百罗蚕花万万千。④

新人进门拜堂之后,有一个“赞田蚕”仪式。“赞田蚕”俗称“盘米囤”,是婚

① 徐春雷:《桐乡蚕歌》,中国文联出版社 2009 年版,第 18 页。入选《中国歌谣集成·浙江卷》。

② 盛羽:《土色生香:桐乡彩色拷花工艺研究》,五洲传播出版社 2012 年版,第 20 页。

③ 吴利民、张琳主编,祝汉明、徐春雷、褚红斌编著:《含山轧蚕花》,浙江摄影出版社 2014 年版,第 94 页。

④ 同①,第 19 页。

礼上常见的待神仪式。此时公婆端坐在厅堂中央，由喜娘或乐人指引新人围绕两位长者转圈，边转圈边唱《赞田蚕》，意在祝福田蚕茂盛。

宝香一支透天河，银烛辉煌两灯火。
高堂双双厅堂坐，新人奉敬盘箍路。
赐福天官厅堂坐，正乙玄坛骑黑虎，
东厨司命灶山坐，柴经烧来米又多。
蚕花五圣蚕房坐，春看花蚕长息多，
蚕种勿包也勿捂，乌娘引出几升罗。
头眠二眠匆匆过，九日三眠捉出火，
大眠扩座落地铺，吃叶好像阵头过。
龙蚕透体上山簇，结出茧子鸭蛋大。
丝车摆了几十部，卖丝银子无其数。
日公地母两边坐，田头地面来帮助，
车水种田省工夫，每亩要收三石多。
种些芋艿大发棵，一棵翻了两漫箭，
合盘南瓜栲栳大，单扇门里拿勿过。
肉猪养来牯牛大，母猪养来尽转窝，
山羊养来像白马，①湖羊养来像骆驼。
公鸡养来九斤多，母鸡生蛋勿肯孵，
鸡蛋生来鸭蛋大，打开一个几碗多。
田蚕赞来差不多，新人要进洞房坐，
夫妻恩爱敬父母，一家和睦多福禄。②

据采录者介绍，他在1994年12月曾听老艺人朱贤宝在神歌演唱会上唱过这首歌。老艺人过世后，2009年3月9日又听其子朱雪浩在王新根女儿结婚时演唱。③

旧时桐乡河山、晚村、八泉乡一带，还流传着这样一种婚俗，新郎新娘在结婚第二天要参加“经蚕肚肠”仪式。在桐乡当地方言中，“织布”为“经布”，“缫

① 异文：母猪养来像白马，湖羊养来像骆驼。

② 徐春雷：《桐乡蚕歌》，中国文联出版社2009年版，第22—23页。

③ 同②，第23页。

丝”为“经丝”，“蚕丝”为“蚕肚肠”，因此“经蚕肚肠”也就是指“缫丝”，意为祝愿新娘进入婆家以后，养蚕缫丝等蚕事诸事顺利。

“经蚕肚肠”整个过程是这样的：在新郎家的厢屋中，用四把靠背椅围成一个圈，圈中放置一个拷栳，拷栳里放上面条、蚕种（用红纸包成长方形）、秤杆、一把筷子等物品。这些物品都有特殊含义：面条代表长寿；蚕种代表蚕花茂盛；秤代表称心如意；筷子代表收蚕工具。喜娘拿着一团染红的丝绵打成的线，一头捆在椅子靠背上，缓步引领新郎新娘绕着椅子转圈，边转边将红绵线绕到椅背上，边绕边唱《经蚕肚肠》。[1] 新娘新郎右手扶线，依次尾随在后。[2]

“经蚕肚肠”仪式实际上是模拟缫丝的过程，并添加了扫蚕花地的部分内容，将文学、音乐、舞蹈有机结合起来，久而久之，就成了结婚时的特定仪式，成为蚕乡婚俗的一部分。这个仪式除了演唱蚕歌之外，还加上了简单的舞蹈动作，很受蚕农欢迎。仪式中所唱的蚕歌《经蚕肚肠》主要内容是对新婚夫妇的祝愿，尤其是对蚕桑丰收的期盼，包含了养蚕缫丝的整个过程。分为四个部分：起经、再经、收肠、扫蚕花。

一、起经

（喜娘引领新娘围着椅子边绕线边吟唱）

第一转长命百岁（劳）好，

第二转成双富贵（劳）好，

第三转连中三元（劳）好，

第四转四季发财（劳）好，

第五转五子登科（劳）好，

第六转六路进财香（劳）好，

第七转七世保团圆（劳）好，

第八转八仙祝寿（劳）好，

第九转九子九孙（劳）好，

第十转十享满福（劳）好。

蚕肚肠要经得匀，年年蚕花廿四分。

二、再经

---

① 徐春雷：《桐乡蚕歌》，中国文联出版社 2009 年版，第 27 页。

② 王福基主编，嘉兴市文学艺术界联合会编，徐志平、朱桦、吴梁分编执笔：《嘉兴市文学艺术志》，杭州大学出版社 1998 年版，第 184 页。

再发(次)多经转,谢谢东家阿爹,
头蚕二蚕三蚕四蚕,张张蚕种超百斤。
再发(次)多经转,谢谢亲亲眷眷邻邻舍舍。
张张蚕种超百斤。
再发(次)多经转,谢谢厨房师傅手段高,
做出肉圆像核桃,切出肉丝像金条。
再发(次)多经转,新相公技术真叫高,手段绝顶好,
新相公运道好,讨个新娘架形好。
三、收肠
(喜娘引领新娘,边从椅背上卸下丝线、绕在筷子上,边吟唱)
收起格条金肚肠,收起格条银肚肠,绕起格条蚕肚肠。
新娘娘技术真叫高,手段绝顶好,
手捏鹅毛掸龙蚕,手捧青叶喂龙蚕。
头眠眠来崭崭齐,二眠眠来齐崭崭,
出火过去做大眠,大眠过后要结茧。
新娘娘技术真叫高,手段绝顶好,拿起叶来喂宝宝。
喂个宝宝几何大?像只湖鳅大。
做个茧子几何大?做个茧子鸭蛋大。
当家爹爹技术真叫高,手段绝顶好,
几部丝车两行生(摆),居中央里留条小弄堂。
新娘娘脚力绝顶好,做个细丝像金条,做个粗丝像银条。
新娘娘技术真叫高,连夜打起红袱包。
粗丝要向杭州装,细丝要往上海摇。
卖得几千银子入荷包,包包好,伉伉好,买田造屋步步高。
四、扫蚕花
(喜娘拿起畚箕扫帚,边扫边唱)
新娘娘喂罗罗(猪),喂个罗罗黄牛大。
新娘娘喂咩咩(羊),喂个咩咩白马大。
新娘娘喂咯咯(鸡),咯咯鸡,大种鸡,拾起蛋来一畚箕。
新娘娘喂嘎嘎(鸭),嘎嘎尾巴扁,茧子采来碰屋顶。
晦晦气气扫出去(向外扫),金银财宝扫进来(向里扫)。
一扫金,二扫银,三扫聚宝盆,四扫四季要发财。

(喜娘向里掼扫帚)
扫帚掼到北边,茧子碰牢屋脊。
(喜娘和新娘合提栲栳)
新娘娘来,同新相公上一肩。
发财发财,永远发财!
发福发福,买田造屋![1]

擅长演唱《经蚕肚肠》的代表人物是桐乡蚕歌的非遗传承人褚林凤。下面这首是褚林凤的师傅庄阿三演唱的另一首《经蚕肚肠》:

第一转长命百岁,
第二转成双富贵,
第三转连中三元,
第四转四季发财,
第五转五子登科,
第六转六路进财相[2],
第七转七世保团圆,
第八转八仙祝寿,
第九转九子九孙,
第十转十享满福。
蚕肚肠经得匀,
年年蚕花廿四分。[3]

结婚后,妻子要用108颗茧子缫出的蚕丝为丈夫织一条丝腰带,俗称“锦条”,据说这种腰带系在身上可以辟邪,因而能保佑丈夫平安。蚕歌《织锦条》歌词如下:

一百零八颗茧子织锦条,织出锦条锁夫腰,

---

① 徐春雷:《桐乡蚕歌》,中国文联出版社2009年版,第24—27页。
② 财相:即财神。
③ 中国民间文学集成全国编辑委员会,中国民间文学集成浙江卷编辑委员会:《中国歌谣集成·浙江卷》,中国ISBN中心1995年版,第150页。

锁在身上金光耀，阎王小鬼见了盘(藏)来盘去逃。[①]

三、蚕歌与丧俗

结婚、死亡都是人生大事，中国人向来重视红白喜事，杭嘉湖蚕区农村对于身后事非常看重。操劳一生的蚕农们，在去到另一个世界时，丧礼上的种种风俗，仍然免不了跟蚕桑相关。在操办丧事时有一系列与蚕桑相关的规定动作和习俗仪式，如清洁全身、换寿衣、扯绵(棉)兜、唱丧葬歌等，表达了对逝者的尊重以及希望逝者保佑和祝福活着的亲人。

在操办丧事时，丝绵兜是重要的材料。死者去世后，由亲邻中的老妇人为其清洁全身，换上寿衣。旧时在杭嘉湖蚕乡，一般超过六十岁的老人就会为自己准备寿衣了。寿衣用上好的丝绸做成，颜色鲜艳。如果是棉衣，就用丝绵絮。男性死者为过去的员外装束，俗称"门上新客人"，女性死者为夫人太太装束，红裙红衫，俗称"门上新娘子"。这是由于所用的停尸板是门板的原因。[②]两位老妇人把十二个绵兜依次从头拉到脚覆盖，一边拉一边唱相应的丧葬歌——《送丧十二个棉兜》。"扯绵兜"——用丝绵覆盖和包裹死者这种仪式，来源于蚕宝宝的生长过程，意在祝愿死者像蚕宝宝的一生一样可以循环死而复生。绵兜拉好后在上面撒上纸钿，边撒边唱，入殓前将绵兜连同纸钿一齐收起来放进棺材，意即把这些东西给死者带到阴间享用。湖州长兴的《送丧十二个棉兜》是这样唱的：

日出东方紫云高，架起龙门到厅堂，
红漆脚桶掇出来，烧水拿来抹身上。
先潮面来后潮身，潮好面来穿衣襟。
半夜过去头鸡叫，手拿棉兜翻逍遥。
头一个棉兜初起头，头顶翻到脚后头。
冬天翻了浑身暖，夏天翻了水风凉。
第二个棉兜凑成双，长幡宝盖来领路。
金童玉女送过桥，手拿清香见阎王。
第三个棉兜三鼎甲，举人秀才有半百。

① 徐春雷：《桐乡蚕歌》，中国文联出版社 2009 年版，第 28 页。
② 刘旭青：《文化视野下浙江歌谣研究》，浙江大学出版社 2009 年版，第 70 页。

十八个翰林来送丧，外加还有文武状元郎。
第四个棉兜翻四角，去朝官府送朝本，
天下无事保太平，风调雨顺福满门。
第五个棉兜是白线，推开黄光见佛面，
推开云障见日头，推开乌云见青天，推开浮萍见清水。
第六个棉兜是六邻，保护亲戚邻舍都太平。
第七个棉兜七名扬，铁拐李临街开爿团子店，阳间凡人吃了活千年。
第八个棉兜是八仙，住在人间天堂三周年。
人人说道呒介事，倒是成了活神仙。
第九个棉兜是观音，救苦救难救凡人。
前世匆曾讨了银阳寿，来到这世里原得有福有寿投个惬意人。
第十个棉兜翻和顺，上桥也有清水铜面盆，下桥也有棋盘花手中。
桥神土地咪咪笑，空手呒事走过桥。
第十一个棉兜加一绡，身长六尺转逍遥。
第十二个棉兜翻完成，保护那亲子亲孙出门碰着摇钿树，
进门得只聚宝盆！①

在桐乡河山农村，办丧事时有“讨蚕花”的风俗。逝者入殓时，其晚辈夫妻二人带着一些绵兜来到死者旁边，两人扯出部分绵兜，覆盖于死者身上，从头覆到脚。与此同时，由一位与逝者平辈的女性在一旁吟唱蚕歌《讨蚕花》(诵词)：

手扯绵兜讨蚕花，亲人阴灵来保佑。
手捏鹅毛掸龙蚕，筐筐龙蚕廿四分。
手捏黄秧种青苗，爿爿田里三石挑。
养只猪，像牯牛，养只羊，像白马。
出门碰着摇钱树，进门碰着聚宝盆。
脚踏云梯步步高，回步捧进大元宝。②。

这个过程俗称“讨蚕花”，意在求逝者保佑后人们生活平安喜乐，养蚕、种

① 湖州市民间文学集成办公室：《浙江省民间文学集成·湖州市歌谣、谚语卷》，浙江文艺出版社1991年版，第248—250页。

② 徐春雷：《桐乡蚕歌》，中国文联出版社2009年版，第29页。

田、养殖等都获得丰收,诸事顺遂。死者晚辈越多,身上覆盖的丝绵絮(俗称"蚕花挨子")就越厚,意味着死者就越体面。[①] 在乌镇,是由死者的晚辈夫妻带着四绡绵兜扯覆三绡,留下一绡。留下的绵兜称为"蚕花绵兜",据说这种蚕花绵兜能够避邪,所以要带回去给小孩子翻棉衣用,保佑小孩子平平安安。

四、蚕歌与生活中其他大事

在杭嘉湖地区,除了婚礼、丧事等红白喜事外,建屋造房,无疑也是蚕农生活中重要的头等大事,同样有与蚕桑相关的比较隆重的习俗和一定的规矩仪式,有一套繁琐的流程,如醮梁、上梁(或抛梁)、挂红绿布等,其中上梁是仪式中的高潮部分。新房上梁时,木匠要在梁上往下抛撒糕点(糕点代表蚕花)等,边撒边吟唱上梁歌《接蚕花》等吉庆歌。房主夫妇二人,一人一边双手扯起被单的四角,在下面接住抛物,俗称"接蚕花"[②],接到的"蚕花"越多越吉利,意味着蚕茧收成就越好。

《接蚕花》(祈蚕歌,嘉兴桐乡):

四角全被[③]张端正,二位对面笑盈盈。
东君[④]接得蚕花去,看出龙蚕廿四分。
大红全被四角齐,夫妻对口笑嘻嘻。
双手接得蚕花去,一被蚕花万倍收。[⑤]

在湖州长兴,新房上梁后,主人要请木匠在正梁上挂上红绿布(红绿布其实是红绿丝绸,是由女主人娘家送来的),边挂边吟诵《挂红绿布》(诵词):

红绿布来千根丝,亲家买来贺主家,
左边飘来牡丹花,江南号称富贵家。
一拜天,二拜地,三拜祖师在上头。
主家给我一只壶,上有金,下有银,

---

① 乐忆英:《乌镇民俗》,浙江人民出版社 2014 年版,第 86 页。
② 徐春雷:《桐乡蚕歌》,中国文联出版社 2009 年版,第 30 页。
③ 全被:整幅被单。
④ 东君:主人的意思。
⑤ 同②。

托是托的聚宝盆，万两黄金造花厅。
一敬天来二敬地，三敬东方三喜逢，
四敬南方黄道日，五敬西方福禄寿三星高照，
六敬北方会八仙，各路神仙来保护，
保护主家喜上紫金梁。①

桐乡屠甸还流行另一首由神歌艺人演唱的篇幅比较长的《上梁歌》，属于“十二月花名”类的民歌，从一月唱到十二月，每月四句，唱出对房屋主人的吉祥祝福话，其中四月唱的就是对养蚕的祝福。这类民歌，包含的内容很多，基本涵盖农家生活所希望的所有祝福，虽然不是全部内容均与蚕桑相关的标准蚕歌，但十二月里至少有一个月是跟蚕桑相关的。

正月梅花似黄金，东君造起高楼厅，
上得宝梁福星照，福星高照万代兴。
二月杏花白如银，魁星踢斗到门庭，
张仙送下麒麟子，三鼎甲里中头名。
三月桃花红喷喷，三阳高照春满园，
黄金有价情无价，一家和气值千金。
四月蔷薇叶正青，东君要交蚕花运，
筐筐宝宝赛龙蚕，蚕花茂盛廿四分。
五月石榴花正兴，采落茧子忙种田，
全年风调又雨顺，每亩四石好收成。
六月荷花透水鲜，买卖经商生意兴，
全仗招财来指路，一本万利财源滚。
七月开花是凤仙，福星广照画堂前，
一举成名登科日，蟾宫折桂步步升。
八月桂花香阵阵，挑选吉日择良辰，
上得宝梁积得福，父慈子孝合家亲。
九月菊花开得艳，宝梁高架照福星，
南极仙翁来庆贺，百岁延年福寿绵。

① 中国民间文学集成全国编辑委员会、中国民间文学集成浙江卷编辑委员会：《中国歌谣集成·浙江卷》，中国 ISBN 中心 1995 年版，第 143 页。

十月芙蓉润小春，鲁班仙师来照应，
千秋万代长生乐，人人衣紫佐朝廷。
十一月里大雪飞，郎才女貌双双配，
早盼团圆登科日，只等金榜来提名。
十二月花开是水仙，东君厅内齐欢庆，
廿四节气风雨顺，年年岁岁享太平。①

不同的歌手唱出的歌词有一定的区别。同样是流传于桐乡屠甸的《上梁歌(赞花名)》，下面这首是由一名木匠演唱的，也是十二月花名的形式，其中第四段这样唱道：

四月蔷薇叶里开，保佑东君看龙蚕。
山棚一片梨花白，蚕花廿四喜开颜。②

在海盐，也流行一首类似的《上梁歌》，也叫作“竖屋歌”，其中一部分是有关蚕神“蚕花五圣”的诵词。

脚踏扶梯步步高，手攀杨柳采仙桃。
采出仙桃眯眯笑，众仙聚会火焰高。
东海老龙来斗宝，西池王母献蟠桃。
观音娘娘过海来，脚踏莲花朵朵开。
开言就问善财，倒底有啥贵干？
贵府造屋送宝来。
张仙送子到门来，魁星踏斗又打坛。
小宝宝，有出山③，勤读诗书好文才。
门前旗杆狮子左右分，五色堂窗玻璃嵌。
寿星公公到门来，福寿双全人人赞。
老人家，好福气，年纪活到三百外。

---

① 徐春雷：《桐乡蚕歌》，中国文联出版社2009年版，第31—32页。

② 桐乡县民间文学集成办公室：《中国民间文学集成·浙江省嘉兴市桐乡县故事、歌谣、谚语卷》，浙江省民间文学集成办公室1989年版，第541—542页。

③ 有出山：有出息。

财神菩萨到门来，招财利市分两边。
出门得着摇钱树，进门得着聚宝盆。
早生金子夜生银，买卖生意大发财。
门前有条通泰路，骨碌碌元宝滚进来。
蚕花五圣①到门来，春养龙蚕②大发财。
头二眠出火齐全，做出火刺藜花开。
做大眠东南风起，每一担要捉八担。
束手做成蚕神茧，卖丝银子船来载。
田公田母到门来，插种水田有土财。
上爿棵脚黑又嫩，棵脚如同饭碗盏。
稻穗头三尺余外，米粒好像橄榄。
牵砻打米闹洋洋，每亩收到上千担。
栏头土地到门来，棚养六畜只只崭。
母猪养来顺利，窝窝廿二廿三。
肉猪未满三月，出棚足有四五六担。
湖羊如同白马，山羊出角麒麟象来。
阉鸡养来只只九斤半，母鸡养来勤生蛋。
松毛③骨碌圆，代代做状元。
金斗④落地，买田置地。⑤

这首歌被收入《中国歌谣集成·浙江卷》时，个别字句有改动。⑥ 下面是一首篇幅比较短小的上梁歌，用“米斗”做描述对象引出吉祥话。

《上梁歌》(嘉兴海盐)：

一只斗，骨碌圆，代代子孙做状元。

---

① 蚕花五圣：蚕神的一种，男性形象。

② 龙蚕：传说中的神蚕，体态很大。

③ 松毛：指松花糯米团子。

④ 金斗：指盛撒梁用的果子的米斗。

⑤ 嘉兴市民间文学集成办公室：《浙江省民间文学集成·嘉兴市歌谣、谚语卷》，浙江文艺出版社1991年版，第194—196页。

⑥ 中国民间文学集成全国编辑委员会、中国民间文学集成浙江卷编辑委员会：《中国歌谣集成·浙江卷》，中国ISBN中心1995年版，第144—145页。

蚕花廿八分，年年捉得稳。
一只斗，二只箍，代代子孙勿出窠[①]，
房子造得十埭廿过路，年年相帮叫着我。[②]

类似的上梁风俗，也流行于嘉兴周边的苏州、上海一带，当地的《上梁歌》《挂红绿布》等内容也是大同小异，均为吉祥祝福语。

第四节 蚕歌与民间信仰习俗

汉代的文献中记载了杭嘉湖所在江南地区的风俗文化特征之一是“信巫鬼，重淫祀”。司马迁《史记》卷一二九《货殖列传》，班固《汉书》卷二八《地理志下》均有记载：江南地广，或火耕水耨，民食鱼稻，以渔猎山伐为业。果箩嬴蛤，食物常足，故呰窳偷生而亡积聚，饮食还给，不忧冻饿，亦亡千金之家。信巫鬼，重淫祀。又曰：吴东有海盐，章山之铜，三江五湖之利，江东一都会也，海外鳀人岁时来见。《隋书·地理志》也有记载：江南之俗，火耕水耨，食鱼与稻，以渔猎为业。信鬼神，好淫祀。在杭嘉湖地区，人们普遍信仰蚕神和机神等行业神，有关蚕神信仰的蚕歌数量非常之多。

一、蚕神信仰

旧时因缺乏现代科学知识，很多自然现象对于古人来说非常神秘，无法理解，于是他们就想象冥冥之中天地间有不同神仙掌管不同事物，如常见的水火、风雨、雷电、土地、灶台等。杭嘉湖地区迷信鬼神的传统由来已久，信奉各路神仙。相应地，种桑养蚕也就对应为掌管蚕桑事的蚕神，信奉蚕神以保佑蚕茧的丰收，是蚕农的一种精神寄托和精神力量，为蚕农带来心灵上的满足。

杭嘉湖地区的蚕农们对蚕充满了崇敬和感激之情。蚕这种小生命，它的一生本身在蚕农眼里就非常神秘莫测，颇有神灵圣物的意味，被称作“天虫”，而蚕丝则被认为是“天虫之精”。一颗细芝麻粒大小的蚕种，孵出小蚂蚁大小的幼蚕，只靠吃二十多天的桑叶，体重就长大万倍，继而吐出洁白的蚕丝后成蛹，最后化蛹成蛾，蚕蛾再产卵，卵再孵化成蚕，生生不息、代代不已，令人惊叹

---

① 勿出窠：子孙同堂不分家。

② 嘉兴市民间文学集成办公室：《浙江省民间文学集成·嘉兴市歌谣、谚语卷》，浙江文艺出版社1991年版，第202—203页。

大自然的神奇。

元代著名诗人、诸暨人杨维桢对蚕有很高的评价，在他的《铁崖逸编》卷三《祀蚕姑火龙词》中写道："余尝论蚕有六德。衣被天下生灵，仁也；食其食，死其死，以答主恩，义也；身不辞汤火之厄，忠也；必三眠三起而熟，信也；象物以成，茧色必尚黄素，智也；茧而蛹，蛹而蛾，蛾复卵而茧，神也。"①有学者认为，对蚕的崇拜和对蚕丝的利用，来源于上古时对鬼神的祭祀及丧葬仪式等。因为蚕的一生非常契合中国人传统的天人合一、生命轮回的文化背景，故而形成对蚕和桑树的崇拜，认为它们是神虫和神树。② 更让人看重的是，蚕不但能够给人们带来轻柔保暖的华美服饰，给杭嘉湖地区带来"衣被天下"的美誉，更带来相较于其他农产品更高的收益，是本地区最重要的副业，在农村经济中占有很大的比重，地位非常重要。

因此，蚕农无不祈盼蚕茧丰收。而蚕宝宝又被称为"忧虫"，异常娇气，难伺候，对于气温变化、干湿、通风、气味等非常敏感，怕冷怕热怕老鼠等，一不小心就会生病甚至死亡，从而会造成蚕茧收成减少。清汪曰桢《湖蚕述》转引高铨《吴兴蚕书》说："蚕自小到老，须刻刻防其致病。俗称蚕为忧虫，受一分病，则歉收一分。人之饲蚕，未有不期其无病者。"③因此蚕农无不把蚕当成命根子，称其为"春宝""宝宝""宝儿""蚕宝宝"等，精心饲养，小心呵护。养蚕女子无论婚否，均被称为"蚕娘"，因伺候蚕宝宝甚至比慈母养育自己的小婴儿还要精心之故。同治《湖州府志》引乾隆《湖州府志》云："蚕事……后世渐盛于江南，而湖人尤以为先务，其生计所资，视田几过之，且为时促而用力倍劳，视慈母之护婴儿，殆有甚焉。然且饥饱之不节，燥湿之不均，寒暖之不时，则蚕往往至于病而死。而蛇鼠之耗，蝇蚊之毒，乘间抵隙，每为人力所不及防。盖有功败于垂成，祸生于非望者，又不可胜数矣。"④

养蚕是一桩非常繁琐、细致，相同时间内比起传统农业辛劳加倍的工作，正如乾隆《石门县志》所言："民间育蚕如炼丹，力最劳瘁，成败亦在转盼间。"⑤旧时蚕农养蚕仅凭经验，缺乏科学养蚕知识，对蚕的生死、病害和生长规律无

① ［元］杨维桢著；邹志方点校：《杨维桢诗集》，浙江古籍出版社 1994 年版，第 333 页。

② 赵丰：《丝绸起源的文化契机》，《东南文化》1996 第 1 期，第 67—74 页。

③ ［清］汪曰桢撰，蒋猷龙注释：《湖蚕述注释》，农业出版社 1987 年版，第 7 页。

④ ［清］宗源瀚等修，［清］周学濬等纂：同治《湖州府志》卷三十《舆地・蚕桑上》，《中国方志丛书・华中地方・浙江省》第五四号，成文出版社有限公司 1970 年版，第 580 页。

⑤ ［清］余丽元：乾隆《石门县志》卷十一《杂类志・风俗》，《中国方志丛书・华中地方・浙江省》第一八五号，成文出版社有限公司 1975 年版，第 1851 页。

法正确理解和掌握，认为蚕养得好，是靠着蚕神的保佑，所以常要祭祀蚕神以祈祷和感谢；蚕养得不好，则是凶神恶煞、鬼物邪祟等“蚕祟”作怪，就要求助于诅咒、驱除等巫术来抵御这些伤害，即祛蚕祟。蚕农对于蚕神的这种崇拜“不仅仅形成为一种文化心理，同时还表现为外在的各种行为方式”，这些外部的行为方式无不受到这种文化心理的支配，[①]久而久之，衍生出一系列独具特色的蚕乡民间信仰和习俗。

中国历史上信奉的蚕神有很多，如西陵氏嫘祖、菀窳妇人、寓氏公主、蚕丛氏、天驷星、马头娘、蚕花五圣、蚕花三姑等。

杭嘉湖地区祭蚕神，采取比较现实的实用主义，比较随意和模糊，即不论蚕神的来历和称谓，只要是对养蚕有益，通通祭拜。除了本土的儒教、道教方面的蚕神，还有佛教的外来蚕神以及两者的混合体如马明王菩萨等。到了近代，因对于蚕神信仰有所淡化和以讹传讹等，还出现了信仰神灵的错乱，如蚕神和土地神的混合体“蚕花土地”等。清代乌程(今浙江湖州)人董蠡舟《南浔蚕桑乐府·赛神》，前半部分生动形象地描述了当地蚕农祭拜蚕神的经过，后半部分以爷孙对话的形式描述了当地蚕农所信奉的蚕神数量之多、之杂：“孙言昨返自前村，闻村夫子谈蚕神。神为天驷配嫘祖，或祀菀窳寓氏主。九宫仙嫔马鸣王，众说纷纭难悉数。翁云何用知许事，但愿神欢乞神庇。年年收取十二分，神福散来谋一醉。”诗中爷爷对蚕神的观点正是蚕区蚕农们对蚕神的普遍看法。

在杭嘉湖地区，人们信奉的蚕神一般有这几种：西陵氏嫘祖、马头娘、蚕花三姑、蚕花五圣等等，其中马头娘又叫马明王、马鸣王菩萨、蚕花娘娘、蚕花菩萨、蚕皇老太、华蚕老太等。

奉西陵氏嫘祖为蚕神的说法由来已久，流传的范围比较广，流传的时间也比较长，一直延续至今。

西陵氏嫘祖，是轩辕氏黄帝的元妃，传说中是她第一个养蚕并教会大家，因此被奉为“先蚕”和“蚕神”。司马迁《史记·五帝本纪》载：“黄帝居轩辕之丘，而娶于西陵之女，是为嫘祖。嫘祖为黄帝正妃。”《淮南王蚕经》云：‘黄帝元妃西陵氏始蚕，盖黄帝制作衣裳，因此始也。”《后汉书·礼仪志上》载：“皇后帅公卿诸侯夫人蚕。祠先蚕，礼以少牢。”《隋书·礼仪志二》载：“后周制，皇后乘翠辂，率三妃、三妭、御媛、御婉、三公夫人、三孤内子至蚕所，以一太牢亲祭，进奠先蚕西陵氏神。”[②]因嫘祖是黄帝的正妻，所以有关嫘祖的蚕神信仰被历代

---

① 齐涛：《生产志》(下册)，山东教育出版社2007年版，第407—408页。

② [唐]魏徵等撰：《隋书》卷七《志第二·礼仪二》，中华书局1973年版，第145页。

帝王所提倡,在民间影响很大。据郑辟疆考证,“虽似假托,可能它的流传渊源是很远的”。

嫘祖是官方大力宣传认可的蚕神,不过杭嘉湖民间更为盛行的则是信奉马头娘为蚕神。马头娘又称马明王、马鸣王菩萨、蚕花娘娘,蚕花菩萨等。近现代,杭嘉湖蚕乡的蚕神庙中供奉的马头娘神像大多数为一女子形象,身旁有一匹马。也有的是一女子骑在马上,个别地方则是一女子头上罩一马头。

据学者分析,民间之所以将女与马的形象结合起来,成为蚕神马头娘的形象,是由于以下三个原因:蚕的形状和吃桑叶的动作都像马;蚕丝生产历来是女子从事的呕心沥血、任劳任怨的工作,如同蚕吐丝一样,“春蚕至死丝方尽”;蚕生长期间不断“变形”的过程在古人眼里非常神秘,于是引发想象力孕育出女披马皮化蚕的神话故事。[①] 不过,一女加一白马的马头娘与马鸣王,本不是同一个神衹,为什么后来大家普遍称马头娘为马鸣王菩萨呢?据刘志瑀《关于蚕神的传说》考证,马鸣是一位印度高僧的名字,随着佛教传入中国,因着同为马开头的名字,人们有意识地把他神化,并和马头娘联系在一起。[②] 所以民间把古印度梵语“马鸣菩萨”与中国“马头娘”混合在一起,成为民间崇拜的马鸣(明)王(菩萨)。[③]

马头娘的神话传说出现得比较早。据《山海经·海外北经》载:“欧丝之野在大踵东,一女子跪据树欧丝。”郭璞注:“噉桑而吐丝,盖蚕类也。”[④]有关这位跪在树上的吐丝女子的民间传说当是马头娘神话的雏形。三国时,张俨《太古蚕马记》记载了此神话传说,东晋时海盐人干宝《搜神记·女化蚕》也有相同的记载。

据传马头娘神话源于四川。唐代皇甫氏《原化传拾遗·蚕女》云:“蚕女旧迹,今在广汉……今冢在什邡、绵竹、德阳三县界,每岁祈蚕者,四方云集,皆获灵应。宫观诸化,塑女子之像,披马头,谓之马头娘,以祈蚕桑焉。”此信仰一直绵延至清末民初。[⑤] 四川德阳孝泉乡蚕姑庙内画有十六幅壁画,所画即马头娘神话故事。[⑥]

---

① 顾希佳:《马头娘及其神话——蚕神考》,《民间文学论坛》1987 年第 4 期,第 17—23 页。

② 刘志瑀:《关于蚕神的传说》,《民间文学》1984 年第 7 期,第 51—53 页。

③ 中国民间文学集成全国编辑委员会、中国民间文学集成浙江卷编辑委员会:《中国歌谣集成·浙江卷》,中国 ISBN 中心 1995 年版,第 153 页。

④ [晋]郭璞注,[清]毕沅校:《山海经》,上海古籍出版社 1989 年版,第 87 页。

⑤ 齐涛:《生产志》(下册),山东教育出版社 2007 年版,第 410—411 页。

⑥ 顾希佳:《东南蚕桑文化》,中国民间文艺出版社 1991 年版,第 55 页。

关于马头娘的诞生时期，有多种不同说法，在蚕歌里多有体现。如湖州长兴的一首《龙蚕娘》里所唱的“龙蚕娘原本住天庭，天庭上面多清净。黄帝手里下凡尘，世代相传到如今”①，意味着从黄帝时代就有了马头娘。不过杭嘉湖民间流传最广的却是马头娘被“宋敕清封”的传说，亦即宋代敕封其为“马鸣大士”，清代加封其为“先蚕圣母”。长兴另一首蚕歌是这样唱的：“龙蚕娘住海宁城，海宁城外潘乡村。龙蚕不是今年出，宋朝手里到如今。”与嘉兴接壤的江苏吴江的传说也是“马明皇菩萨到门来，身骑白马上高山。马明皇菩萨勿吃荤来便吃素，宋朝手里到如今”。是否可以这样认为，杭嘉湖一带的蚕桑业是在宋代时才开始兴盛继而跃居全国首位的，与蚕丝生产相适应的祭祀习俗，也应该是在宋代达到了高潮，这个高潮给人们留下了极为深刻的印象，既然宋代时皇帝封了个“马鸣大士”，那么当地人们在传唱有关马头娘的民歌的时候，也就把马头娘的诞生相应地“规定”在宋代了。②

杭嘉湖地区同时也信奉蚕姑为蚕神。蚕姑共有三位，分别叫“大姑”“二姑”“三姑”，所以叫“蚕花三姑”。一般认为三姑是三姐妹，掌管桑叶价格高低。桑叶贵贱则影响蚕茧的收成，蚕农常常用三姑来占卜桑叶的价格高低。清光绪《嘉兴府志》载：“蚕神俗呼曰蚕姑。其占为：一姑把蚕则叶贱；二姑把蚕则叶贵；三姑把蚕则倏贱倏贵。”三姑有时候也被称为厕姑、紫姑。民国《杭州府志》云：“乡村妇女于十五夜召厕姑，以卜一岁吉凶并蚕用丰歉。按：厕姑，莱阳人，姓何名媚字丽卿，寿阳李景纳为妾，其妻妒之，正月十五夜阴杀之厕中。天帝悯之，命为厕神。故世人作其形，于厕间迎祀，以占众事。俗呼为三姑，而又有扫姑、竹姑、苇姑、针姑之类。”③《重修浙江通志稿》云：“正月初八或元宵，召紫姑卜一岁吉凶，田蚕丰歉。”清同治《湖州府志》云：“湖以春初迎卢姑卜蚕，即古紫姑遗意。”可见三姑信仰当是紫姑信仰在后世的流变。④

近现代，杭嘉湖蚕乡还信奉“蚕花五圣”为蚕神。与马头娘不一样的是，蚕

---

① 湖州市民间文学集成办公室：《浙江省民间文学集成·湖州市歌谣、谚语卷》，浙江文艺出版社 1991 年版，第 36 页。原注释为：“原文为：‘龙蚕娘住海宁城，海宁城外潘乡村。龙蚕不是今年出，宋朝手里到如今。’”此处所说“原文”，不知出处何在，是采录者采录的版本，还是引用的别的版本，存疑。

② 顾希佳：《杭嘉湖蚕乡风俗初探》，浙江民俗学会：《浙江民俗》，上海文艺出版社 1991 年版，第 343 页。

③ [清]龚嘉儁修，[清]李榕纂：民国《杭州府志》卷七十六《风俗三》，《中国方志丛书·华中地方·浙江省》第一九九号，成文出版社有限公司 1974 年版，第 1914 页。

④ 齐涛：《生产志》（下册），山东教育出版社 2007 年版，第 410—412 页。

花五圣的形象是男性，额头上有一"纵目"，俗称"三只眼"。而流行于四川的蚕神"蚕丛氏"即是额头上竖着一只眼的蚕神，"蚕花五圣"的传说可能与蚕丛氏有关。

此外，杭嘉湖地区及太湖流域还信奉一些不常见的蚕神。如东晋干宝《搜神记》卷四载："吴县张成，夜起，忽见一妇人立于宅南角。举手招成曰：'此是君家之蚕室，我即此地之神。明年正月十五，宜作白粥，泛膏于上。'以后年年大得蚕。今之作膏糜像此。"[①]

蚕农信奉蚕神，逢年过节关于蚕神的祭祀风俗相当多。

蚕神祭祀的历史非常久远，可以追溯到殷商时期的祀先蚕。出土的殷墟甲骨卜辞中就有猪牛羊三牲祭祀蚕神的记载。《礼记·月令·季春》载："是月也，后妃斋戒，享先蚕而躬桑，以劝蚕事。"在过去，为了表示对蚕桑业的倡导，历代都有"天子亲耕，王后亲蚕"的祭祀礼仪。在每年春天养蚕之前，一般都要举行祭祀蚕神的仪式，通常由皇后主持。汉代以来，朝廷祭蚕神的仪礼史书均有记载。仪礼规模大小不等，一般布置先蚕坛作为举行祀典的场所。祀品有太牢(牛、羊、豕三牲全备)，中牢或少牢(皆为羊、豕二牲)。[②]《后汉书·礼仪志上·先蚕》载：永平二年三月，皇后帅公卿诸侯夫人蚕。祠先蚕，礼以少牢。这里的"先蚕"，指第一个养蚕的人，类似神农氏炎帝"先农"的含义，也往往被称作"蚕神"。

在民间，祭祀蚕神的仪式比较简单。元代王祯《农书》引《蚕书》云："卧种之日，诘旦升香，割鸡设醴，以祷先蚕。此庶人之祭也。"除了焚香点烛，供奉祀品，叩头礼拜以外，还要诵读祷词。

在近现代，杭嘉湖蚕乡仍然保持对蚕神的祭祀，祭祀的有马头娘、蚕花五圣等。蚕神祭祀地点有的是在自家，有的是在蚕神庙。在家祭祀时，通常的过程是焚香点烛、供奉祀品、叩头礼拜并诵读祷词。关于祭祀的时间和次数，费南烨《西吴蚕略》中《马头娘》《赛神》两部分均有记载："下蚕后，室中即奉马头娘。遇眠，以粉茧、香花供奉，蚕毕送之。……蚕出火后始祭神，大眠、上山、回山、缫丝皆祭之，神称蚕花五圣。"[③]光绪《石门县志》

① [晋]干宝等：《搜神记·世说新语》，华夏出版社2013年版，第24页。

② 齐涛：《生产志》(下册)，山东教育出版社2007年版，第415页。

③ [清]程岱葊：《西吴蚕略》卷上《马头娘》卷下《赛神》，顾廷龙主编，《续修四库全书》编纂委员会编：《续修四库全书》第978册《子部·农家类》，上海古籍出版社1996年影印本版，第153、160页。汪曰桢《湖蚕述》称作者为费南烨。

卷十一《风俗》引《靳志》云:“民间蚕时,事蚕花五圣极虔,每眠饷必祀,至大眠饷或刲鹅祀之,甚有遍祀诸神者。”可见直到清末时,在杭嘉湖农村,孵蚕蚁、蚕眠、出火、上山、回山、缫丝,每一道生产程序,都要祭祀一番,都有一套相应的祭祀仪式。①

近代以来,杭嘉湖蚕乡祭祀蚕神的仪式越来越简化,次数也越来越少。民国时期,杭嘉湖一带蚕乡祭祀蚕神一年通常举行两次。一次在清明前后,或是蚕蚁孵出的这一天,或是在腊月十二“蚕花生日”(杭嘉湖一带的蚕农大多将腊月十二奉为“蚕花生日”)。在这天,蚕农家家户户在自己家中设立蚕花娘娘神位,做小型祭祀。蚕神神位,通常是蚕神码或供塑像,或以纸蚕花作为象征,将蚕蚁或蚕种纸供在神位前,点燃无味香,供上三牲之类,叩拜蚕神,说几句祈求蚕神保佑的祷词,祷告蚕桑丰收,这个风俗称为“祀蚕花”或“祭蚕神”。另一次祭祀蚕神是在做丝(或采茧)完毕之后,蚕农将新丝或新茧陈列于神位前,供上三牲和香烛,在神位前祭祀叩拜,再说几句感谢蚕神的祷词,还愿酬神,俗称“谢蚕神”。②

杭嘉湖地区祭祀蚕神的活动的表现方式多种多样,除了在家里外,每逢重要的节日和节气,蚕农还会纷纷到蚕神庙进行祭祀,在庙里祭祀蚕神的人多了,慢慢就会形成庙会,成为一种地区性的大型民俗活动。③ 旧时杭嘉湖一带的蚕神庙很常见,在当地有不少祭祀蚕神西陵氏嫘祖等的场所。

清代,杭嘉湖三府是全国少有的官方祭祀蚕神且与祭祀先农同样高规格的地区,表明了官方对此地蚕桑业的重视程度。乾隆五十九年(1794),时任浙江巡抚吉庆奏请在省城杭州轩辕黄帝庙后殿建造先蚕庙以祀蚕神,皇帝下旨批复:“浙省杭嘉湖比户饲蚕,以资生业。允宜恭祀先蚕,聿昭崇报,著每年官为致祭,载入该省祀典。”并为轩辕黄帝庙和先蚕庙亲笔题写匾额“利用宜民”“衣被功神”。每年春秋两季,按照祭祀先农坛的规格和仪品祭祀,④以示农桑并重之意。

除了城里的蚕神庙外,杭州城外也有蚕神庙,如北高峰半山坡就有一座。明田汝成《西湖游览志》卷十载:“北高峰,石磴数百级,曲折三十六弯,上有华

---

① 齐涛:《生产志》(下册),山东教育出版社2007年版,第416—417页。

② 顾希佳:《东南蚕桑文化》,中国民间文艺出版社1991年版,第114—122页。

③ 齐涛:《生产志》(下册),山东教育出版社2007年版,第417页。

④ [清]龚嘉儁修,[清]李榕纂:民国《杭州府志》卷九《祠祀一》,《中国方志丛书·华中地方·浙江省》第一九九号,成文出版社有限公司1974年版,第349—350页。

光庙,以奉五显之神。山半有马明王庙,春月,祈蚕者咸往焉。"以前在杭州余杭的五常,基本每个村子都有小庙,供奉蚕花娘娘。与周边以腊月十二为蚕神生日不同,这里以农历十月三十为蚕神生日。在这天,蚕农们来到蚕王殿隆重供奉蚕神,同时家家户户也要为蚕神做生日,供上用南瓜和糯米粉做成的团子、鱼肉以及十二绞茧子,焚香点烛,虔诚祭拜。每年蚕期结束还要把蚕王殿里的蚕神抬行出村赶赴庙会。① 余杭的金星村旧时有座白龙庙,供奉着蚕王菩萨。每年农历二月初二举行蚕王庙会,祭祀蚕王菩萨"马头娘"。蚕娘手提放有香烛、猪头、鱼、酒饭等祭品的香篮,贴胸口放一小团用红纸包好的丝绵,在蚕王菩萨的香案上点燃香烛,放上祭品和丝绵,在案前蒲团上跪下,双手合十祈求蚕花丰收。②

同样在乾隆五十九年(1794),嘉兴知府邢玙在嘉兴西门外茶禅寺旧址兴建蚕神庙,祀轩辕黄帝和蚕神。光绪《嘉兴府志》卷十《坛庙》载:"蚕神庙(嘉兴、秀水二县附府台祭),在西门外茶禅寺。国朝乾隆五十九年(1794),知府邢玙奉文建立。先是,奉上谕吉庆奏浙省乡民饲蚕,每年在轩辕黄帝庙后殿祈祀蚕神,向不官为致祭。蚕桑本与稼穑竝重,浙省杭嘉湖三府尤比户饲蚕,以资生业,允宜恭祀。……庙中设木主二:一轩辕黄帝位,一司蚕之神位。庙东隅设马头娘像,西隅设大姑、二姑、三姑像,皆附列焉。咸丰间庙燬,暂祀于觉海寺中。"③茶禅寺原名三塔寺,乾隆二十七年(1762)高宗南巡时赐改现名,现已不存。

据清同治《湖州府志》卷四十《经政略祀典》载,湖州的先蚕庙在府城西北隅济川铺,乾隆五十九年(1794)奉文建立,祀轩辕黄帝和先蚕。嘉庆年间,湖州又建蚕神庙。据《西吴蚕略》卷上《赛神》记载:"吾湖向奉先蚕黄帝元妃西陵氏嫘祖神位于照磨故署,乃折中后周法耳,不知始于何时。嘉庆四年(1799),抚浙中丞以浙西杭嘉湖三府民重蚕桑,请建祠以答神贶,奏奉俞允,乃建庙于东岳宫左,曰蚕神庙。"④

清嘉庆《嘉兴府志》云:"《吴兴掌故》所称马头娘,今佛寺中亦有塑像,妇饰而

① 王藻:《西溪民间语言趣谈》,杭州出版社 2013 年版,第 9—10 页。

② 汪宏儿:《南湖风情》,西泠印社出版社 2009 年版,第 44 页。

③ [清]许瑶光等修,[清]吴仰贤等撰:光绪《嘉兴府志》卷十《坛庙》,《中国地方志集成浙江府县志辑》12,上海书店出版社 1993 年版,第 249—250 页。

④ [清]程岱葊:《西吴蚕略》卷上《赛神》,顾廷龙主编,《续修四库全书》编纂委员会编:《续修四库全书》第 978 册《子部·农家类》,上海古籍出版社 1996 年影印本版,第 160—161 页。

乘马，称马鸣王菩萨，乡人多祀之。”清同治《湖州府志》载：“俗呼蚕神曰蚕姑……《吴兴掌故集》引《蜀郡图经》曰‘九宫仙嫔’者，盖本之《列仙通记》所称马头娘。今佛寺中亦有塑像，妇饰而乘马，称马鸣王菩萨，乡人多祀之。”在湖州善琏镇含山有一座蚕神庙，庙中祀奉马头娘，当地人称“蚕花娘娘”，每年清明节含山都有盛大的蚕花胜会，众多蚕农专程来此祭拜。

经过漫长的演变后，近代杭嘉湖农村对蚕神崇拜的本义已逐步减弱，信仰蚕神的习俗已趋于淡化，祀蚕神，更多的是蚕农借这个理由犒劳一下在繁忙的养蚕季辛苦忙碌一个月的自己。清代汪曰桢《湖蚕述》转引《吴兴蚕书》云：“湖俗佞神，不指神之所属，但事祈祷；不知享祀之道，籍以报本，非所以祈福免祸也。或曰：蚕月人力辛勤，正须劳以酒食，屡借祠神以享馂余。是亦一道也。”

在杭嘉湖蚕乡，关于蚕神崇拜的信仰习俗往往都与蚕花有关。如前文所说，杭嘉湖蚕乡，蚕花可以指代任何蚕桑事和收成。于是，人们把信仰的蚕神称为“蚕花菩萨”，随之形成的一系列信仰习俗则分别称为“请蚕花”“接蚕花”“谢蚕花”“蚕花生日”“蚕花歌”“蚕花戏”“蚕花火”“蚕花灯”“扫蚕花地”等，同时衍生出大量的关于蚕神的神话传说和民间信仰等的蚕歌。

下面这几种比较典型的祈蚕活动，同时往往也伴随着演唱相应的蚕歌。

（一）唱花蚕

旧时杭嘉湖一带，春节期间流行一种“唱花蚕”的仪式，用以祭拜蚕神、祈求蚕桑丰收。“唱花蚕”也叫“讨蚕花”。有民间艺人挑一副担子，上面供奉着蚕神马头娘的塑像，有的是手里一面幡旗，上面绘着蚕神像，也有的是捧着马头娘神像，在蚕农家里兜上一圈或者是站在门口，手里一面敲着小锣，一面沿村挨家挨户游唱，唱的蚕歌叫《唱花蚕》。唱完以后，送给蚕农“蚕花五圣”或“马明王”神码，也有的送“蚕猫”剪纸，蚕农则回赠以糕粽表示酬谢。这类风俗传到现在，逐渐成为了一种民间歌舞说唱的艺术形式。[1] 在余杭，“讨蚕花”用来祈求和预测蚕花收成，有两种形式。一种是向蚕神祈求好收成，一种是向不懂事的小孩子询问，小孩子天真无邪、口无遮拦，随口说出的数字就代表蚕花多少分，被大人视为极为灵验的金口玉言。[2]

---

① 周巍峙主编，顾希佳本卷主编：《中国节日志·春节·浙江卷》上，光明日报出版社2014年版，第162—163页。

② 王跃田、赵一君：《漫步家园》，浙江工商大学出版社2013年版，第61页。

在海宁，这种习俗叫“跳马”。人们手执一只纸马（剪成马头状，上面画上半侧马头图像的硬纸板），到蚕农家里边跳边唱《跳马歌》。歌词大意也与《唱花蚕》相似。①

旧时，在海盐的城西，有类似的风俗。几个青年男子同划一条小船，到了蚕农家门口的河埠头停下来，一边用船在河心划出各种好看的图形，一边唱着蚕花歌，引来村人围观。届时主人家总要拿出一些白米或糕团作为酬谢。然后小船划向别处，继续在别家做此类划船表演。

艺人所唱除了《唱花蚕》，还有《马鸣王菩萨》《蚕花经》等，内容大同小异，大都是赞颂马头神和祈求蚕桑丰收以及蚕桑生产过程等。一般开头部分先唱蚕神马头娘的一段神话，接着就唱蚕丝生产全过程，和《扫蚕花地》的歌词相似，最后再加几句祈祷蚕花丰收的颂词。

一般认为，这种“唱花蚕”习俗最初的原始意义是为了在蚕室里辟邪，在长时间内几经衍变后才成为现在娱乐性质的习俗。

（二）“接蚕花”与“谢蚕花”

在杭嘉湖地区，有一些在待神仪式上演唱的专门用途的歌谣，如“骚子歌”“神歌”等，不过因为这些歌谣产生于蚕乡，而蚕桑业在当地又很重要，因此自然而然很多内容是有关蚕桑的，所以也属于蚕歌的一种。

在旧时嘉兴、海盐、海宁一带农村，除了建房上梁时的“接蚕花”仪式外，还有另外一种“赕佛”时的“接蚕花”仪式。赕佛是一种古老的祭祀仪式，一般在每年冬春农闲时举行。当地农民常常向神佛许愿以祈求神佛保佑，过后要择日还愿，即“赕佛”。还愿不是在寺庙和道观中而是在自己家中进行，持续一天一夜到七天七夜不等，时间比较久，仪式比较繁琐，全程请骚子歌手主持。骚子歌手俗称“烧纸歌手”，也叫“赞神歌手”。骚子歌是一种仪式歌，属于神歌的一种，通常主要用于赕佛、禳灾、婚礼等具有一定仪式的隆重场合。赕佛祀典庄严肃穆，要祭祀各路神仙，以蚕桑业在杭嘉湖农村的重要性，“接蚕花”自然是必不可少的。在这个仪式的中途，必定有“接蚕花”这个环节，以祈求蚕神的保佑。

在这个环节，骚子歌手将预先准备好的一杆秤、一块红手帕、一张蚕花

① 齐涛：《生产志》（下册），山东教育出版社2007年版，第428页。

纸[1]、一张蚕花马幛[2]交给举办赕佛仪式的这家女主人即“当家娘娘”，同时诵唱《蚕花歌》。

《蚕花歌》(骚子歌，嘉兴海盐)：

称心如意，万事余粮。
蚕花马，蚕花纸。
头蚕势，二蚕势，好得势。
采得好茧子，踏得好细丝，
卖得好银子，造介几埭新房子。
包头包好包好，拿去藏在蚕房里。
一瓣[3]蚕花万瓣收，吃勿忧来着勿忧。”[4]

还有一首《蚕花歌》(骚子歌)歌词如下：

草花[5]原来纸做成，只生叶来不生根，
公主娘娘[6]头上插一朵，蚕花多来付于主东君[7]。
蚕花生来像绣球，两边分开红悠悠。
花开花结籽，万物有人收。
师傅来传授，百福共三臼[8]。
当家娘娘接了蚕花去，一瓣蚕花万瓣收。[9]

唱完之后，女主人把蚕花纸、蚕花马幛拿到蚕房里藏好。等到下一季蚕

---

① 蚕花纸：黄纤纸，上面插些柏树叶，放两朵红白相间的纸制蚕花。

② 蚕花马幛：蚕神码。一种纸做的神位，上面有蚕神的图像。

③ 瓣：是一张纸的四分之一。此句的意思是一点点大的蚕种孵出蚕蚁，长大后可以收很多茧子。

④ 海盐县民间文学集成办公室：《中国民间文学集成·浙江省嘉兴市海盐县故事、歌谣、谚语卷》，海盐县民间文学集成办公室 1989 年版，第 751 页。

⑤ 草花：即蚕花，用白纸剪扎而成，染以红色。

⑥ 公主娘娘：即蚕神蚕花娘娘、马头娘。

⑦ 主东君：主人。

⑧ 臼：舂米用的石臼。此处是吉利话，意即福气装在石臼里，像聚宝盆一样源源不断而来。

⑨ 同④，第 750 页。

养好、丝做完后，再买块猪肉供在家中以酬谢蚕神“蚕花娘娘”，感谢她的“保佑”之恩。同时也供起那张藏了许久的蚕花马幛和蚕花纸，祈祷一番。供好后，一起焚烧掉以图吉利，这个仪式叫“谢蚕花”。[1] 湖州一般是在端午节谢蚕神，俗称“端午谢蚕花”。姑娘们则在水边“豁蚕花水”，以欢悦的心情来庆贺丰收。谢过蚕神，合家聚餐，吃的就是刚才祀神的供品，这顿饭俗称为“蚕花饭”。

神歌，又名“赞神歌”，旧时流行于浙北，是一种古老的民间酬神祭祀仪式歌，源于古代“蜡报百神”仪式祭歌，主要用于谢神、结婚等重要场合。最早流传于桐乡濮院，后来传播至桐乡各地以及海盐、嘉善、平湖等地，在清代杨树本《濮院琐志》中就有记载，《濮院琐志》刊于清乾隆三十九年(1774)，可见神歌至少已有240年的历史。桐乡人称这种歌谣为“神歌’，歌手称为“神歌先生”，所举行的仪式称为“待神”，在仪式中唱神歌称为“赞神歌”。桐乡神歌与海盐的“骚子歌”、平湖的“太保书”等相似。[2]

待神又叫“待大土地”[3]。过去，桐乡当地农民在获得好的收成以后，为报答神灵的恩赐，并祈求神灵来年继续保佑自己五谷丰登、人口平安、万事如意等，一般在腊月或正月，选良辰吉日在家中举行祭神仪式。整套仪式非常庄重繁琐，准备工作包括搭神台、做神幔、剪纸花、扎神灯、排马幛、捏供品等。一切就绪后，待神仪式正式开始，主要包括以下几项：通请、赞符官、接神、按位、赞门神、掌愿敬酒、赞神、花公接亲、赞马公、送龙船、赞蚕花、赞灶神、送神、盘米囤、烧马幛。[4]

在赞神环节，由神歌先生演唱神歌赞颂各位神灵。神歌内容与主人的身份和待神的目的相关。如是农家待神，要赞掌管田地的神灵，必唱《田公地母》；因为是蚕乡，要赞蚕神即“赞蚕花”，必唱《马鸣(明)王》等。这一环节在黎明前进行，赞完正好天亮，以讨一个养蚕早眠早起早上山的吉利。赞蚕花时，先由主人给蚕神马幛插戴蚕花，接着由神歌先生在中筵前演唱蚕歌。[5] 下面这首是流行于海宁的《马明王》：

---

① 希稼：《骚子歌初探》，《民间文学论坛》1983年第3期，第50—59页。

② 徐春雷：《桐乡神歌概述》，上海民间文艺家协会上海民俗学会：《中国民间文化——稻作文化田野调查》，学林出版社1994年版，第190页。

③ 同上，第191—192页。

④ 黄凤兰：《中国民俗影视》，中国戏剧出版社2004年版，第136页。

⑤ 徐春雷：《桐乡神歌概述》，上海民间文艺家协会上海民俗学会：《中国民间文化(94/2)——稻作文化田野调查》，学林出版社1994年版，第196—197页。

马明王菩萨到府来，到你府上看好蚕。
马明王菩萨出身处，出世东阳义乌县；
爹爹名叫王伯万，母亲堂上王①玉莲。
马明王菩萨净吃素，要得千张豆腐干。
十二月十二蚕生日，家家打算蚕种腌，
有的人家石灰腌，有的人家卤池腌②；
正月过去二月来，三月清明在眼前。
清明夜里吃杯齐心酒，各自用心看早蚕③。
大悲阁里转一转，买朵蚕花糊拐④盘。
红绿丝绵包蚕种，轻轻放在枕头边。
歇了三日看一看，打开蚕种绿艳艳。
快刀切出金丝片（叶），引出乌蚁⑤万万千。
三日三夜困头眠，两日两夜困二眠，
梓树花开困出火，楝树花开困大眠。
大眠捉得担头多⑥，一家老小笑呵呵，
当家大伯有主意，桑园地里转一转。
旧年老叶勿缺啥，今年老叶缺二千，
当家娘娘有主意，连夜开出二只买叶船。
一只开到许村去，一只开到章埠埝⑦，
望去一片兴桑园，停脱船来问价钿。
上午贵到三千六，晚上贱脱一大半，
难为三摊老酒钿，装得船里满潭潭。
拔起篙子就开船，顺风顺水摇到石坨边，
你一担来我一肩，一挑挑到大门前。

---

① 收入《中国歌谣集成·浙江卷》时，“王”为“柳”，为当地王祖年演唱的内容。
② 石灰腌、卤池腌：指农历十二月用石灰水或淡盐水浸一浸，是旧时原始浸酸法。
③ 早蚕：即春蚕。
④ 拐，似应为“簖”，音 dài，一种竹制的农用器具。
⑤ 乌蚁：即幼蚕，形似小蚂蚁，故称乌蚁。
⑥ 指蚕到大眠，捉来过秤，可估其产茧数。
⑦ 许村、章埠埝：皆为地名。

当家娘娘有主意，拿枝长头鞭三鞭[①]，
连吃三餐树头鲜[②]，个个喉通小脚边[③]。
山东木头山西竹，搭起山棚接连圈，
八十公公垛毛柴[④]，七岁倌倌端栲盘[⑤]，
前厅后埭都上满，还剩几匾小伙蚕，
上来落去吭处上，只得上到灶脚边；
歇了三日看一看，好象十二月里落雪天，
大茧做得像香橼，细茧做来像汤团；
去年采得千斤茧，今年要采万斤茧，
当家娘娘有主意，今年要唤做丝娘[⑥]；
廿四部丝车排两边，中央出路泡茶汤，
东边踏出鹦哥叫，西边踏出凤凰声，
敲落丝车称一称，车车要称二斤半；
敲落丝车勿要卖，甭到来年菜花黄，
南京客人问得知，北京客人上门来，
粗丝银子用斛斗，细丝银子用斗量；
卖丝银子吭处去，买田买地造高厅；
高田买到南山脚，低田买到太湖边。
来者保你千年富，去者保你万年兴。[⑦]

祈蚕歌《马明王》广泛流行于杭嘉湖蚕区。一般包括蚕神马头娘或马明王菩萨的身世描述，化蚕的传说以及整个养蚕过程。内容较为丰富，篇幅较长。马明王也称作马鸣王，一般认为是古印度梵语中“马鸣菩萨”与中国传

---

① 长头：指桃树枝，“长”读去声。鞭三鞭，即拿根桃树小枝，在买来的满担桑叶上轻打三下，以示去邪。

② 树头鲜：指新鲜的桑叶。

③ 蚕熟时，蚕身通亮到小脚边。

④ 垛毛柴：即用稻草把做蔟。

⑤ 栲盘：用藤条制成的小盘，盛蚕用。

⑥ 收入《中国歌谣集成·浙江卷》时，与下一句之间增加一句“去年唤得张家娘，今年要唤李家娘”。

⑦ 海宁市民间文学集成办公室：《中国民间文学集成·浙江省嘉兴市海宁市故事、歌谣、谚语卷》，海宁市民间文学集成办公室 1989 年版，第 388—390 页。

说“马头娘”的混合体。关于马明王菩萨的身世在杭嘉湖各地有不同的说法，整篇故事情节也略有不同。如有的是三姐被马皮裹走，有的是三姐病逝等。许配白马的情节也有三姐自己许愿救回父亲和其母许愿救回其父之别。如当地歌手王祖年演唱的关于身世方面的内容比上面这首歌更多：“马明王菩萨下凡来，身骑白马坐莲台……爹爹名叫王伯万，母亲堂上柳玉莲，命里算来无儿子，产生三个女裙钗，大姐二姐找夫去，三姐年轻要修仙，一修修到十六岁，十七岁上遭黄泉，三更托梦娘晓得，香火灯烛接连来。”另一种身世传说就是下面一首蚕歌所表现的：父亲打死白马后，“剥马皮，挂厅前。三姐姐，步金莲，往外行，见是心内寒。马皮剥落碰着地，飞来裹住女婵娟”，最后三姐死后被太白金星度成龙蚕的情节。

《马鸣王蚕花》(嘉兴桐乡)：

宝香数支入炉拈，银烛双双分两边。
主东君，待神天，致意发心间。
符官登宝位，拈香接诸天。
众朝神，把杯欢，共猜拳，赐福满厅前。
歌言今古道佛祖，神也欢来佛也欢，
坛前勿赞众神仙，单赞马鸣王菩萨化龙蚕。
湖州府，东杨县，却是五台南。
家住小姑村，富贵有田园。
陈百万，有名传，富长远，刘氏结良缘。
一母所生三位女，眉清目秀女婵娟。
瑞仙凤仙紧相连，三姐姑娘叫翠仙。
大姐姐，配夫官，二姐结良缘。
三姐年纪小，未成配姻缘。
西番国，养西川，兴兵到，强人落乱搬。
神爹思想无摆布，逃灾避难到江南。
良洲渡过洞庭川，逃到杭州心喜欢。
一枝庵，就停船，耽搁有三天。
央中寻寓处，西湖隔山南。
草房屋，有三间，来居住，苦苦度荒年。
苦度时光三五载，渐渐家私长万年，

陈公腹内细筹算，总登账目细争观。
湖州府，东杨县，账目未清完。
张家三百两，李家一千宽，
字号内，五千宽，隆兴典，一万又三千。
待到西番收兵去，万物家基民业存，
去唤人工开账船，顺风一路到家园。
湖州到，进县前，耽搁隆兴典。
复又兴兵起。开兵套中原。
就破进，东杨县，来围住，呐喊正喧天。
陈公破贼湖州地，围住湖州闹喧天。
陈君闻得作惊然，夫在东杨心也酸。
把香拈，拜神天，救救丈夫官。
有人来相救，三姐配团圆。
惊动了，上苍天，就差遣，骡子下凡间。
就到后槽投白马，及时作法驾云端，
勿怕兵多共将官，踏死番兵人万千。
见陈公，把头颠，百万喜心欢。
豁上高头马，顷刻转家园。
忙下马，进前厅，夫人见，大悦喜心欢。
夫人一一从头说，再把香烛谢上天，
再说白马养后园，三姐长大在房前。
那马儿，在棚间，思想配姻缘。
三姐棚前过，白马吐真言。
三姐姐，命忧煎，泪连连，怎陪畜生眠。
百万闻知心大怒，手执铜鎚到后园。
连打铜鎚共脚尖，打死白马在棚前。
剥马皮，挂厅前。
三姐姐，步金莲，往外行，见是心内寒。
马皮剥落碰着地，飞来裹住女婵娟，
周身裹住勿松宽，众人一见尽惊寒。
三姐姐.命应煎，命犯恶星缠。
判官勾陈簿，表问尽来传。

逢绝症，赴黄泉，忙冥府，葬来桑树边。
太白星君闻知得，将身火速下凡间。
来到南山桑树边，要度三姐化龙蚕。
诵灵文，念真言，妙法广无边。
霹雳三声响，顷刻现婵娟。
忙作法，念真言，就化出，龙蚕万万千。
轻轻引上青桑树，分头吃叶闹喧天，
树上花蚕有万千，八脚六翅尾巴团。
三眠子，四眠蚕，还有头二蚕。
三蚕并四蚕，搭来是五蚕。
花蚕种，白皮蚕，多丝茧，上好石小罐。
树上还有天蚕种，灰体灰搭叫花蚕，
全身变化叫龙蚕，树上吃叶号鲜鲜。
三周时，就头眠，六日二眠蚕。
九日捉出火，十四大眠蚕。
五周时，有丝绵，勿吃叶，做茧白漫漫。
凡人不晓其中意，未晓丝绵做衣穿，
观音闻得喜心欢，一封朝奏九重天。
杭州府，仁和县，西河隔山南。
村中陈三姐，白肉化龙蚕。
吃桑叶，做成茧，吐丝绵，可织绫罗缎。
凡人不晓珍和宝，无人看养好花蚕。
玉皇闻得也心欢，当殿欢然问众仙。
谁人去，到凡间，指点看花蚕。
太白忙起奏，小臣下凡间。
玉皇帝，喜心欢，又差遣，通灵太极仙。
封你蚕王为天子，劳卿下界去分蚕，
二仙领旨喜心欢，腾云驾雾下江南。
杭州府，分七县，处处有花蚕。
嘉兴分七县，湖州尽完全。
南为界，到河边，北面到，相近太湖边。
松江未有花蚕种，富阳西首少花蚕，

起首分二斤一筐蚕，分到桐乡也心欢。
分斤半，一筐蚕，也采廿分宽。
分到塘北去，一样少花蚕。
大朝神，细细牵，无摆布，一斤一筐蚕。
一两出火斤半茧，一样收成总是欢，
看看相近洞庭川，分到湖边才分完。
蚕分到，喜心欢，火速到朝前。
托梦西陵氏，黄天赐福全。
在民间，桑树前，做成茧，可织绫罗缎。
要你教导民间女，收为布种看花蚕，
百样花蚕说完全，各仙驾雾上青天。
娘娘醒，记完全，得梦喜心欢。
五更朝金阙，三呼奏金殿。
太白仙，下凡间，降龙蚕，口内有丝绵。
缫丝织绸绫罗缎，与民同乐做衣穿，
君皇见奏喜心欢，谁人教导养花蚕。
原娘娘，奏朝前，吾教看花蚕。
吾皇来传旨，令吾教人缘。
忙准奏，把旨传，排銮驾，落乡技艺传。
民间妇女休迴避，听娘娘教导看花蚕，
满朝文武喜心欢，奉行圣旨各省传。
杭嘉湖，念四县，处处落乡间。
百姓闻知得，男女喜心欢。
众家人，一天欢，皇太后，奉旨到乡间。
九里三塘排宫院，挂灯结彩闹喧天，
专等娘娘到此间，拈香接驾礼当然。
梳梳头，澡澡面，耳边挂珠圈。
插只描金凤，衣衫换新鲜。
红菱脚，三寸尖，礼行香，移驾出朝参。
勿说娘娘多周备，再表娘娘起驾出朝参，
龙车凤辇把名安，宫娥彩女两旁边。
前行道，是太监，起驾出宫前。

文官并武将，贺驾出朝前。
前开道，地坊官，落乡间，女子尽来参。
驾住乡村登宫院，娘娘有旨便传宣，
宫娥领旨外边传，太监领进女婵娟。
众住家，喜心欢，一齐上前参，千岁千岁千千岁。
宫娥就开言，听娘娘，说言端。
你领旨，待立两旁边。
娘娘当下开金口，众人听吾说因缘，
天堂赐福降龙蚕，替天行道到乡间。
林间树，白漫漫，就是好丝绵。
黄天降龙蚕，口吐好丝绵。
吃桑叶，做成茧，吐丝绵，可织绫罗缎。
万国九州无此宝，吾朝洪福有丝绵，
家家户户用心计，收回布种看花蚕。
回家去，先採茧，拗落茧红绵。
放来蚕埭内，不可茧重茧。
若要有，好花蚕，先生种，也要用心计。
採茧以后三五日，蚕蛾出种怕风寒，
各风勿怕怕西南，西南风只怕老头蚕。
围得好，连得瞒，勿怕大西南。
北风无价宝，西风要连瞒。
生蚕种，用心计，绵虫撵，蟑螂老鼠撵。
烟子大腊齐要忌，谨遵教导莫偷闲，
女人个个把头点，娘娘教导悉记心。
醃蚕种，腊月天，家家一般然。
也有石灰醃，也有用松盐。
或者是，滷里端。天醃种，放来屋上檐。
十二月十二子时来醃起，醃到腊月廿四卯时前，
收落蚕种打落盐，百花果子把汤煎。
清明日，谷雨边，决顶用心计。
天开危风日，蚕种要牵瞒。
日安被，夜安边，三周时，花蚕万万千。

快刀切落金丝叶，引出乌娘万万千，
周围四转要遮瞒，恶风吹过要伤蚕。
不可热，不可寒，温和最为先。
心宽凉饥种，性急火上蚕。
饲花蚕，接连牵，常防饿，饿坏罪万千。
万语千言轻轻说，高声出口要冲蚕，
生人走到稻场边，勿采勿理勿冲蚕。
看花蚕，非为闲，多少一般然。
花蚕妇女看，怕热怕风寒。
糟蹋蚕，罪万千，大是天，总要爱惜点。
三日头眠蚕眠到，二眠出火一般然，
出火饷叶到大眠，蚕台勿可去遮瞒。
只怕热，勿怕寒，凉少正为先。
饷叶三周时，开体正当前。
五周时，要上蚕，照照看，通到小脚边。
搭好山棚高三尺，竹竿上面放芦簾，
胡帚把笃来接连牵，一批帚子一批蚕。
下把火，上凉山，周围勿遮瞒。
上山三周时，茧子白漫漫。
忙开山，就採茧，做丝绵，可织绫罗缎。
娘娘教导方完毕，万民女子喜心欢，
齐称圣授口中言，二十四拜谢朝参。
忙起马，就登辇，娘娘转宫前。
勿说回宫殿，再谈女婵娟。
姑娘说，嫂嫂言，皇后娘，容貌赛天仙。
勿教吾拉长勿教吾拉短，单教吾拉看花蚕。
娘娘跟是丈夫官，尽到南山桑树边。
抬头看，白漫漫，茧子接连牵。
家家採种茧，拗落茧红绵。
拿一只，蚕筐匾，郎郎安，宝叶盖几片。
急忙买张蚕生纸，百花果子把汤煎。
茧子五色彩新鲜，轻轻挂起正厅前。

夏季里，秋凉天，腊月是大寒，十二蚕生日，斋佛供神天，
醃蚕种，石灰醃，撒松盐，清水漂晒干。
还有人家天过醃，霜白鹤鹤在廊檐，
花汤过浴不需言，预先高挂正厅前。
送灶君，早打算，赤豆一斗宽，搭是白糯米，糖多越介甜。
斋是灶，送上天，合家欢，吃得笑笑连连。
十二月廿八桑生日，挑担肥用壅桑园，
看看相近年夜边，杀鸡宰鸭过新年。
到街坊，买完全，端正做团圆，寿桃斋是佛，荤鲜献神天。
放炮仗，闹喧天，小官官，聚众人万千。
七八样吃是年夜饭，年宵锣鼓闹喧天，
年初一衣服换新鲜，开门炮仗放得震连天。
拜年忏，是老年，后生请神拳。
还有敲锣鼓，高兴扯空拳，小囡大，年兴点，扯百搭，也有打秋千。
也有场南打白果，摸盲抢七连连牵，
初一初二接时间，初三接灶五更天。
小弟兄，话拜年，打扮大体面，马衣并领褂，手里担烟管。
话拜年，客气点，连声说请转。
顿首身身四个揖，请坐吃烟讲勿完，
厨房备办烧完全，也有领个小官官。
小囡大，勿体面。趴来台子边。
只讲要吃鱼，精肉尽折完。
拿牢是粉皮碗，尽捞干，拖是半饭碗。
吾拉小囡也要吃，也有鱼碗才吃完，
年兴勿可扯长篇，还有落乡算命并关仙。
娘娘拉，要看蚕，总要算算看。
论论白虎星，胆大放心宽，
先生论，话多言，你今年，轮着年夜边。
今年新交蚕花运，包票竟写廿八分，
日暖风和二月天，莺啼鸟叫百花鲜。
过清明，二月天，磨粉做团圆。
大户裹粽子，圆子做两盘。

到街坊，买完全，买三牲，端正献神天。
堂前拜过蚕花佛，家家户户待蚕官。
中等人家倒禁烟，短肋空腔献圣贤。
有人家，也心酸，无米又无钱。
勿买鱼和肉，也勿做团圆。
三灯烛，插灶前，也勿去，祭扫祖坟前。
十指生来有长短，几家忧愁几家欢。
一样清明几样看，家家插柳一般然。
清明日，古流传，尽说是禁烟。
烟火也勿动，鬼中不来传。
拿圆子，当小食，娘娘拉，要去看快船。
三岁孩儿随娘走，闲心齐插百花仙，
踏青看到菜花仙，家花勿比野花鲜。
三月春，讲游园，烧香拜神天。
也有杭州去，天竺还香愿。
小弟兄，合淘伴，同开船，有兴闹热点。
娘娘拉要到硖石去，要合几个会摇船，
硖石景致不谈言，门前桑树绿茵茵。
包蚕种，枕头边，转乌绿隐隐。
磨快切叶刀，棚荐拿一扇。
蚕台边，滚一转，糊窗爿，防风挂门簾。
头眠二眠无话失.九日三眠出火蚕，
眠得齐来煞时间，今年多看百斤宽。
主东君，早打算，贱叶买几千。
送叶三周时，顷刻捉大眠。
一斤捉，六斤宽，喜心欢，买肉请神天。
虔诚齐请蚕花佛，家家户户待神官，
唤人相帮捉大眠，開筐过体合家欢。
三周时，要提蚕，一匾开两匾。
出门唤採叶，一担一百钱。
採得早，树头鲜，喜心欢，掐去喂龙蚕。
百无禁忌无冲破，小脚通来要上蚕。

搭好山棚围好簾，欢乐同心尽捉蚕。
先要上，大伙蚕，上来正厅前。
前厅多丝种，后厅石小罐。
后川堂，小伙蚕，都上到，门窗两边安。
凉山把火三周时，开山茧子白漫漫。
刺黎花开一般然，胜比梨花共雪团。
忙开山，就採茧，採是万斤宽。
丝车来排好，行灶尽完全。
做丝娘，好手段，眼睛尖，踏得滴溜圆。
东边踏起鹦哥叫，西边踏起凤凰鸣，
细丝做是千斤宽，粗丝踏是万斤宽。
卖新丝，行情贱，搁置到冬天。
冬里不去卖，开春涨价钱。
京商客，到厅前，买丝绵，银子共洋钱。
价钱东君自己说，要卖顶价宽介点，
初分天地无根源，轩辕皇幔起丝绵。
绣宝盖，共幡连，神幔是丝绵。
龙袍旗和伞，尽讲做衣穿。
织绫罗，并绸缎，做衣穿，万民喜心欢。
万国九州无此宝，杭嘉湖三府有名传，
君皇殿上喜心欢，高提龙笔重封官。
马鸣王，蚕室仙，三姑女婵娟。
蚕官并蚕命，看蚕喂蚕仙。
汤火童，送丝仙，尽封官，吩咐众官员。
北方禁忌灵候圣，齐来侍奉大神仙。
东君致意待神天，祈求马鸣王菩萨有灵验。
保东君，每年间，看养好花蚕。
四眠多胜意，每筐廿分宽。
龙蚕胜，喜心欢，夏平安，四季福寿全。
堂前保佑儿孙福，衣服金银代代欢。
此本神歌赞完全，炉内装香几支宽。
此神歌，是新编，改旧换新鲜。

老本唐阳韵，时调换新鲜。
用心血，唱完全，梅花调，此殿是新编。
赞得灵神心欢喜，要保东君福寿全。
手提银壶敬神天，宽袍慢坐受香愿。①

这首《马鸣王蚕花》是一首长篇蚕歌，由徐春雷根据吴桂洲提供的民国九年手抄本整理而成。另一首长篇蚕歌《马鸣王化龙蚕》，长达700多行，由徐春雷根据4位神歌手李德荣、朱贤宝、庄聚源、吴桂洲的演唱和吴桂洲提供的光绪二十九年手抄本整理而成。分为歌头、求救、赖婚、化蚕、分蚕、传艺、准备、饲蚕、采茧、歌尾10个部分，集各蚕神信仰歌之大成，内容最为全面。限于篇幅，不录。

此外祈蚕歌的歌词很灵活，尤其是结尾部分往往由演唱者自由发挥，如桐乡的"今年蚕花收成好，全靠马明王菩萨上门来，恭喜大发财"等②。

流行于长兴的《龙蚕娘》，除了主要内容是养蚕事宜外，开头部分还叙述了天上龙蚕下凡的传说，是蚕神身世的另一种说法。

龙蚕娘原本住天庭，天庭上面多清净。
黄帝手里下凡尘，世代相传到如今。
千龙蚕，万龙蚕，一年四季保平安。
今年蚕岁轮到东南西北方，就向东南西北方掸龙蚕。
先掸龙蚕廿八分，后掸龙蚕好收成。
头眠眠得齐崭崭，二眠眠得崭崭齐。
出火过去大眠到，大眠放叶三昼来。
三昼时里旺吃叶，吃叶好比龙喝水。
当家老板运气好，买叶买在贱头上。
三钱银子来开价，后来买得两钱外。
毛竹扁担两头尖，格支格支挑到府门前。
大眠吃到七昼时，七昼时里要上山。
搭起山棚象高山，扎起帚头象凉伞。

① 徐春雷:《桐乡蚕歌》，中国文联出版社2009年版，第72—80页。

② 中国民间文学集成全国编辑委员会、中国民间文学集成浙江卷编辑委员会:《中国歌谣集成·浙江卷》，中国ISBN中心1995年版，第152—153页。

大茧做来象鹅蛋，小茧做来象鸭蛋。
大一節、小一節，摘了几節数不清。
东家老板喜开心，即刻请人动丝车。
七十二部丝车两路排，当中出路拿茶汤。
做丝伙计手巧精，车车要脱百两另。
红袱包，绿袱包，包了无数大袱包。
东家老板运气好，卖丝卖在贵头上。
五两银子来开价，后来卖得几百外。
丝行里头排头家，银子卖了几千外。
东家老板想要放，东家娘娘想要藏；
不要放来也不要藏，到杭州城里去开爿大钱庄！①

开赦环节也是待神仪式中的一种娱乐节目。在开赦环节，由神歌先生代表主人和主人请来的亲友，请求神灵赦免罪孽，保佑太平，俗称“开赦”。这时，神歌先生照主人抄给他的亲戚名单，按辈分吟诵一些吉祥话，被开赦者则要给神歌先生送一只红纸包（俗称封筒）。如赦的是女性亲友如舅妈，歌词则为：“舅妈封筒送出手，今年要交蚕花运，蚕花五圣来保佑，茧子要采廿四分。”②其他亲友同理。

在桐乡，在开赦环节中，还流行唱一种神歌《十字歌》：

东君今日待灵神，赞唱十字保东君。
大字上面加一划，天来保佑主东君。
天字出头夫妻好，一家和睦万事顺。
了字半腰加一划，代代相传子孙兴。
口字中央加个十，田里年年好收成。
天字下面加虫字，蚕花茂盛廿四分。
木字旁边加双月，棚里六畜兴层层。
大字下面加一点，太平二字在当门。

---

① 湖州市民间文学集成办公室：《浙江省民间文学集成·湖州市歌谣、谚语卷》，浙江文艺出版社 1991 年版，第 36—38 页。

② 徐春雷：《桐乡神歌概述》，上海民间文艺家协会上海民俗学会：《中国民间文化（94/2）——稻作文化田野调查》，学林出版社 1994 年版，第 197 页。

木字上面加两点，白米满仓层接层。
人字上面加两点，火烛抛入海洋心。
门字当中加月字，闲是闲非不进门。①

杭嘉湖地区是稻作文化发达的地区，当地农民普遍认为土地有神灵，因此奉祀田公地母、家堂土地等土地菩萨，在祭神时，要唱《田公地母赞》(祭词)，祈求全家诸事顺利，也包括保佑蚕花丰收。② 尤其是在蚕桑业兴盛的桐乡一带流行的《地母排场看蚕花》，更是把祈福重点放在蚕花上。

《田公地母赞》(祭词，湖州长兴)：

上前三步莲花地，后退七步出山门。
保佑老者增福寿，要保少者自聪明，
保得小者无关煞③。
年年蚕花多生意，丝蚕万倍有收成。
要保田禾多吉庆，合家米谷五丰登。
要保平安多吉庆，保佑生意常兴隆。
一本万利回家转，天官赐福到门庭。
世尊便是灵山佛，保佑身体养育恩。④
山门是有出门进，出门遇着活观音。
双手推开无情路，八个弥陀护我身，四个金刚来领路，
天上自有玉大帝，地下自有活观音。⑤

《地母排场看蚕花》(嘉兴桐乡)：

田公地母做人家，种田看蚕一团花，
田公早晚勤耕种，地母织布又浆纱。

---

① 徐春雷：《桐乡蚕歌》，中国文联出版社 2009 年版，第 35 页。
② 刘旭青：《文化视野下浙江歌谣研究》，浙江大学出版社 2009 年版，第 44 页。
③ 关煞：灾难病痛。
④ 全句意为“保佑养育我的父母健康”。
⑤ 中国民间文学集成全国编辑委员会、中国民间文学集成浙江卷编辑委员会：《中国歌谣集成·浙江卷》，中国 ISBN 中心 1995 年版，第 167—168 页。

四月天气热巴巴，地母排场看蚕花，
拿出蚕种贴身焐，焐出乌娘密麻麻。
头眠二眠眠得好，三眠出火齐刷刷，
蚕花茂盛多胜意，采下茧子白花花。
田公就把行灶搭，地母忙着落丝车，
细丝做是千百两，田公地母乐哈哈。①

二、祛蚕祟

过去人们缺乏科学养蚕知识，于是就幻想出掌管蚕桑生产的蚕神，对它虔诚礼拜，以期获得蚕神的庇佑。蚕茧丰收了，就是蚕神在保佑，如果歉收了，就认为是一些凶神恶煞在那里作祟。因此，人们又会依靠一些巫术，诸如咒语、辟邪物和某些神秘的动作等来防备它、驱赶它。通常称此类信仰民俗行为为“祛蚕祟”②。

在杭嘉湖蚕乡，最典型的祛蚕祟的蚕俗和仪式就是“扫蚕花地”了。清末至民国时期，“扫蚕花地”广泛流行于杭嘉湖地区，尤其是德清城关、千山、嘉兴的桐乡以及湖州一带的农村。这是一种“带有仪式性的模仿养蚕生产过程的歌舞表演形式”，起源于德清县。这种民俗活动由来已久，据传与古代蚕神信仰和祛蚕祟的驱赶巫术有关。据《德清县志》记载，“扫蚕花地”在除夕夜进行，由蚕妇执帚扫地，边扫边唱：“今年蚕花扫得好，明年保傺三十六。今年扫好蚕花地，代代子孙节节高。”③其中德清“扫蚕花地”已被列入国家级非物质文化遗产名录。

每年清明节，有时候也在春节期间，也就是一年中养蚕前的农闲时节，蚕农都要请民间艺人到家里表演“扫蚕花地”，有时候也会在抬“马鸣王菩萨”巡游的蚕花庙会上表演。艺人多为女性，身穿红色绣花袄裙，脚穿绣花鞋，头戴蚕花，鬓间插鹅毛(养蚕工具)，左手托铺有红绸、缀满蚕花的小蚕匾，上面放着鹅毛、秤杆、折扇等物，右手执手柄上饰有“蚕花”的道具“扫帚”(有的地方是左手拿丝帕，右手拿折扇)，在小锣小鼓的伴奏下登场，一边唱起祝愿蚕桑丰收的蚕歌《扫蚕花地》，一边前后上下左右做打扫蚕房或堂屋状，意在扫除晦气和孽

① 徐春雷：《桐乡蚕歌》，中国文联出版社 2009 年版，第 53 页。
② 齐涛：《生产志》(下册)，山东教育出版社 2007 年版，第 425 页。
③ 德清县志编纂委员会：《德清县志》，浙江人民出版社 1992 年版，第 595 页。

障,同时表演虚拟的养蚕缫丝的全过程,边唱边舞。[①] 歌舞中途,艺人将小蚕匾放在场地中间的方凳上后继续歌舞。[②]《扫蚕花地》的第一部分是蚕丝生产的整个过程,第二部分是保佑六畜兴旺。这个风俗是历史上"招村巫禳蚕室"这种祛祟习俗在后世的残痕。[③] 同时也因为蚕对生长环境要求比较高,因此养蚕前需要彻底清洁蚕具,打扫蚕室卫生,来源于蚕乡日常的养蚕活动。

流行于德清县的《扫蚕花地》歌词如下:

一

三月天气暖洋洋,家家焐种搭蚕房,
蚕房搭在高厅上,岱纸窗[④]糊得泛红光。
蚕花娘娘两边立,聚宝盆一只贴中央。
蚕子烊[⑤]在蚕箧内,乌儿[⑥]出得密密麻麻。
手拿秤杆来挑种,轻轻鹅毛掸龙蚕。
龙蚕落箧忙扎火[⑦],下面扎火暖洋洋。
快刀切叶铜丝绕。轻轻拿叶饩[⑧]龙蚕。
三日三夜头眠郎,两日两夜二眠郎。
菜籽剎花[⑨]蚕出火,楝树花开做大眠。
上年大眠做勿出,今年羌羌[⑩]要做几百两。
大眠开桑一昼时,吩咐龙蚕要过蕛[⑪]。
蚕凳跳板密密麻,龙蚕摆着下地棚。
采桑摘叶忙忙碌,大担小担转家乡。

---

① 齐涛:《生产志》(下册),山东教育出版社 2007 年版,第 426 页。

② 湖州市民间文学集成办公室:《浙江省民间文学集成·湖州市歌谣、谚语卷》,浙江文艺出版社 1991 年版,第 272 页。

③ 同①,第 427 页。

④ 岱(dài)纸窗:旧时农家蚕室以木框糊以洁白绵薄的桃花纸为窗,称岱窗,上贴蚕猫、龙蚕、万年青或卍字等剪纸。

⑤ 烊:将蚕子推开,以加温感光,使其孵化。

⑥ 乌儿:幼蚕,体黑如蚁,称"乌蚁"。

⑦ 扎火:蚕室内用火缸加温,称"扎火"。

⑧ 饩:喂食。

⑨ 剎花:停止开花。

⑩ 羌:即羌箧,周沿较箧高些。此作量词。

⑪ 蕛:读 tì,蚕粪残桑。过蕛:清除蚕粪残桑。

拿起叶篰饩龙蚕，抛叶掸叶饩龙蚕。
大眠放叶四昼时，丝头袅袅上山棚。
高搭山棚齐胸盘，蚕毛稻草①插得斩斩齐。
龙蚕捉在金盘内，吩咐龙蚕去上山。
南厅上去三眠子②，北厅上去四眠蚕。
东厅上去多丝种③，西厅上去玉龙蚕。
东家娘娘私房蚕花呒上处，上伊穿堂两过路。
龙蚕上山忙扎火，四厅扎火暖洋洋。
龙蚕上山三周时，推开山棚看分明。
大的“帽顶”④半斤重，小的“帽顶”近四两。
上年蚕子落勿出，今年羌羌要秤几百两。
东家老板真客气，挽起篮子走街坊。
买鱼买肉买荤腥，东南西北唤丝娘⑤。
三十六部丝车两坫装，当中出条小弄堂。
小小弄堂做啥用，东家娘娘送茶汤。
脚踏丝车啊咕响，绕绕丝头掼在响叶上，
做丝娘娘手段高，车车敲脱一百两。
粗丝卖到杭州府，细丝卖到广东省。
卖丝洋钿呒法数，扯了大木造房廊。
姐姐造了绣花楼，倌倌⑥造了读书房。
高田买到杭州府，低田买到太湖上！
二
扫地扫到羊棚头，养只羊来象马爹。
扫地扫到猪棚头，养只猪猡象黄牛。
今年蚕花扫得好，明年保倷三十六⑦。

---

① 蚕毛稻草：农家准备蚕儿上山用的稻草。
② 三眠子：三眠而熟的蚕品种。
③ 多丝种：产丝多的优良品种。
④ 帽顶：又名“伞形簇”，供蚕上山用。
⑤ 丝娘：缫丝女工。
⑥ 倌倌：男孩。
⑦ 蚕花十二分，是蚕桑生产丰收的量性祝词，廿四分是加倍，三十六（分）是三倍丰收的祝词。

高高蚕花接了去，亲亲眷眷都要好。
今年扫好蚕花地，代代子孙节节高！①

《扫蚕花地》的唱词有很多种，如下面一首：

花蚕宝宝啥个出身？
神神灵灵传到今：
元帅出征失女儿，
银丝宝马救千金。
元帅为你配婚姻，
宝马为你带回程。
千金宝马都已死，
生下花蚕宝宝暖众人。②

湖州还流行一种乞讨方式“佯扫地”，也是一种类似“扫蚕花地”的表演形式。旧时春节，乞丐手拿着小扫帚（一种制作精巧的扫帚道具），演唱“佯扫地歌”。东家给表演这种乞讨形式的乞丐米、年糕或钱，往往会比一般乞丐优厚。③

《佯扫地》歌词如下：

恰巧恰巧真恰巧，今年来了我陆阿小。
多年勿来扫，年成也还好；
今年来扫扫，年成越加好。
扫得当家菩萨哈哈笑，
灶家菩萨打虎跳，财神菩萨送元宝。
东家师娘侬讲好勿好？
好好好，还要好。
嘟啦得一扫帚，扫帚扫到东，东边有对好青龙。

---

① 湖州市民间文学集成办公室：《浙江省民间文学集成·湖州市歌谣、谚语卷》，浙江文艺出版社 1991 年版，第 268—272 页。

② 同上，第 273 页。

③ 同上，第 276 页。

青龙盘水缸，黄龙盘谷仓，乌龙盘酒缸。
盘得缸缸满甏甏满，一年四季吃勿完。
东家师娘侬讲好勿好？
好好好，还要好。
嘟啦得一扫帚，扫帚扫到南，东家今年要养蚕。
头眠不算眠，二眠白洋洋，
三眠吃得刷刷响，做起茧来石骨硬。
东家师娘侬讲好勿好？
好好好，还要好。
嘟啦得一扫帚，扫帚扫到西，西边有双好金鸡。
只吃谷，不吃米，一日啼三啼。
啼得角子装在稻桶里，要用钞票皮箱里。
东家师娘侬讲好勿好？
好好好，还要好。
嘟啦得一扫帚，扫帚扫到北，东家今年要造屋。
造起前三厅后三厅，
第一厅读书厅，第二厅绣花厅，第三厅老板吃酒散散心。
东家师娘侬讲好勿好？
好好好，还要好。
嘟啦得一扫帚，扫帚扫到猪棚头，养起猪来大如牛。
头皮象畚斗，耳朵象蒲扇，
三百斤个头，四百斤格油。
东家师娘侬讲好勿好？
好好好，还要好。
嘟啦一扫帚，扫帚扫到房里头。
房里头，真考究，八脚眠床红板凳，
大红棉被放里头，白铜帐钩分左右，
两只狮子滚绣球，两头一双绣花枕，生个宝宝中状元。①

另有一种"扫蚕花地"，是在大年初一早上，家家户户自己扫地。与平日扫

① 湖州市民间文学集成办公室：《浙江省民间文学集成·湖州市歌谣、谚语卷》，浙江文艺出版社1991年版，第273—276页。

地不同的是，不是从院子扫到家门口，而是反过来从家门口扫到院子，把柴草等杂物扫进家，这意味着把养蚕的好运扫到家里。有学者考证，此为远古时期流传下来的一种风俗，即在养蚕前要请巫师作法“禳蚕室”以驱赶不祥，祈祷在新的一年中蚕桑丰收。

除了扫蚕花地外，还有一种“祛蚕祟”民俗是放置“蚕猫”。老鼠是养蚕的心腹大患，德清有句歇后语说：老鼠看着大眠头(指蚕)——越看越少。蚕在生长过程中尤其怕受到老鼠、蚊蝇的伤害，老鼠不但会把蚕吃掉，还会咬坏蚕种和蚕茧等。所以把蚕宝宝视为命根子的杭嘉湖蚕农，最恨老鼠，家家户户都要养猫防鼠。每年养蚕前要彻底打扫蚕室，把老鼠洞堵上。[①] 这些还远远不够，世代蚕农还采取其他一些巫术等祛除鼠患，在蚕室放置蚕猫就是其中之一。清同治《湖州府志》引郑元庆《湖录》曰：“育蚕之家……或范泥为猫，置筐中以辟鼠。曰‘蚕猫’(《湖录》)。”所谓“蚕猫”，并不是真正的猫，而是作为一种避鼠的象征物，代表蚕农避鼠的心愿。据考证这个风俗起于南宋时[②]，一直传承到当代。开始养蚕前，嘉兴、海盐一带的蚕农去集市买来泥塑“蚕猫”，在没有其他人的情况下偷偷把它塞在蚕室的某一个角落里，据说老鼠一见到蚕猫就吓得不敢进蚕室了。

蚕猫大多是泥塑的，也有木刻、彩塑、陶瓷等制品，还有剪纸和年画等，农村集市都有出售。[③] 德清、桐乡蚕妇习惯自己做剪纸“蚕猫”，也有商家木刻印在红绿纸上到集市出售的，贴在花窗、墙壁或蚕匾上，海宁则流行贴印有蚕猫的糊箆纸。杭州半山出产的泥塑蚕猫深受农村蚕户喜爱。过去每年的清明前后，蚕妇们到杭州半山娘娘庙烧完“蚕香”后，必定在香市上购买蚕猫带回家，放在自家蚕房里或馈赠亲友。清范祖述《杭俗遗风》载：“半山出产泥猫，大小塑像如生，凡至半山者，无不购泥猫而归，亦一时之胜会也。”过去在蚕乡，蚕猫被视为避鼠的道具，但是在今天，人们已经不相信蚕猫能够真的避鼠，更多把它当作一种充满民族特色和民间艺术气息的传统工艺品来保存和欣赏了。嘉兴余新镇曹王庙一带的泥塑“余新蚕猫”远近闻名，已于 2008 年被列入第二批嘉兴市非物质文化遗产名录。

---

① 顾希佳：《民俗艺术的嬗变：以蚕猫和茧圆为例》，郑巨欣：《民俗艺术研究》，中国美术学院出版社 2008 年版，第 159 页。

② 李奕仁：《神州丝路行：中国蚕桑丝绸历史文化研究札记》上，上海科学技术出版社 2013 年版，第 336 页。

③ 叶大兵、乌丙安：《中国风俗辞典》，上海辞书出版社 1990 年版，第 538 页。

这个风俗在湖州一带也很盛行。过去在有的地方,会有人撑着一种叫"敲梆船"的小船专门载着蚕猫去各个村落兜售。

桐乡至今还流传有一首《蚕猫图》歌谣:

蚕猫图,蚕猫图,图上蚕猫似老虎。
两只眼睛铜铃大,目光闪闪凶相露。
耳朵笃起像布梭,前后左右八方顾。
根根胡须似银针,铜牙铁齿赛钢锉。
四只脚爪能上树,尾巴翘起金鞭竖。
白脚快猫三村过,金丝绒毛满身铺。
蚕猫勿叫最避鼠,老鼠见了直打哆。
买我一张蚕猫图,蚕花茂盛全家福。①

以上这些源于古代的"祛蚕祟"习俗,"由于人们在传承过程中自觉不自觉地对它进行了分辨、取合和改造,使得它在自身衍变过程中逐渐发生某种质变,成为蚕乡颇具特色的传统民俗文化事象,而它的原始意义则几乎已经消失殆尽"②了。

三、机神(织神)信仰

除了蚕神外,杭嘉湖地区丝织行业的机坊、绸厂老板以及机户和织工们,为了保佑织造顺遂、生意兴旺发达,普遍信仰机神。机神,指"机杼之神",实际上是"被神化了的丝绸织造行业祖师的民间称呼"③。在杭嘉湖地区,机神如蚕神一样,也不止一个,有相应的机神庙供人们祭拜。

在杭州,规模最大最正规的一座机神庙是轩辕黄帝庙,位于东园巷,官员祭拜、机坊行业集会、织工拜师仪式等就在这里进行。据民国《杭州府志》载:"轩辕黄帝庙(即机神庙),在城东北隅。初,褚河南裔孙载得机杼之巧于广陵,归教其里中,于是杭州之机杼甲天下。宋至道元年始于杭置织务,至今弗改,杭人立祠祀之(即忠清里通圣庙)。又推原其始为机杼者,立机神庙祀黄帝臣伯余。庙建自雍正中,增拓旧制,后日久颓陊,里人鸠葺甫成。旋毁于火,重加

① 徐春雷:《桐乡蚕歌》,中国文联出版社2009年版,第50页。
② 齐涛:《生产志》(下册),山东教育出版社2007年版,第426页。
③ 黄公元:《杭州运河宗教文化掠影》,杭州出版社2013年版,第129页。

兴建。肇功于乾隆三十九年十月，次年九月落成。咸丰十一年燬于乱，同治间重建。"①

褚河南指褚遂良。褚遂良(596—659)，字登善，钱塘(今浙江杭州)人，原籍阳翟(今河南禹州)。唐朝著名政治家、书法大家。被封为"河南郡公"，官至尚书右仆射即宰相之职，人称"褚河南"。褚载是褚遂良的九世孙，据明代姚震《通圣庙记》记载，褚载先世居广陵(今江苏扬州)，世代以织绫锦为业。移居杭州后，教授杭州人先进的丝织技术，"迄今一乡之人织绫锦为业，由乎神之始也"。杭州的丝织技术从此名扬天下，宋代起在杭州设置织务局等。杭州人感念他的功德，在忠清里立通圣庙来祭拜他，把他奉为丝绸织造业的行业祖师即机神。

伯余是黄帝的大臣，推及起源，他才是最早的机神。清代厉鹗《机神庙碑》记载："《淮南子》云：'伯余之初作衣也，緂麻索缕，手经指挂，后世为之机杼，以便其用"。《易》曰：'黄帝、尧、舜，垂衣裳而天下治。'物创于臣，功归于帝，然则机有神，非伯余莫属矣。"②因黄帝"垂衣裳而天下治"，按照民间通常将臣功归于帝的做法，机神伯余为黄帝的臣子，故民间很多人将轩辕黄帝也奉为机神。所以东园巷机神庙主祀轩辕黄帝，配祀伯余，后来也祀褚载。

苏州地区的机神除了这几位外还有织女、黄道婆、张衡等等。织女、黄道婆都是纺织能手，至于张衡，可能是他精于机械之故。

近现代在湖州一带，也是丝织业密集的地方，织工云集，多供奉织女为"机祖师"，有神像或画像。织工学徒上门拜师时，要先拜祖师织女，再拜土地菩萨，三拜师傅。③

桐乡濮院盛产丝绸，号称"濮绸"，与杭纺、湖绉齐名，享誉天下。濮院的织工们祀奉伯余、织女为机神。每年七月初七牛郎织女鹊桥相会的日子和九月十六伯余生日，机匠们要到翔云观机神殿祭祀。④

不过相对于蚕神，关于机神的蚕歌就比较少了，或许是织工数量不如蚕农多，分布范围不如蚕农广泛之故。第二章织歌一节中《机房叹五更》就提到机

---

① [清]龚嘉儁修，[清]李榕纂：民国《杭州府志》卷九《祠祀一》，《中国方志丛书·华中地方·浙江省》第一九九号，成文出版社有限公司1974年版，第348页。

② [清]厉鹗撰，罗仲鼎、俞浣萍点校：《樊榭山房文集》卷第六，《厉鹗集》，浙江古籍出版社2016年版，第579页。

③ 浙江民俗学会：《浙江简志之五·浙江风俗简志》，浙江人民出版社1986年版，第347页。

④ 同上，第294页。

神轩辕黄帝:“一更一点下苏杭,说起轩辕王,起造绸缎庄,城里马上开帐房,承揽揭子中人做‘横挡’,先套‘翻头’‘机范’扛。”

第五节　蚕歌与岁时节令习俗

一、节令

节令,指节气和时令。节气是古代劳动人民在漫长的生产实践中创造的指导农事和日常生活的补充历法。时令,“谓月令也,四时各有令”,指古时根据季节的不同而制定的有关农事的政令。岁时,指一年四季,节气、节日是岁时的一种特殊表现形式。

岁时节令风俗是指人们千百年来在社会生活中形成的、一年四季中随着节令的变化而产生的约定俗成的集体性风俗,包括物质生活和精神生活两个方面。

在杭嘉湖地区漫长的蚕桑生产历史中,伴随岁时节令的变换而相应地形成了不同的与蚕桑有关的风俗,由此衍生出了各式各样的相应风俗歌或者岁时节令歌,各地都有传唱,用于指导人们的生产和生活等,节令歌正是民间岁时节令文化的一个重要表达方式。

节令歌名称各异,数量众多,一般以月为单位描述四季不同的情景,常用四、十、十二等常见的数字,如有的叫《十二月花名》,有的叫《十二月风俗歌》,有的叫《月子》《风俗歌》,等等。这些数字,只是规定了民歌的结构形式,其内容不拘一格,有劳动歌、生活歌、时政歌、情歌、历史传说歌等。

《十二月花名》(嘉兴桐乡):

正月梅花把春报,过年时节放鞭炮,
来来去去做客人,手里拿只草纸包①。
二月杏花白苗苗,稻干河泥挑得早,
要想蚕花廿四分,桑园地里多削草。
三月桃花红树梢,吃素念佛自身好,
合伙摇只开稍船,杭州灵隐把香烧。

① 草纸包:旧时,过年作客所送茶食的礼包大多用草纸包装,故名。

四月蔷薇开得早，谷雨前后看宝宝，
头眠二眠眠得齐，大眠上山豁虎跳①。
五月石榴花似火烧，采了茧子把丝缫，
粗丝细丝卖好价，收进洋钿和元宝。
六月荷花水上漂，老蝉晒得知知叫，
河边水车轮轮转，木龙吸水浇青苗。
七月鸡冠开得巧，七月十五馄饨包，
请请阿太斋斋灶，祖宗神仙都吃饱。
八月桂花金跃跃，地里桑叶长势好，
桂月花蚕看几张，好剥丝绵翻棉袄。
九月菊花迎霜笑，重阳佳节去登高，
捋枯叶来刈茅草，要为湖羊备冬料。
十月芙蓉十月朝，秋收冬藏忙糟糟，
豆麦油菜要下种，立冬田里没立稻。
十一月水仙刚开苞，西北风刮得呼呼叫，
牵砻磨粉伴工做，冬至馍馍咸菜包。
十二月里雪花飘，收租讨债接得牢，
有钱人过年杀猪羊，没钱人躲债四处逃。②

有一些节令歌，每句以“子”结尾，也是一种“子字歌”，杭嘉湖各地都有流传。

《习俗歌》(嘉兴桐乡)：

正月新年踢毽子，
二月踏青放鹞子③，
三月清明做团子，
四月养蚕采茧子，
五月端午裹粽子，
六月乘凉扇扇子，

① 豁虎跳：方言，生龙活虎。
② 徐春雷：《桐乡蚕歌》，中国文联出版社 2009 年版，第 36—37 页。
③ 鹞子：风筝。同下文“鸢子”。

七月十五包饺子，
八月中秋吃鸭子，
九月看日造房子，
十月央媒对帖子，
十一月里借轿子，
十二月里讨娘子。[①]

《十二月风俗歌》(嘉兴海盐)：

正月捉盲[②]踢毽子，
二月长线放鸢子，
三月清明做团子，
四月看蚕采茧子，
五月端午裹粽子，
六月双手拍蚊子，
七月馄饨裹馅子，
八月桂花匆结籽，
九月芦棒敲枣子，
十月打潭[③]出麦子，
十一月绣花做鞋子，
十二月打糕杀年猪。[④]

《月子》(杭州余杭)：

正月里来踢毽子；
二月里来放鹞子；
三月清明做圆子；

---

① 徐春雷:《桐乡蚕歌》,中国文联出版社 2009 年版,第 54 页。

② 捉盲:捉迷藏,儿童游戏。

③ 打潭:旧时种麦,用工具先打一个坑,然后撒下麦种。

④ 嘉兴市民间文学集成办公室:《浙江省民间文学集成·嘉兴市歌谣、谚语卷》,浙江文艺出版社 1991 年版,第 185 页。

四月里来看蚕卖银子；
五月端午裹粽子；
六月里先生送把花扇子；
七月里借风赶蚊子；
八月里买田造房子；
九月里做起新被新鞋子；
十月里讨个新娘子；
十一月里养儿子；
十二月里做老子。①

《十二月童谣》(湖州德清)：

正月里，天井廊下踢毽子。
二月里，白道地上放鹞子。
三月里，上坟挂条“飘白纸”。
四月里，养蚕采叶做茧子。
五月里，杭咕杭咕做丝卖银子。
六月里，囡囡买把花扇子。
七月里，庙里和尚送“规纸”②。
八月里，姆妈剪布做鞋子。
九月里，重阳买糕吃栗子。
十月里，阿哥讨个新娘子。
十一月里，装香点烛过冬至。
十二月里，过年牵米③做圆子。④

① 吴冬妹：《杭嘉湖地区方言童谣辑注》，浙江工商大学出版社 2016 年版，第 12—13 页。

② 规纸：记载祖先名字、盖有庙宇和尚府印的黄色纸贴，于祭祀后焚化。

③ 牵米：磨米粉。

④ 湖州市民间文学集成办公室：《浙江省民间文学集成·湖州市歌谣、谚语卷》，浙江文艺出版社 1991 年版，第 418 页。

《十二月时令山歌》(苏州):

正月初一吃圆子[1],
二月里放鹞子[2],
三月清明买青团子[3],
四月里看蚕宝宝上山做茧子,
五月端午吃粽子,
六月里摇扇子,
七月上帐子,蒲扇拍蚊子,
八月中秋炒南瓜子勒西瓜子,
九月里打梧桐子,
十月朝就剥桔子,
十一月踢毽子
十二月年底搓圆子。[4]

在海宁流传的一首《农家十二月》,按照月份的不同,描写了农家的生产和生活,其中的四、五月份部分就包括了养蚕和望蚕讯的习俗。

正月初一是岁朝,家家户户喜欢笑,
年初三,客人到,手里拿个草纸包(糕点包);
头上戴个铜盆帽,身上长衫马褂罩;
吃年酒,伴工叫,也有一日三家邀。
只听得年锣年鼓"咚哐咚哐"声不绝,
敲过一套又一套。
…………
四月初四已经到,田地小麦要看好,
四月天,闲人少,家家户户看宝宝。

---

① 圆子:糯米粉丸子,亦称"元宵圆子"。
② 鹞:吴语读作 yáo,与"鹞"通。以竹篾扎制为骨,糊以纸身,并加以描绘。
③ 青团子:常称"青苎团",用青草叶汁掺于糯米粉中,以豆沙为馅,搓成圆形。
④ 苏州市文学艺术界联合会:《吴歌新集》,1979 年版,第 100 页。

头二眠，困得好，出火起娘发火跳；[①]
买贱叶，运道好，上山毛帚快做好。
只听得丝车踏得“吱吱嘎嘎”声不绝，
甘八日辛苦丝做好。
五月初五办节料，[②]梅子鸭蛋一肩挑，
做黄梅，老古套，男女上街好逍遥。
做田岸，削岸草，山歌唱得汪汪叫，
量田棒，直苗苗，男女种田共一道。
只听得田畈里厢“叽叽咕咕”声不绝，
种田种到老蝉叫。[③]

同样在海盐、嘉善也流传着类似的表现农家生活和风俗的节令歌。如《田家乐·十二月花名》(节选，嘉兴海盐)：

三月桃花是清明，桃红柳绿过三春。
做是清明团子，家家祭扫祖坟。
家仙马鸣蚕宝，保佑蚕扒[④]茂盛。
吃是草头团子，男女约是游春。
邀是婶婶大妈，十庙烧香诚心。
若待上林花似锦，出门俱是看花人。
四月蔷薇笑满天，农夫家家养花蚕。
正是看蚕天气，燥柴收得未完[⑤]。
男女做好山柴，外头要做秧田。
蚕花四面四座，上山个个成茧。
采是几百茧子，丝车排在两边。
乡村四月闲人少，才了蚕桑又插田。[⑥]

---

① 出火起娘：指三眠初醒的蚕。发火跳：指蚕长得好。
② 办节料：指置办“望蚕讯”的礼物。
③ 海宁市民间文学集成办公室：《中国民间文学集成·浙江省嘉兴市海宁市故事、歌谣、谚语卷》，浙江省民间文学集成办公室1989年版，第382—383页。
④ 蚕扒：蚕茧收成。扒：方言，与“罢”“耙”同音同义。
⑤ 未完：很多。
⑥ 胡永良：《海盐骚子文书选集》，西泠印社出版社2013年版，第267页。

《田家乐》(节选,嘉兴嘉善):

四月晴和薄云天,西路人家[1]靠养蚕。
蚕房掸清爽,蚕具端正好;
男子捋桑叶,女子看花蚕。
因为看蚕忙碌碌,夫妻两个勿得一头眠。
上山茧子白漫漫,下山茧子转团团,
锅底打绵线,粗丝织绸穿,细丝卖衣银,
个个都是白洋钿,完是官粮抵是债,端正盘缠好种田。[2]

在20世纪三四十年代,流行于海盐的十二月花名春调中,有专唱各地土特产的《各路码头》,其中的二月、四月段即描述了杭州、湖州最有名的丝绸特产。

二月里杏花叶放青,绵绸杭纺花样新。
…………
四月里蔷薇满园林,细丝蚕种出千金。
绵绸汗巾湖州出,黑绫包头在双林。[3]

在海盐的骚子歌中,很多都是四季或者十二月的格式,包含有丰富的蚕桑生产、蚕乡习俗等内容。如《农夫汤书》(节选,骚子歌,嘉兴海盐)中的一段:

四月初四蚕讯到,家家户户要起早。
各人家,喜心苗,糊只蚕簐[4]看宝宝。
头二眠,困得早,出火好比豁虎跳[5]。

---

① 西路人家:指住在西边的人家。

② 浙江省嘉善县文化局、文联、文化馆:《中国民间文学集成·浙江省嘉兴市嘉善县歌谣卷》,嘉善县文化局、文联、文化馆1987年版,第165页。

③ 海盐县民间文学集成办公室:《中国民间文学集成·浙江省嘉兴市海盐县故事、歌谣、谚语卷》,海盐县民间文学集成办公室1989年版,第824页。

④ 蚕簐(dài):蚕匾。

⑤ 豁虎跳:生龙活虎。

困大眠，风色好，东南风吹来撩撩叫。
吃贱叶，运气好，上山茧子稳牢牢。
只听得丝车依依呀呀叽叽嘎嘎声不绝，
廿八日辛苦有功劳。
…………
五月端阳龙船摇，梅子灰蛋一担挑。
…………
十二月十二日脚好，家家蚕种都腌好。
…………
春保佑，蚕花好，卖丝赚只大元宝。①

其中四月这一段，是第三章第二节中《看蚕歌》（骚子歌，嘉兴海盐）的异文。这类岁时节令歌，反映了当地一年十二个月的劳动、生活、衣食等风俗习惯。包括了游乐方面的正月捉迷藏、踢毽子，二月放风筝；劳动习俗方面的四月蚕桑，五月望蚕讯，九月打枣，十月种麦，十一月绣花；饮食习俗方面的清明团子，端午粽子，七月馄饨；反映时令变化的有六月拍蚊子，八月桂花等各种习俗，②是杭嘉湖蚕乡人们生活的生动写照。

节气歌，则是按照二十四节气的顺序详解自然现象、生产生活风俗等，比十二月时令歌的内容更为丰富全面。

《节气歌》（杭州江干区）：

立春梅花分外艳，雨水红杏花开鲜。
惊蛰芦林闻雷报，春分蝴蝶舞花间。
清明风筝放断线，谷雨嫩茶翡翠连。
立夏桑籽像樱桃，小满养蚕又种田。
芒种玉簪放庭前，夏至稻花如白练。
小暑风催早豆熟，大暑池畔赏红莲。
立秋知了催人眠，处暑葵花笑开颜。
白露燕归又来雁，秋分丹桂香满园。

① 海盐县民间文学集成办公室：《中国民间文学集成·浙江省嘉兴市海盐县故事、歌谣、谚语卷》，海盐县民间文学集成办公室1989年版，第779—782页。

② 刘旭青：《文化视野下浙江歌谣研究》，浙江大学出版社2009年版，第229页。

寒露菜苗田间绿，霜降芦花飘满天。
立冬报喜献三瑞，小雪水仙阵阵香。
大雪寒梅迎风开，冬至瑞雪兆丰年。
小寒游子思乡归，大寒岁底庆团圆。①

在湖州德清县干山镇刘桥村，有一座蠡山，相传因春秋时期范蠡西施曾寓此而得名。山上有范蠡庙，旧时香火不绝，庙前有戏台。每年春分时节都在此做戏，观者如堵。当地俗谚有云："蠡山囡儿看一世戏，蠡山媳妇烧一世饭。"蠡山庙戏台至今尚存，为县文物保护单位。② 此地流传的一首有关春分的歌《蠡山做戏逢春分》，也涉及蚕桑内容：

蠡山做戏逢春分，红男绿女闹盈盈，
孝爹孝娘是孝女，回到屋里蚕花廿四分。
蠡山做戏逢春分，老娘后面掐菜心，
老子前面接客人，跳过十七、八条春花楞，
布衫扯成丝瓜筋。③

其他如一些历史传说歌等，经常采用整数十的结构形式一一描述历史上的著名人物，如杭州西溪的《十大姐饰头》，其中四姐一段与蚕桑相关：

一姐呀饰头爱呀爱探花，隋炀皇帝看昙花，保驾李元霸，哎哎哟，保驾李元霸。

二姐呀饰头爱呀爱探江，刘备招亲赵子龙，孔明借东风，哎哎哟，孔明借东风。

三姐呀饰头真呀真真难，盘肠大战是罗通，多蒙尉迟公，哎哎哟，多蒙尉迟公。

四姐呀饰头养么养蚕忙，五郎削发做和尚，叛国杨六郎，哎哎哟，叛国杨六郎。

---

① 吴冬妹：《杭嘉湖地区方言童谣辑注》，浙江工商大学出版社 2016 年版，第 10—11 页。

② 湖州市民间文学集成办公室：《浙江省民间文学集成·湖州市歌谣、谚语卷》，浙江文艺出版社 1991 年版，第 417 页。

③ 同上，第 416—417 页。

五姐呀饰头是也是端阳，许仙巧遇白娘娘，小青去白相，哎哎哟，小青去白相。

六姐呀饰头热也热难当，三战吕布虎牢关，张飞绝声喊，哎哎哟，张飞绝声喊。

七姐呀饰头七呀七秋凉，唐伯虎叫船遇秋香，打扮一同行，哎哎哟，打扮一同行。

八姐呀饰头抹呀抹点香，孟姜女千里送寒衣，汗血苦黄连，哎哎哟，汗血苦黄连。

九姐呀饰头菊呀菊花黄，薛仁贵跨海去征东，都亏徐茂公，哎哎哟，都亏徐茂公。

十姐呀饰头心呀心里慌，梁山英雄是宋江，先打蔡家庄，哎哎哟，先打蔡家庄。①

这首歌反映了旧时当地人的生活情景，既包括节令，又包括历史传说。

二、节日

除了节气外，很多蚕歌与节日相关。

（一）春节

在湖州，春节期间有“呼蚕花”的习俗。大年三十吃过年夜饭后，孩子们就提着马头灯、元宝灯、兔子灯等各式各样的花灯，点燃灯里的红蜡烛，在房前屋后、田头地角奔逐嬉戏，嘴里唱着《呼蚕花》歌，以祈盼来年蚕花丰收，俗称“呼蚕花”。这些歌也可以被叫作儿歌。

《呼蚕花》（诵词，湖州市区）：

猫也来，狗也来，蚕花宝宝跟伢同介来。
天上落下蚕花来，水上泛起鱼花来。
蚕花——啊来，鱼花——啊来，
蚕花落拉伢蚕笪②内，鱼花落拉伢鱼塘内。
地皮底下泛起银子来，

---

① 王藻主编，王国平总主编：《西溪民间语言趣谈》，杭州出版社 2013 年版，第 171 页。

② 蚕笪：竹制扁平蚕具。

大元宝搭伢门角落里滚进来，
小元宝搭伢户槛缝里轧进来。
放得三十六爿麒麟当①，
轻船去，重船来，
廿四个朝奉收账来，
嗵啪！铜钿银子上搁栅②。③

德清县与湖州市区的歌词区别不大，多异文。

《呼蚕花》之一（湖州德清）：

喔，羿羿，咩咩吗吗，
蚕花落伢箧里来，白米落伢田里来，
搭个蚕花娘子一道来。
落伢囤里千万斤，落伢蚕花廿四分。
东一村，西一村，烧香念佛看戏文；
东也宁，西也宁，风调雨顺享太平。④

《呼蚕花》之二（湖州德清）：

咿……咿咯咯，呜……呜啄啄，
猫（伢）来，狗（伢）来，蚕花娘子同（伢）来，
猪（伢）来，羊（伢）来，蚕花娘子同（伢）来，
大元宝，滚进来，小元宝门角落里轧进来，
天上落脱蚕花来，地平底下翻出银子来，
嘭……！啪……！
蚕花娘子上阁栅（谐音）。⑤

---

① 麒麟当：当铺。

② 搁栅：搁楼。此句喻钱多地上放不下，放到搁楼上。同“阁栅”。栅，音 sà。

③ 湖州市民间文学集成办公室：《浙江省民间文学集成·湖州市歌谣、谚语卷》，浙江文艺出版社 1991 年版，第 265 页。

④ 同上，第 264 页。

⑤ 德清县文化广电新闻出版局：《德清县非物质文化遗产大观》，浙江大学出版社 2009 年版，第 31 页。

(二)元宵节

杭嘉湖一带农村,在元宵节流行一种“烧田蚕”的仪式,为蚕乡祈年的一种民俗。据《乌青文献》记载,每年正月十五元宵夜,在各村落之间的田里“束薪捆竹,上挂彩帛”,到了夜间,人们敲锣打鼓用以助兴,并随着鼓锣声念唱祈求蚕桑丰收的赞词,然后燃放流星、爆竹等,并将捆好的木柴毛竹之类聚在一起焚烧掉。[①] 孩子们高举点燃后的用稻草或是用竹、树枝等缠以丝绵之类扎成的火把,在田间来回奔跑,还时不时地把手中的火把掼[②]上掼下,如夜空中的点点流星和流萤,嘴里还唱着祈祷蚕桑丰收的歌谣。烧田蚕时所唱的赞词有的会请来专门从事唱赞词的民间艺人来演唱,其中有一首叫作《烧田蚕》的歌,里面有这么几句:

火把掼得高,三石六斗稳牢牢;
火把掼到东,家里堆个大米囤;
火把掼到西,蚕花丰收笑嘻嘻。

“烧田蚕”在嘉善一带,俗称“掼火把”。火把掼上掼下,就可以燃烧得更充分。火把上的火苗大小是占卜田蚕丰歉的标准之一:火旺,兆田蚕丰收;火不旺,则兆田蚕歉收。[③]

这个习俗至少在南宋时就有了,宋代吴县(今江苏苏州)人范成大《照田蚕行》就描写了江南乡间腊月烧田蚕的情形:“乡村腊月二十五,长竿燃炬照南亩:近似云开森列星,远如风起飘流萤。今春雨雹茧丝少,秋日雷鸣稻堆小;侬家今夜火最明,的知新岁田蚕好。夜阑风焰西复东,此占最吉余难同:不惟桑贱谷芃芃,仍更苎麻无节菜无虫!”[④]不过那时候“烧田蚕”还是在腊月二十五,称为“照田蚕”。

在杭嘉湖蚕区,正月期间也有一些与养蚕相关的准备活动。康熙《海宁县志》载,在正月十五这天,“是夜,养蚕之家,各裹蚕子于绵衣中,卧身下,谓蚕得

---

① 叶大兵、乌丙安:《中国风俗辞典》,上海辞书出版社 1990 年版,第 543 页。
② 掼:扔,掷。
③ 齐涛:《生产志》(下册),山东教育出版社 2007 年版,第 431 页。
④ [宋]范成大:《范石湖集》,上海古籍出版社 2006 年版,第 412 页。

人气始生。亦有全家不举灯者，谓可免鼠耗”。[1] 在这天夜里，还通常进行一种蚕茧收成的占卜活动。乾隆《海宁县志》载：正月初三夜到十三夜，乡村妇女每祀紫姑以卜田蚕。[2] 光绪《石门县志》载：正月十五日夜，“乡村妇女召厕姑卜一岁吉凶、田蚕丰耗”。[3]

元宵节通常有观灯习俗。在看元宵节花灯时，如果看到蚕娘，是一种吉兆，预示着来年养蚕的顺利和丰收。如下面这首《看灯看到养蚕娘》蚕歌所唱的那样：

元宵佳节闹洋洋，百样花灯挂满堂，
东西南北人潮涌，男女老少看灯忙。
看灯看到种田郎，干柴白米燥砻糠，
看灯看到养蚕娘，龙蚕结茧细丝长。[4]

（三）清明节

在杭嘉湖蚕乡，清明是个非常重要的节日，重要程度不亚于中国人最为看重的、最隆重的春节，这里一向有“清明大如年”的说法。因清明节及往后的大约一个月的时间是蚕月，而养蚕对于农民又非常重要，所以他们才如此看重清明节吧。于是就有了较其他节日更多、更为繁复的与养蚕有关的祭祀、饮食习俗等。

在桐乡，清明节前一天晚上要祭饿鬼。门槛外两边各钉长三寸左右的桃枝，上面绑上一条左手反搓的草绳横着拦住，这样就能把鬼物等不干净的东西避之门外，对蚕有利。清明节当天，房檐上要插柳枝，全家要吃用糯米做的代表绿色桑叶和白色蚕茧的青白团子，俗称“吃青还白”，寓“食桑吐丝”之意。海盐一带也是如此。这天人们还要清洁养蚕的器具，装扮蚕花娘娘巡游，进行各种祭祀蚕神的活动，有的人家还要去打听一下桑叶的价格。清

---

① ［清］许三礼修：康熙《海宁县志》卷二《方域志・风俗》，《中国方志丛书》华中地方第五六一号，成文出版社有限公司 1983 年版，第 205 页。

② ［清］金鳌：乾隆《海宁县志》卷一《方域志・风俗》，《中国方志丛书》华中地方第五一六号，成文出版社有限公司 1984 年版，第 163—164 页。

③ ［清］余丽元：光绪《石门县志》卷十一《杂类志・风俗》，《中国方志丛书》华中地方第一五八号，成文出版社有限公司 1975 年版，第 1859 页。

④ 徐春雷：《桐乡蚕歌》，中国文联出版社 2009 年版，第 33 页。

明节当天的晚饭必须要吃蚕豆芽、马兰头、青螺等菜。这些菜都有一些特殊的喻意:蚕豆芽是"发"出来的,寓意接下来的养蚕将会"兴旺发达";马兰头有健脑明目的功效,蚕娘吃了眼力好;吃青螺,叫"挑青",有消除蚕病的意思。清同治《长兴县志》云:"清明晚,育蚕之家设祭以禳白虎,门前用石灰画弯弓之状,祛蚕祟也。农妇多荡舟出宿于次,名曰'避青'。晚食螺蛳,名曰'挑青'。盖蚕病谓之青娘,故深恶之。"第二天还要举办龙蚕会等各种庆祝活动以祈蚕。光绪《石门县志》对此有详细记载:寒食祀神祈蚕,晚食青螺,谓之"挑青"。(靳志丛谈:清明前一夕,具酒脯祭饿鬼,又剪纸束竹为三四寸,妇人以粉团酒脯祭之,送至大路傍弃置,谓之"送九娘"。门限外两边各钉桃枝三寸许,缚一左转绳横拦之,使鬼物不得入,云宜蚕。)清明日插柳枝于檐户,各祭祖茔,其米食用青白团子。民间洁蚕具,扮蚕娘。船乡人有往划脚船漾问叶价者。越一日,为二明日,农船装设旗帜,鸣金击鼓,齐集龙蚕庙前,谓之龙蚕会,亦击鼓祁蚕之意。①

清明期间,杭嘉湖农村民间艺人上门演唱蚕歌,祝愿主人蚕花丰收的民俗,称为"送蚕花""唱绵兜"等,这其实是一种卖艺乞讨的方式。

在嘉兴北部一带,旧时清明节过后,就会出现一些串村走户送蚕花的人。这些人多为飘泊在水乡渔船上的中老年妇女,有的身旁还跟个晚辈的小女孩。先是唱《送蚕花》歌以预祝主人家蚕茧丰收,然后会从随身带的竹篮中拿出自己手工制作的"蚕花"送给女主人。女主人恭恭敬敬地接过来收藏好,俗称"接蚕花"。然后再去屋里用量具盛出些白米或者取出清明圆子来,倒入送蚕花人准备好的布袋中,作为酬谢。②

《送蚕花》(嘉兴桐乡):

蚕花开来像绣球,一根枝条开四朵,
当家接得蚕花去,一朵蚕花万朵收。

海宁云龙一带流行一首《送蚕花》异文《蚕花歌》:"蚕花生来像绣球,两边

① [清]余丽元:光绪《石门县志》卷11《杂类志·风俗》,《中国方志丛书》华中地方第185号,成文出版社有限公司1975年版,第1860页。

② 详见李奕仁主编,李建华副主编:《神州丝路行中国蚕桑丝绸历史文化研究札记》,上海科学技术出版社2013年版,第322—323页以及徐春雷:《桐乡蚕歌》,中国文联出版社2009年版,第39页。

分开红悠悠。花开花结籽，万物有人收。嫂嫂接了蚕花去，一瓣蚕花万瓣收。”①

旧时在桐乡，每年清明节期间，蚕农开始准备养蚕事宜。一般在这个时候，经常会有艺人上门卖艺或乞讨。民间艺人上门演唱蚕歌，有的还伴随“扫蚕花”等多种舞蹈动作表演。比如“扫蚕花”，就是手执一把稻草扎成的扫帚，在蚕农门口边扫边唱《扫蚕花》等蚕歌。唱完蚕歌以后，送给蚕农蚕花、蚕神像之类，目的是祝愿主人蚕花丰收，主人听了很高兴，往往乐于施给艺人大米等食物。②

《扫蚕花》(嘉兴桐乡)：

手捏扫帚唱上门，蚕花越扫越茂盛。
一扫扫到摇车边，摇出纱来细稠稠。
二扫扫到猪棚头，养只猪罗像牯牛。
三扫扫到羊棚头，养只羊，像白马。
四扫扫到灶脚边，白米饭，香喷喷。
五扫扫到蚕房门，蚕花要采廿四分。③

这首《扫蚕花》应该是与德清《扫蚕花地》相似的一种变体，只不过在表演形式上相对比较简单。

除了扫蚕花之外，还有另外一种乞讨方式。在杭嘉湖蚕乡，旧时蚕农迷信，把黄蟒蛇看作是青龙，认为青龙到就代表龙蚕到，龙蚕到则蚕花好。旧时桐乡河山一带，有驯蛇的民间艺人也就是俗称的“放蛇佬”，在春季养蚕前夕，身背竹篓，里面放一条无毒黄蟒蛇，到农户家上门表演和唱歌，有的还会一边唱一边把蟒蛇放出来在蚕农家里游走，唱完再捉回去。所唱的蚕歌是《赞蚕花》(嘉兴桐乡)：

青龙④到，蚕花好，去年来了到今朝；
看看黄莽龙蚕到，二十四分稳牢牢。

---

① 张镇西：《云龙蚕桑志》，浙江大学出版社 2017 年版，第 81 页

② 徐春雷：《桐乡蚕歌》，中国文联出版社 2009 年版，第 40 页。

③ 同上。

④ 青龙：指黄蟒蛇。一种无毒家蛇。下文“莽”应为“蟒”。

当家娘娘看蚕好，茧子采来像山高；
十六部丝车两行排，脚踏丝车鹦鸪叫①。
去年唤个张大娘，今年唤个李大嫂；
大娘大嫂手段高，做出丝来像银条。
当家娘娘为人好，滚进几千大元宝；
上白绵兜②剥两肖③，送送外面个放蛇佬。④

蚕农对这种带来美好祝福的乞讨形式非常喜欢，直接施予艺人绵兜，所以这种方式也叫“唱绵兜”。⑤

下面这首是流行于桐乡同福乡的另一种唱法的《唱绵兜》：

一家过去两家来，家家人家大发财。
南面来个放蛇佬，家家人家都走到。
大娘娘，大阿嫂，做人好来为人好。
看出龙蚕哈哈笑，二十四分稳牢牢。
脚踏云梯步步高，茧子堆到屋梁牢。
上白绵兜剥两肖，送送我个放蛇佬。⑥

三、集体性民俗活动

旧时杭嘉湖农村，种桑、养蚕、缫丝是农民一年中耗费时间最长、工作量最大、最重要的一项农事活动，其收入也是农民最主要的经济来源，有时甚至超过种田的收入。明清和民国时期，蚕桑业已成为当地的经济命脉。蚕桑生产经过长时间的积累和沉淀，逐渐形成特殊的蚕桑风俗和文化。在一些重要的节日如春节、清明节期间，祭祀蚕神的仪式除了以家庭为主的与蚕事相关的送蚕花、祭蚕神、烧蚕香、插蚕花等活动外，往往还会走出家庭，成为某一个地区

① 鹦鸪叫：指丝车转动时发出的声音好像鹦哥叫。鹦鸪即鹦哥。
② 绵兜：用蚕茧剥制成的丝絮，弓形、袋状。
③ 剥两肖：剥制两张。肖，绡。
④ 徐春雷：《桐乡蚕歌》，中国文联出版社2009年版，第41页。
⑤ 同上，第42页。
⑥ 同上，第43页。

的群体性、社会性活动。[1] 尤其是大如年的清明节，除了传统意义的上坟祭祀先祖外，还形成了许许多多与养蚕有关的集体性民俗，如蚕花庙会、演蚕戏等，带有浓郁的蚕桑文化色彩，既娱乐又娱己，成为当地农民主要的精神生活之一，发展成为一种集体性的民间习俗和地方文化。[2]

（一）含山轧蚕花

轧蚕花即逛清明节蚕花庙会，最有名的是含山轧蚕花庙会。湖州嘉兴交界处的湖州善琏镇的含山，是周围蚕农心目中的圣地。传说蚕花娘娘在清明期间会化身村姑踏遍含山各地，留下蚕花喜气，所以四面八方的蚕农都会到含山踏青，把蚕花喜气带回家。据说此风俗起源于宋代，主要是为了祭蚕神、祈丰收，有一系列丰富的活动内容。过去，农家女子在含山庙会上要买蚕花、卖蚕花，头上插蚕花，怀揣或背着蚕种包上山踏青、逛庙会等。庙会上有祭祀蚕神、唱蚕歌、水上竞技类表演活动，热闹非凡。在这个场合，青年男女可以突破封建礼教的束缚，自由交往，有的还借此寻找意中人。[3] “轧”是吴语方言“挤入、拥挤”的意思，大家挤在一起凑热闹，所谓“走走轧轧”“轧闹猛”“轧发轧发，越轧越发”，挤挤挨挨，越挤越预兆蚕花好运，因此叫“轧蚕花”。1993 年起，含山“轧蚕花”活动被正式定名为“蚕花节”，节日时举办丰富多彩的活动，“轧蚕花”习俗也被列入国家级非物质文化遗产名录。

（二）芝村水会与双庙渚蚕花水会

在水网密布的杭嘉湖农村，每年的清明节都会举办庙会，与别处通常的陆地上的庙会不同，此地举办的是水上庙会，也叫蚕花水会、水会，其中嘉兴桐乡的两处水会最具盛名。

一处是崇福镇芝村水会。旧时芝村有一座蚕神庙，因正殿大梁上悬挂一条金漆木雕龙船，[4]人称龙船庙，因为蚕农无不希望蚕神保佑，养育出龙蚕，故民间习惯称为“龙蚕庙”。据传，庙里供奉着蚕神马鸣(明)王菩萨，宋高宗赵构为鼓励蚕农养蚕而敕封蚕神马鸣王为“马明大士”，清代加封其为“先蚕圣母”。每年清明期间，附近蚕农都会在此举行迎神赛会，即蚕花胜会，也叫龙蚕会，以

---

① 顾希佳：《杭嘉湖蚕桑信仰习俗查考》，《民间文艺季刊》1986 年第 3 期，第 250—269 页。

② 吴利民、张琳主编，颜剑明、褚红斌、陈亚琴编著：《桐乡高杆船技》，浙江摄影出版社 2015 年版，第 124 页。

③ 林锡旦：《太湖蚕俗》，苏州大学出版社 2006 年版，第 95 页。

④ 徐自谷：《崇福风情》，浙江人民出版社 2014 年版，第 31 页。

祈求蚕神保佑，蚕花丰收。① 据清光绪《石门县志》记载，清明日，“农船装设旗帜，鸣金击鼓，齐集龙蚕庙前，谓之龙蚕会，亦击鼓祈蚕之意”②。

另一处是芝村附近洲泉镇清河村的双庙渚蚕花水会。清河村双庆寺（原贵和庙）前面的双庙渚南北金山漾水域，水面开阔，几处河港交汇，水上交通便利，是水上庙会的绝佳举办场所。自南宋以来，都在此举办水上庙会，距今已有800多年的历史，是一项别具一格的民间节日活动和独具江南水乡风韵的蚕乡风俗。

每年的清明节，以自然村为单位，清河村周围各村的蚕农们穿着鲜艳的丝绸盛装，驶出精心装点的彩船，汇集于此，在船上进行各种各样的民间艺术、水上竞技等项目表演，祭祀蚕神，祈祷田蚕丰收。祈神仪式通常有迎蚕神、唱蚕花调、分蚕花帖等。这些船按照不同的项目分为快船、打拳船、台阁船、龙灯船、拜香船、高竿船等，船上的蚕农们各自拿出看家本领，争奇斗艳、目不暇接，引来两岸观众阵阵欢呼喝彩。清代洲泉人吴曹麟《语溪棹歌》描绘了这一盛况：“赛会清河远近闻，各装双橹载如云。来随阿母龙船庙，讨得蚕花廿四分。”③

水会上有一项“拜香船”表演，与蚕桑习俗相关。拜香船由两条平头船系在一起，上铺木板。船上一般有八名儿童，女孩穿红，男孩着绿（以前是八个男孩，黑纱包头，额际悬大红色红绒球，身穿青衫，腰系白裙），双手捧一红漆小香凳（一种小方凳，上有栏杆围着锦幔，当中放着一座珠串宝塔，有的放着亭台，夹层有抽屉，用来放歌词唱本），排成两行，随着当地的一种道曲小调“拜香调”的民乐伴奏，边跳边唱。演唱的曲目有十二月花名、三十六个码头等。其中有一首《十支香烛》描述了蚕神传说和养蚕过程，以祈求蚕神保佑“蚕花茂盛廿四分”。采录于芝村的《十支香烛》的歌词为：

一支香烛一帖经，两根灯草结同心，锡铸蜡台两边摆，八仙桌上放光明。

二支香烛敬观音，二月十九降生辰，大慈大悲善心发，救苦救难渡众生。

三支香烛敬孝心，三姑许马救父亲，主人返家生怒气，杀死白马

---

① 《桐乡市旅游志》编纂委员会：《桐乡市旅游志》，方志出版社2013年版，第423页。

② ［清］余丽元：光绪《石门县志》卷十一《杂类志·风俗》，《中国方志丛书》华中地方第一八五号，成文出版社有限公司1975年版，第1860页。

③ 同①，第424页。

要赖婚。

四支香烛起风云，马皮裹走陈翠仙，三姑尸骨桑园葬，一身白肉化蚕神。

五支香烛敬天廷，腊月十二正凌晨，玉帝御笔来敕点，马鸣王菩萨封蚕神。

六支香烛四月天，蚕娘收蚁敬蚕神，贴肉窝种三四夜，孵出乌娘万万千。

七支香烛闹盈盈，三眠出火敬蚕神，一斤出火分一筐，筐筐育出龙蚕身。

八支香烛敬八仙，宝宝大眠敬蚕神，日长夜大长得快，断食脱皮通体明。

九支香烛升九天，龙蚕上山敬蚕神，前厅后厅都上满，柴龙铺到灶脚边。

十支香烛唱完全，落山采茧谢蚕神，颗颗茧子似鸭蛋，蚕花茂盛廿四分。①

这首蚕歌还有异文，即下面旱地庙会演唱的另一个版本的《十支香烛》。

除了水会外，旧时桐乡还有一种“拜香会”活动，在陆地举行。队伍来自水会举办地附近村子，由乡绅牵头发起或资助，按各地“庙界”划分，各组一支队伍参加。按照不同的作用和功能分为几个不同的队伍，一般有旗牌队、锣鼓队、神轿队等。其中有个拜香凳队，相当于水上的拜香船，由十余位十来岁的孩童组成，男女数量各半，身穿绸缎衫裤，头扎绸带，男红女绿，各自手捧一只长方形的红漆小凳，凳上放一座木制宝塔，凳前插香，分列两行，随着乐队伴奏的《拜香调》，缓缓前行，同时一边表演规定动作一边演唱《十支香烛》。

一支香烛一帖金，两根灯草结同心，火红蜡烛两边插，拜香凳上放光明。

二支香烛敬观音，二月十九降生辰，大慈大悲发善心，救苦救难渡众生。

三支香烛敬关公，五月十三降生辰，忠孝节义传千古，上天敕封

① 徐春雷：《桐乡蚕歌》，中国文联出版社2009年版，第51—52页。

圣帝君。

四支香烛四方明，娘亲含辛将我生，十月怀胎备辛苦，佛前礼拜报娘恩。

五支香烛敬马鸣，腊月十二正凌晨，一身白肉化龙蚕，玉帝敕封为蚕神。

六支香烛四月天，蚕娘收蚊[1]敬蚕神，贴肉焐种不离身，焐出乌娘万万千。

七支香烛闹盈盈，三眠出火敬蚕神，一斤出火分一筐，筐筐育出龙蚕身。

八支香烛敬八仙，宝宝大眠敬蚕神，日长夜大长得快，全身透明通脚边。

九支香烛升九天，龙蚕上山敬蚕神，前屋后厅都上满，柴龙铺到灶脚边。

十支香烛唱完全，落山采茧谢蚕神，颗颗茧子似鸭蛋，蚕花茂盛廿四分。[2]

蚕花水会这项民俗活动，在中华人民共和国成立后逐渐停止，直到1998年以后才被重视起来并加以恢复，双庙渚蚕花水会于2009年被列入第三批浙江省非物质文化遗产代表性项目名录。

（三）演蚕花戏

在过去，蚕农不但在生产、生活过程中吟唱蚕歌，还爱在每年清明前后，养蚕前夕请皮影戏班子演皮影戏，俗称演“蚕花戏”。[3] 也有的地方在采茧以后，如在乌镇，一般在蚕事结束后，蚕农们为了庆丰收、娱蚕神，会请来戏班连演三天蚕花戏。[4] “演蚕花戏”是遍及杭嘉湖地区的一种祭蚕神习俗。在嘉兴的海宁、桐乡、海盐一带，蚕花戏是皮影戏的一个必备演出剧目。

皮影戏也叫羊皮戏，旧时海宁、海盐、桐乡等地乡间活跃着很多羊皮戏戏

---

① 蚊：似应为“蚁”。刚孵出的幼蚕，黑色，形似小蚂蚁，一般称为“乌蚁”。

② 吴利民、张琳主编，颜剑明、褚红斌、陈亚琴编著：《桐乡高杆船技》，浙江摄影出版社2015年版，第123页。

③ 吴利民、张琳主编，祝汉明、徐春雷、褚红斌编著：《含山轧蚕花》，浙江摄影出版社2014年版，第142页。

④ 乐忆英：《乌镇民俗》，浙江人民出版社2014年版，第6页。

班子，一般由三四个人组成。演出时，用一张长方形的绵纸框作为屏幕，屏幕后面放一盏油灯，里面放豆油，燃一大把灯芯照亮屏幕。艺人们操纵羊皮制成的各式各样的戏剧人物造型，做各种表演，投影在屏幕上，供屏幕前面的观众观看，因此叫皮影戏。通常幕后一人演唱，二人伴奏。伴奏乐器一为锣鼓，一为胡琴兼唢呐，称为“正吹”。

养蚕前夕，一般由当地蚕农全村凑钱，合资雇请皮影戏班子到村里来唱一台“蚕花戏”。也有的是富裕的大户人家独自承担费用雇佣艺人前来演出，邀乡邻一同观看。届时，在某一户人家的正厅里，关上大门，供起一张八仙桌，桌脚下各自垫上一张长凳，将它垫得与对面的皮影戏戏台一样高，作为祭台。祭桌上供上蚕神像、香烛、祭品等，祭品一般是猪头一个、全鸡一只、生鲢鱼一条、厨刀一把、筷一把、盐一撮，再加上水果、老菱、荸荠、甘蔗、糕饼之类等。供桌上点燃香烛，香烟缭绕，艺人面对着蚕神开始演出整台皮影戏，村中老幼在戏台和祭桌中间的空地上观看。演戏剧目可以多种多样，但演完整本皮影戏之后，必定要加演一段《马鸣王菩萨》，预祝蚕花廿四分。此时，皮影戏纸幕上出现一个女子骑在马上奔驰的剪影，艺人则伴唱《马鸣王菩萨》。这首民歌包含古老的蚕桑神话、民间传说以及养蚕的全过程，内容在各地稍有区别。流行于桐乡的是下面这首《马鸣王送龙蚕》：

马鸣王菩萨下凡来，到侬府上看好蚕，
马鸣王出生啥所在，东阳义乌小姑村。
爹爹名叫陈百万，娘亲刘氏为诰命，
夫人所生三个女，眉清目秀貌非凡。
大姐二姐配夫官，三姐翠仙未成亲，
爹爹外出陷贼营，三姐拈香许愿心：
谁能救回老父亲，翠仙与他配姻缘。
白马作法腾云起，救回主人陈百万。
三姐应愿配夫君，百万闻知怒气生，
一箭射死后园马，剥下马皮挂厅前。
突然天空狂风起，马皮飞来裹翠仙，
马皮裹走女婵娟，落在桑园化蚕身。
玉帝闻知传旨意，敕封马鸣王为蚕神，
蚕神下凡来保佑，家家蚕花廿四分。

正月过去二月来，三月清明在眼前，
清明夜里吃了齐心酒，谷雨前后要看蚕。
红绸包袱包蚕种，轻轻捂在被里面，
隔脱三日看一看，张张蚕种绿茵茵。
左手拿起桃花纸，右手鹅毛轻轻掸，
快刀切叶金丝片，引出乌娘万万千。
看蚕娘娘用心计，日夜守在蚕房边，
三日三夜眠头眠，两日两夜眠二眠。
头眠眠得齐崭崭，二眠眠得崭崭齐，
梓树开花捉出火，楝树开花捉大眠。
大眠捉得筐头多，桑叶有点紧吼吼，
当家爹爹有主意，连夜开出几只买叶船。
一只开到石门去，一只开到庄部堰，
昨日叶价三块六，今朝贱脱一大半。
难为一摊①老酒钿，船里装得满堆堆，
拔起篙子就开船，连夜摇到桥洞边。
毛竹扁担两头尖，一挑挑到蚕房边，
宝宝吃了树头鲜，声音好比大雨天。
龙蚕看到五昼时，个个通到小脚边，
搭起山棚拉起簇，要将宝宝捉上山。
八十公公掇蚕匾，七岁官官掇考盘，
山棚地铺都上满，还有几埭小伙蚕，
上来上去没处上，只好上在灶脚边。
白玉龙蚕盘接盘，巧手弯弯上龙蚕，
隔脱三日看一看，满棚洁白像雪天。
大的茧子像鸭蛋，小的茧子像汤圆，
去年采得廿分半，今年采得廿四分。
雪白茧子斗来畚，丝车排到大门边，
东边好像鹦哥叫，西边好像凤凰鸣。
缫丝娘娘好手段，敲落丝车就开船，

① 摊：似应为“坛”。

粗丝要往杭州送，细丝要往湖州载。
银子卖了几百两，眉开眼笑回家转，
今年蚕花收成好，全靠马鸣王送龙蚕。①

各地的唱词因地域的差别有微小的差异，可能名称也不一样。在杭州余杭，被称为《蚕花本子》，在湖州长兴，叫作《马鸣王赞》：

蚕宝马鸣王正君，蚕王天子圣天帝。
听赞菩萨马鸣君，马鸣王菩萨进门来，
身骑白马坐莲台。
请问菩萨归何处，特来降福又消灾。
菩萨妙法九霄云，方便慈悲救万民，
观世音上广寒宫，马鸣王菩萨化蚕身。
看蚕娘子不知蚕宝何处寻，蚕身出在婺州城。
家住婺州东阳县，小孤村上有个刘氏女，
每逢初一半月去斋僧。
刘氏生下三个女，三位女儿貌超群。
大女二女早完婚，唯有三女不嫁人。
三女取名叫金仙女，年登十八正青春。
青丝细发蟠龙髻，聪明伶俐赛观音。
有朝一日身染病，看看病重在其身。
三餐茶饭全不吃，一病不起命归阴。
只有亲娘不舍得，买口棺材葬其身。
葬在花园桑树下，浑身白肉化蚕身。
上树吃叶无人晓，树头做茧白如银。
凡人见了白茧子，是要收来传万村。
男女见茧嘻嘻笑，上山采茧心欢喜。
摘茧公公多欢心，请得巧匠就把丝来做。
做丝须用拨温汤，做得细丝千万两，至今留下传万村。
自有好人收好种，万古流传有名扬。

① 徐春雷：《桐乡蚕歌》，中国文联出版社2009年版，第47—48页。

冬天穿了浑身暖；夏天穿了自然凉。
年年有个清明节，家家拜谢马鸣王。①

演出所用的绵纸(即屏幕，也叫桃花纸)俗称“蚕花纸”，等蚕花戏演完后，皮影戏艺人照例把这张纸揭下来，分成巴掌大小的几块，分送给蚕农们珍藏起来，等到养蚕时用来糊蚕箉，衬幼蚕用。当地习俗认为用“蚕花纸”糊蚕箉，可以得到蚕神送来的龙蚕，迎来蚕花喜气，带来蚕花丰收。② 此外，演戏时点灯照明用的灯芯，俗称“蚕花灯芯”，艺人也会按照惯例准备一大把，分赠给来看戏的蚕农。这些“蚕花灯芯”被认为是吉祥之物，届时拿来放在蚕室里(并不点燃)，可保佑蚕事顺利。看完蚕花戏以后，每家出一人作为代表，全村聚餐以示庆贺。③

各地因当地流行的民间戏曲不同，则有不同的戏曲班子来演唱蚕花戏。在湖州一带，盛行湖滩小戏。所以这里的蚕花戏是全村集资，邀请一个湖滩小戏班子来村里演出。在桐乡崇德，则演京戏。④

---

① 湖州市民间文学集成办公室：《浙江省民间文学集成·湖州市歌谣、谚语卷》，浙江文艺出版社1991年版，第266—268页。

② 徐春雷：《桐乡蚕歌》，中国文联出版社2009年版，第49页。

③ 齐涛：《生产志》(下册)，山东教育出版社2007年版，第421页

④ 同上，第421—422页。

第四章　杭嘉湖蚕歌与蚕乡经济

杭嘉湖蚕歌是当地民间文化的活的载体，反映了当地的社会现实，记录了杭嘉湖地区社会、经济、文化等诸方面的信息，可以作为当地地方史料的重要补充。因此，蚕桑经济在杭嘉湖农村占有的重要地位在不少蚕歌中都有体现。通过各地流传的蚕歌，可以在某种程度上了解当地农村的家庭经济情况。

第一节　蚕歌中的杭嘉湖农村经济特征

中国自古“以农立国，农桑并重”，历代“天子亲耕，皇后亲蚕”，由此可见统治者对蚕桑的重视程度。蚕桑是关系国计民生的大事，三国时杭嘉湖所在的吴国景帝孙休下《务农桑诏》云：夫一夫不耕，有受其饥；一妇不织，有受其寒。饥寒并至，而民不为非者，未之有也。在杭嘉湖蚕桑业的发展过程中，孕育和流行至今的蚕歌作为历代史料的补充，反映了当地农村的经济特征。

一、蚕歌反映了杭嘉湖地区蚕桑业的分布特点

在杭嘉湖地区流行的长篇蚕歌《马鸣王化龙蚕》的“分蚕”一节中，详细描述了玉皇大帝派太白星君与通灵太乙仙下凡分发花蚕的经过，其分发范围即杭嘉湖地区的蚕桑分布范围，读来饶有兴味。

玉皇大帝传令旨，又差通灵太乙仙：
封你蚕王为天子，落乡下界去分蚕。
太乙二仙就动身，腾云驾雾到江南。
杭州府，分九县，处处有花蚕。
嘉兴一府分七县，湖州八县尽分全。

南到海为界，北至太湖边。
松江无有花蚕种，富阳西首也无蚕。
大朝神圣起首分一半，二斤出火一筐蚕，
越分越少少花蚕，分到桐乡也心酸。
分斤半，一筐蚕，也采廿斤宽。
一两出火一斤茧，总是收成一样欢。
分到塘北去，真正少花蚕。
左思右想无摆佈，一斤出火一筐蚕。
一两出火斤半茧，一样收成总是宽。
看看相近洞庭川，分到太湖蚕也完。①

这首蚕歌里描述的分到各地区的蚕种重量和蚕茧收成比例，恰好基本对应了杭嘉湖及周边各地蚕桑所占的大致比例，这正是杭嘉湖及周边地区蚕桑分布特点的写照，尤其是与现在的杭嘉湖蚕区的最主要的 11 个县(市、区)基本相一致，反映了当地农村以蚕桑业为主要副业的经济结构。

二、蚕歌反映了杭嘉湖地区蚕桑业的发展历程

“农桑并重”是古代中国农村经济的重要特点，因此种桑养蚕在这种经济结构中就占有重要地位，这种经济结构也反映在蚕歌中。

在杭嘉湖地区，当地农民往往习惯于将农业生产称为“田蚕”。“田蚕”有两层含义，亦即农家的主业“种田”和副业“养蚕”。当地农村土地可分为两种，称为“田地”，指两种不同用途的土地。“田”指“水田”，地势低，适合种植水稻；“地”指“旱地”，地势高，适合种植桑树。杭嘉湖地区对土地的利用既合理又高效，无论是平原还是丘陵，房前屋后、墙边檐下、池塘岸边，“无地不桑”。

“田蚕”这种说法由来已久，早在南朝时期的民歌中就已出现，并经常出现在现在的蚕歌中。如《子夜四时歌》夏歌中的一首：“田蚕事已毕，思妇犹苦身。当暑理絺服，持寄与行人。”隋唐时，全国的蚕桑业主要分布在黄河下游地区、四川盆地以及太湖流域，并以前两者为重点，之后东南地区逐步崛起，杭嘉湖地区的蚕桑业开始崭露头角。宋代以后，杭嘉湖地区蚕桑业开始迅速发展，形成南盛北衰之势，当地所缴纳的丝及制品税赋所占的比重也越来越大。

① 徐春雷：《桐乡蚕歌》，中国文联出版社 2009 年版，第 58—59 页。

据《宋会要辑稿》记载,宋时杭嘉湖所在的两浙路所缴纳绢、绌、丝绵税赋数量均已达到各路之首,分别为六十七万三千余匹、十万四千余匹及二百万四千余两,远超其他地区。[①] 这给杭嘉湖地区的蚕农带来了沉重的负担,正如第一章所述宋时流行于临安一带的《采桑曲》所描写的那样:"晴采桑,雨采桑,田头陌上家家忙。去年养蚕十分熟,蚕姑只着麻衣裳。"

在宋代,杭嘉湖蚕桑业处于重要地位的另一个体现是宋高宗封蚕神马头娘为"马鸣大士",因当地的蚕农们对这一时期的蚕桑快速发展印象非常深刻,因此民间传说中蚕神出现的时间也变成了宋代,从而反映在杭嘉湖及周边各地流传的蚕歌中。如"龙蚕娘住海宁城. 海宁城外潘家村。龙蚕不是今年出,宋朝手里到如今"(湖州长兴)、"马鸣王菩萨勿是今年出、旧年出,宋朝手里到如今"(嘉兴海盐)、"马明王菩萨勿吃荤来便吃素,宋朝手里到如今"(江苏吴江)等。

三、蚕歌反映了杭嘉湖地区蚕桑业所占经济的比重

杭嘉湖蚕桑业在明中期以后有了很大发展,清代达到鼎盛,家家栽桑、户户养蚕。蚕桑业经济效益显著高于稻作收益,成为蚕农重要的经济来源,在经济中处于举足轻重的地位。据《沈氏农书》和张履祥《补农书》记载的相关资料计算,明中期,湖州一带种桑的产值已经高出种稻一倍;清初时,桐乡一带种桑的收益甚至达到了种稻的 4.6 倍。[②] 天启《海盐县图经》卷四云:"桑柘遍野,无人不习蚕矣。"明顾炎武《天下郡国利病书》云:"崇邑田地相埒,故田收仅足支民间八个月之食,其余月类易米以供。公私仰给,惟蚕息是赖,故蚕务最重。凡借贷契券,必期蚕毕相偿。"[③]康熙《德清县志》载:明洪、永、宣德年间,敕县植桑报闻株数,以是各乡桑柘成阴,蚕缫广获。今邑中穷乡僻壤无地不桑,季春孟夏时无人不蚕,男妇昼夜勤苦,始获茧丝告成,输课完租,聊给衣食。[④] 咸丰年间举人、乌程(今浙江湖州)人汪曰桢在《湖蚕述》自序中写道:蚕事之重久

---

① [清]徐松辑,刘琳等校点:《宋会要辑稿》《食货六四》,上海古籍出版社 2014 年版,第 7733—7735 页。

② 滕复等:《浙江文化史》,浙江人民出版社 1992 年版,第 318 页。

③ [清]顾炎武撰,华东师范大学古籍研究所整理,黄珅、严佐之、刘永翔主编:《顾炎武全集》15《天下郡国利病书四·浙江备录下·崇德志》,上海古籍出版社 2011 年版,第 2471 页。

④ [清]侯元棐等修,[清]王振孙等纂:《德清县志》卷四《食货考·农桑》,成文出版社有限公司 1983 年版,第 165—166 页。

矣,而吾乡为尤重,民生利赖,殆有过于耕田。[①] 清中期以后出现了“桑争稻田”和“以丝佐谷”的现象。[②]

近代以来,尤其是清末民初,随着蚕业技术的改良和进步、民族缫丝工业的发展,杭嘉湖一带的蚕桑业得到了迅猛发展。1923 年全省桑园面积达到史上最大,杭嘉湖地区的吴兴、杭县、嘉兴、海宁为前四位;1931 年全省的蚕茧产量达到史上最高,全省超过一万担的有 16 个县,杭嘉湖地区就占 12 个县。[③] 据抗日战争前《崇德农村调查》记载,对崇德(今属嘉兴桐乡市)县境的东、西、南、北 5 个乡的 280 户农民调查,1928 年度,蚕桑生产收入占农户总收入的 61.13%。[④] 抗日战争爆发后,浙江的蚕桑业遭到了极大的破坏。中华人民共和国成立以后,杭嘉湖地区的蚕桑业迅速恢复了活力并扩大生产。在 20 世纪 60 年代,杭嘉湖地区蚕茧产量占全国三分之一;20 世纪 80 年代,占全省的 76.9%,占全国的五分之一。[⑤] 据《浙江省蚕桑志》统计,杭嘉湖蚕区“1984 年桑园面积 84.07 万亩,占全省桑园总面积的 65.51%,生产蚕茧 52948 吨,占全省蚕茧产量的 75.5%,亩桑产茧 62.99 公斤,高于全省平均的 15.2%。全区有 286 个乡(镇)、3191 个村、79.3 万农户经营蚕桑生产,分别占全区乡、村和农户总数的 80.34%、83.48%和 63.25%。蚕桑生产的经济收入在农业经济结构中,仅次于粮食,居第二位,1984 年蚕茧产值 29414 万元,占农业产值的 13.90%”。[⑥] 可见蚕桑经济对于杭嘉湖地区的重要性。

蚕桑在杭嘉湖的重要性,在很多的民间谚语中也有形象的描述。如桐乡农谚“吃饭靠种田,用钱靠养蚕”“上半年靠蚕、下半年靠田(粮)”“桑是摇钱树,蚕是聚宝盆”“蚕好用一年,田好吃一年”“桑剪刮刮响,勿是肉来就是鲞”“种竹养鱼千倍利,不及采桑四十天”等。湖州农谚“蚕是农家宝,一年开销靠”“一亩桑园,三亩庄田”等。杭州余杭农谚“种得一亩桑,可免一家荒”“种桑养蚕,一

---

① [清]汪曰桢撰,蒋猷龙注释:《湖蚕述注释·湖蚕述自序》,农业出版社 1987 年版。

② 滕复等:《浙江文化史》,浙江人民出版社 1992 年版,第 318 页。

③ 《浙江省蚕桑志》编纂委员会:《浙江省蚕桑志》,浙江大学出版社 2004 年版,第 62 页。

④ 见 1961 年《嘉湖蚕桑资料·民国时代生产概况》。转引自顾希佳:《东南蚕桑文化》,中国民间文艺出版社 1991 年版,第 11 页。

⑤ 钱旭庭、王丕承:《杭嘉湖地区蚕丝发展的设想》,《蚕桑通报》1984 年第 3 期,第 7—10 页。

⑥ 蒋猷龙主编,《浙江省蚕桑志》编纂委员会编:《浙江省蚕桑志》,浙江大学出版社 2004 年版,第 67 页。

树桑叶一树钱”“家有百株桑，一家吃不光”等。[1] 这些农谚在人们长期生活中被提炼和加工，有的演变为通俗的蚕歌蚕谣，[2]如流行于杭嘉湖及周边各地的《做天难做四月天》等。

除谚语外，杭嘉湖蚕乡的这种经济现象和特征更为常见地在蚕歌中反映出来。很多蚕歌详细地描述了蚕农精心养蚕获得了蚕茧丰收，卖掉蚕茧或者蚕丝后得到丰厚报酬的情景。通过养蚕获得的收益，蚕农家庭生活和经济得到重要保障。小到制作新衣，大到办嫁妆，甚至建新楼房和置办田庄土地等，都依赖养蚕所得。当然这其中可能有艺术形式的夸张，包含了他们对美好未来的憧憬，但是不可否认蚕桑业作为蚕乡经济支柱的地位凸显。如“看蚕好叫得一个月，古话叫蚕好半年宽”（《早年景致》）、“蚕茧抽丝织丝绸，卖钱又好做衣裳”（《看春蚕》）、“缫丝织绸制衣服，穿在身上轻又软”（《养蚕歌》）、“粗丝要往杭州送，细丝要往湖州载。银子卖了几百两，眉花眼笑回家转。一个存心办嫁妆，一个想要楼房盖”（《蚕花谣》）等。

其中一些歌词表明了蚕农除了勤奋、吃苦耐劳之外，还不乏精明的经济头脑，如把蚕丝保存到明年淡季出售，可以卖个更高的价格等。如下面这些蚕歌中所唱的：“东家老板运气好，卖丝卖在贵头上。五两银子来开价，后来卖得几百外。丝行里头排头家，银子卖了几千外。东家老板想要放，东家娘娘想要藏；不要放来也不要藏，到杭州城里去开爿大钱庄”（《龙蚕娘》）、“藏到来年菜花黄，卖丝银子桶来装”（《蚕娘个个喜洋洋》）、“敲下新丝三百车，放到明年茶开花，一个客商贩不起，两个客商方开包，要买七七四十九只大元宝。铜钿多来派啥用，先给宝宝盖只绣花厅。铜钿多来派啥用？再给官官造只读书厅”（《蚕花歌》）、“敲脱丝来挨到来年桃花红来菜花黄。南京客人未曾晓得，北京客人上门来买。铜钿银子呒啥用，婚男配女买田庄。高田买到南山脚，低田买到太湖浪”（《蚕花经》）。

在过去杭嘉湖一带的农村，要想过上衣食无忧的体面生活，一般认为基本上要通过以下几种途径：读书做官、开店经商和务农。但是从当时的社会现实来看，做官需要十年寒窗苦读，非常辛苦，还不一定能够如愿；经商需要跟形形色色的人打交道，整天要讨债要账，绞尽脑汁盘算成本收益，也很劳心劳力；而种田周期太长，至少要半年才能有收获，而且收益不高。只有养蚕，只需靠自己辛苦劳动一个月左右就能“发财”，收益高于种田，是最高效、高利润的劳动。

---

① 王藻：《西溪民间语言趣谈》，杭州出版社 2013 年版，第 4 页。

② 费莉萍主编，周江鸿编著：《德清扫蚕花地》，浙江摄影出版社 2014 年版，第 25 页。

流行于海盐的一首骚子歌《蚕花书》，就将杭嘉湖蚕农的这种精明务实的心理描述得明明白白："细丝经足无其数，粗丝经来做绢着。上年搁着涨了价，今年摆到开春卖。卖丝银锭锭蛮大，兑铜钿个个托白。看花蚕一朝发财，就买田地置四界。做官好读书辛苦，看文章起早落夜。开店好讨债惹厌，做商客算盘打煞。种田总要六个月，日脚拖长赶勿着。只有花蚕果然快，见了如同变戏法。"可见养蚕对杭嘉湖地区农民来说确实是效益比较高的一种生产活动。

第二节　蚕歌中的杭嘉湖农村女性地位

历史上很多时期，蚕桑业都是税赋的主要来源，导致历代征收的蚕丝税赋一直很重。蚕桑丝绸在农家经济中占有的地位越来越重要，尤其是明清以来，农民的生产重心更多地向蚕桑倾斜，以家庭为主的劳作结构也随之发生了变化，在杭嘉湖农村女性创造的经济效益越来越高，因而对女性所处的家庭和社会地位也产生了一定的影响。

一、蚕歌中女性在蚕桑业中的绝对支配地位

一直以来，养蚕、缫丝、织绸等生产劳动，绝大多数都是由女子承担的。[①] 在漫长的封建社会，杭嘉湖农村一直基本处于以家庭为单位的以小农经济为主的农耕社会。由于传统的"男尊女卑"封建思想的影响，无论是在社会还是在家庭，女性地位一直比较低下。在农村，虽然女子一样参与劳动，但是因为先天的体力方面的限制，绝大多数处于辅助和次要的地位。

在明以前，杭嘉湖农村主要是"夫妇并作"的家庭劳动分工形式，农家女性不但承担了采桑、养蚕、缫丝、丝织等劳动，也同样参与田间劳动。[②] 宋代李觏在《富国策第三》中论述蚕丝生产时说：东南之郡……平原沃土，桑柘甚盛。蚕女勤苦，罔畏饥渴。急采疾食，如避盗贼。茧簿山立，缲车之声连甍相闻，非贵非骄，靡不务此，是丝非不多也。……工女机杼，交臂营作，争为织巧，以渔倍息。[③] 在江南水乡，除了养蚕外，踏车戽水这样的体力劳动也往往落在女性身上，正如宋代归安（今浙江湖州）人刘一止《苕溪集》卷三《水车》所描写的那样：

① 浙江民俗学会：《浙江民俗》，上海文艺出版社1991年版，第343页。

② 李伯重：《从"夫妇并作"到"男耕女织"——明清江南农家妇女劳动问题探讨之一》，中国经济史研究1996年第3期，第101—109页。

③ [宋]李觏：《李觏集》卷十六《富国策第三》，中华书局1981年版，第137页。

“嗟我妇子脚不停,日走百里不离家。”

明中叶到清前中期,杭嘉湖地区蚕桑业经过大力发展,达到了鼎盛时期,“桑争稻田”的现象不断出现,形成了“良田种桑”“以丝佐谷”的新农业结构。[①]这样一来,导致了人均耕地面积的减少,下田劳动需要的劳动力也相应减少,耕田逐渐成为农家男性的主业,女性参与度逐渐减少。在这一时期,蚕桑的工作量和劳动强度随着蚕桑业的发展而不断加大,耗费的时间和精力越来越多。养蚕虽然不像耕田那样需要多么强的体力,但是更需要劳动者具备细心、耐心、恒心和一定的技术与技巧,需要精细轻柔的手工操作。此外,养蚕期间,除了采桑外,大部分时间都要在蚕室内劳作,要求劳动者必须整日待在家中,这都符合江南农妇的生理和生活特点。[②] 以上这些劳作的特点决定了蚕乡的女性几乎承担起全部的蚕桑工作,将更多的时间和精力投入蚕桑业,以致无暇顾及田间劳动。因此“夫妇并作”的劳作方式开始转型,“男耕”和“女织”的劳作方式进一步区分开来,分工更加明确和专业化。民国《浙江续通志稿·风俗》记载,清代的桐乡“男服耕业,女尚蚕织,易致富贵”。

在杭嘉湖蚕乡,养蚕被视作农家妇女必备的技能和必须要做的分内事,如果谁不愿做或做不好,就会被别人耻笑,被视为“懒婆娘”。在蚕歌中,不乏对这种家庭劳动分工模式的描写。

流传于平湖的《看春蚕》这样唱道:

正二三月勤修桑,四月里来养蚕忙。
蚕大会做茧,好比养儿郎;
廿天春蚕勿要看,[③]这个媳妇是懒娘![④]

在湖州,有一个详版的异文:

正二三月勤修桑,四月里来养蚕忙。
养蚕先要有桑叶,姑娘阿嫂去采桑。
桑叶铺在蚕眠床,绿绿叶,白白蚕,

① 滕复等:《浙江文化史》,浙江人民出版社 1992 年版,第 318 页。
② 杜芳琴、王政:《中国历史中的妇女与性别》,天津人民出版社 2004 年版,第 389 页。
③ 春蚕从幼蚕到结茧,前后只需二十多天。
④ 朱秋枫:《浙江民间歌谣》,浙江人民出版社 1981 年版,第 131—132 页。

吃叶好像细雨降。
蚕大要做茧，放在蚕山上。
蚕茧抽丝织丝绸，卖钱又好做衣裳。
廿天春蚕不要看，这个媳妇称懒娘！①

在蚕月，正赶上农田插秧的繁忙时节，家里男耕女蚕，各司其职。如《芒种忙》(嘉兴嘉善)所唱的那样：芒种忙，芒种忙，哪有闲人在路旁；男家手里都有一把秧，女家手里都有一篮桑。②

如果蚕月实在太忙，家里的男性也会参与采桑等劳动，如杭嘉湖当地的一则谚语说的那样：男采桑，女养蚕，四十五天就见钱。有时甚至不分男女老幼，全家一起上场。如不少蚕歌中所唱的“八十公公垛毛柴，七岁倌倌端栲盘”“八十公公来撒蚕，七岁孩童端金盘，上簇好比大节日，男女老少忙开怀”等。

上海的宝山县流行的一首《养蚕娘子格外忙》，用自问自答的方式，描写了蚕乡女性的辛苦：除了要养蚕外，还要参与插秧等田间劳动。另外还表达了对住在高楼的富贵人家小姐不事稼穑却锦衣玉食的不公平社会的不满，同时又充满了作为劳动者对辛苦种田、养蚕获得丰硕劳动成果的自豪。

小麦青青大麦黄，养蚕娘子格外忙；
才把蚕儿送到山上去，又要在田中插新秧。
插青秧，想爷娘：
“爷娘，爷娘！为何不生我在高楼上？
却生我在田中晒太阳！”
“晒太阳，不算苦，
高楼上的小姐也靠我，
没有爷娘没有我，她们身上哪有丝罗套？
她们嘴里哪有珍珠数？”③

养蚕异常繁忙辛苦，蚕乡女性在整个养蚕季节，从采桑到养蚕都是主力

① 浙江人民出版社：《浙江歌谣选集》，浙江人民出版社1954年版，第104—105页。
② 朱秋枫：《浙江民间歌谣》，浙江人民出版社1981年版，第46页。
③ 上海民歌编辑委员会：《千年封建连根拔》(上海歌谣集之十)，上海文艺出版社1958年版，第83—84页。

军，起早贪黑，废寝忘食。忙的时候甚至来不及梳洗，“蓬头赤脚一个月”，孩子都顾不上照顾，正如《养蚕歌》里唱的那样：“一到四月五月天，家家养蚕不得闲。哪怕日日忙辛苦，只怕蚕饿不结茧。叶大要拿刀切细，叶湿要用布擦干。儿啼女哭顾不得，把蚕当作儿女看。”这首歌正是蚕月蚕娘的真实写照。清代费南辉《西吴蚕略》卷下这样写道：

> 自头蚕始生至二蚕成丝，首尾六十余日，妇女劳苦特甚。其饲之也，篝灯彻曙，夜必六七起。叶带露则宜蚕，故采必凌晨，不暇栉沐。叶忌雾，遇阴云四布，则乘夜采之。叶忌黄沙，遇风霾则逐片抖刷。叶忌浇肥，必审视地土。叶忌带热，必风吹待凉。饲一周时须除沙屑，谓之替，替迟则蚕受蒸。叶必遍筐，不遍则蚕饥。叶忌太厚，太厚则蚕热。俟其眠，可少省饲叶之劳。又须捉而秤之以分筐。将起，有煎爆、油腥之戒。起必待齐然后饲叶，不齐而遽饲之，则至老早晚参差。皆一定之法，稍不经意，其病立见。富室无论已，贫家所养无多，而公家赋税、吉凶礼节、亲党酬酢、老幼衣著，唯蚕是赖，即唯健妇是赖。顾利殊有限，丰收三五载，汔可小康。如值桑叶涌贵，典衣鬻钗，不遗余力。蚕或不旺，辄忘餐废寝，憔悴无人色，所系于身家者重也。男丁唯铺地后及缫丝可以分劳，又值田功方兴之际，不暇专力从事，故自始至终，妇功十居其九。①

可见在杭嘉湖农村，“唯蚕是赖，即唯健妇是赖”。“妇功十居其九”，对于杭嘉湖蚕农家庭的女性来说，这一评价真是当之无愧。

养蚕结束并不意味着就可以轻松下来，接下来还要缫丝、制绵，有的蚕娘还要织绢，一年到头忙忙碌碌不得清闲。乾隆《乌程县志》卷十三《风俗》引《东林山志》说：女工唯育蚕缫丝最为勤苦。余时多暇，惟撚棉线绩苎者。② 近代以来，虽然农家女性主要忙于养蚕，但如果是在养蚕过后的农忙时期，她们仍然要承担田间劳动。海盐的一首骚子歌《水漫景致》描写了光绪年间的农家生活：“小满、芒种雨水少，户上秧田动双车。……五月廿五勿落雨，八十岁的婆

---

① [清]程岱葊：《西吴蚕略》卷下《妇功》，续修四库全书第978册《子部·农家类》，上海古籍出版社1995年影印本版，第162页。汪曰桢《湖蚕述》称作者为费南辉。

② [清]罗愫、[清]杭世骏修：乾隆《乌程县志》卷十三《风俗》，《中国方志丛书》华中地方第五九六号，成文出版社有限公司1983年版，第854页。

婆要踏车。”甚至农妇怀孕足月时都要来帮忙，连续踏车几天几夜的高强度劳动，导致孩子都生在了田里：“天公做来真无话，男男女女要踏车。一家夫妻两个，娘子十月满足。踏车要去寻人，娘子也来相帮。连踏三日三夜，踏得头眩眼花。销子一断脱链，害得小囡震落。田角落里汰个浴。小囡大来叫‘车福’。”①

杭嘉湖蚕乡女子心灵手巧、勤劳能干，其采桑、养蚕、缫丝所带来的经济效益甚至超过种田的收益，成为家庭经济的顶梁柱。清初桐乡大儒张履祥在其《补农书》中这样说道：“女工勤者，其家必兴。女工游惰，其家必落。正与男事相类。……且夫匹夫匹妇，男治田可十亩，女养蚕可十筐，日成布可二匹，或纺纱八两，宁复忧饥家乎？”嘉庆年间桐乡县令李廷辉曾作《蚕桑词》写道：“不踏嘉禾风土遍，哪知女织胜男耕？”②

二、蚕歌中女性在家庭中的主导地位

有不少蚕歌描述了蚕农的家庭生活。从中可以发现一个有趣的现象，就是农家主妇出现的次数比较多。她们除了是采桑养蚕这件家庭大事的绝对主角外，日常家庭事务的处理一般也由她们做主。

每年的春节或者清明期间，无论是自己上门送蚕花（乞讨）还是主人请到家里举办赕佛仪式的民间艺人，所唱的蚕歌在提到主人时，“当家娘娘”或者“东家娘娘”出现的次数，远远多于“主东君”“当家老板”出现的次数。如“当家娘娘看蚕好，茧子采来像山高；当家娘娘为人好，滚进几千大元宝”（《赞蚕花》）和“当家娘娘有主意，蚕种包好放在被里面。当家娘娘手段好，鹅毛轻轻掸介掸。当家娘娘有主意，攀根桃枝鞭介鞭”（《蚕花谣》），以及“当家娘娘接了蚕花去，一瓣蚕花万瓣收”（《蚕花歌》）。艺人们用夸张的言辞夸赞女主人的精明能干，充分满足了蚕农祈盼蚕花丰收的愿望。从中也可以看出，农村家庭的“当家娘娘”出面负责处理家庭事务是当时社会上很普遍的事情，否则的话蚕歌里出现的就应该是“当家老板为人好，滚进几千大元宝”了。

在一些比较隆重的场合，“当家娘娘”的作用仍然很突出。比如女儿出嫁时，“拔蚕花”这个仪式是由母亲把从女儿头上拔下来的蚕花放到自家灶山上。

① 海盐县民间文学集成办公室：《中国民间文学集成·浙江省嘉兴市海盐县故事、歌谣、谚语卷》，海盐县民间文学集成办公室 1989 年版，第 785—786 页。

② ［清］严辰：光绪《桐乡县志》卷七《食货志》下《农桑》，《中国方志丛书》华中地方第七七号，成文出版社有限公司 1970 年版，第 293 页。

而新娘子在新郎家大门前进行"接蚕花盆"这个仪式时，要与新郎两人捧住蚕花盆走进大门，由婆婆接过去放在公婆房间里。

由于妻子养蚕带来的收益较高，所以在前面那首蚕歌《三月清明到》中，因清明过后妻子养蚕就要忙碌起来，丈夫为了犒劳讨好她，才给她喝了三杯泡白糖的红酒。但也导致她头重脚轻、迷迷糊糊中不小心把蚕种烘焦了，遭到丈夫的打骂。为了养蚕这件大事，妻子只好跑回娘家想办法。问爸爸，爸爸说不管家里的账目，让她去问妈妈拿主意。结果还是由妈妈做主，让女儿将家里剩下的蚕种带回去重新孵化，事情得到圆满解决。

在养蚕时节，随着蚕宝宝越长越大，桑叶需求量大增，家里的桑叶告急，是否需要买、什么时候买、到哪里买、买多少桑叶等决断，算是比较重要的家庭经济事务了。这时候蚕农夫妻一个是判断桑叶需求情况，"当家大伯有主意，桑园地里转一转。旧年老叶勿缺啥，今年老叶缺二千"；一个是当机立断，决定外出买叶，"当家娘娘有主意，连夜开出二只买叶船。一只开到许村去，一只开到章埠埝"。有的是夫妻俩详细分析讨论今年的蚕情："今年眠头做得齐。今年的花蚕看得出。上年的桑叶正好吃。今年看来缺一半。"之后"连夜开出两只买叶船，一只开到桐乡县，一只开到石门湾"，抓紧时间去买叶。在茧子丰收后缫丝量大增，需要另请帮手，于是"当家娘娘有主意，今年要唤做丝娘"。由此可见，无论是日常生活还是重要的家庭事务，女主人的决断权并不比男主人少，农家夫妻在家庭的地位还是相对比较平等的。

蚕歌中描述的上述现象，让我们可以了解到这样一个状况：近代以来，杭嘉湖农村家庭固然仍是女子主内的模式，主妇仍然主要负责家庭事务。但是从另一个方面来说，她们主要负责养蚕，养蚕带来的收入不亚于丈夫种田的收入，有时甚至更高一些。除了养蚕外还参与田间劳动，更不用说还承担着家务重担，可以说对家庭的贡献超过丈夫，所以才会有养蚕前夕"男人家想讨好，红酒里面白糖泡"这种事情的发生。此外，她们可以自己决断很多家庭事务，在很多家庭大事上基本可以具有与男主人相等的权利。

总之，在旧时①的杭嘉湖农村，蚕桑生产进一步解放了妇女劳动力，增加了家庭的收入，促进了社会的繁荣，②这一切都是与杭嘉湖蚕区女子的辛勤劳动分不开的。蚕乡农家中女性劳动力创造的经济价值不少于男性劳动力，可

① 之所以称"旧时"，是因为我们所接触到的或者说本书涉及的大部分蚕歌都是明清传下来的，到民国时期为止，反映了那个时期的社会现实。

② 高燮初：《吴地文化通史》，中国文史出版社 2006 年版，第 1487 页。

以说是女子撑起了家庭经济的半边天。虽然社会上"男尊女卑"的大环境没有多大改变，但是她们在家庭中还是有了一定的话语权，相对来说家庭地位、社会地位较其他地区高一些。

第五章　杭嘉湖蚕歌的保护、传承与推广

杭嘉湖蚕歌产生、流行、传播于杭嘉湖蚕区，最直接、“最敏感、最迅速”、最密切地反映了杭嘉湖蚕乡人民的日常和社会生活。① 它蕴含了丰富的蚕桑文化，表现出显著的蚕乡地方特色，是十分珍贵的研究蚕桑文化的历史资料和民间文化遗产，同时也是研究吴语方言的重要资料。② 因此，在蚕桑文化和蚕歌日益衰落的今天，对蚕歌的保护、传承与推广，使之重新焕发出生机和活力，就成为摆在人们面前的一个重要课题。

第一节　现状与问题

蚕歌来源于现实社会，反映了蚕乡的种种社会现象，当这个社会现实发生改变的时候，势必会影响到蚕歌的生存状态。

与蚕歌产生和发展的年代相比，进入 21 世纪以来，整个社会处于急剧变革和发展的转型期，社会结构发生了质的改变，科技进步、经济腾飞、中外文化的密切交流和碰撞，导致人们的思想观念和生活观念发生了巨变，变得越来越多元化。生活节奏的加快，导致了全新的生活方式。

随着内外社会和经济环境的改变，杭嘉湖地区的经济结构随着“东桑西移”的大力推进而逐渐调整，在蚕乡养蚕的人越来越少，基本都是老年人，青年人一般都进厂做工了。蚕桑业逐渐衰退，导致蚕桑文化随之衰落。蚕桑文化孕育出的蚕歌也随之逐渐淡出我们的视线，慢慢成为人们的记忆。在杭嘉湖农村，城乡经济结构进一步调整，随着农村城市化进程的加快，各种令人眼花缭乱的娱乐活动，占据了蚕农的空闲时间，导致蚕歌不再像过去那样是蚕农的

---

① 江明惇：《汉族民歌概论》，上海音乐出版社 2004 年版，第 14 页。

② 吴建英、钱亚军：《中国吴文化特色教程》，作家出版社 2011 年版，第178 页。

主要娱乐方式。思想观念的开放，使得蚕区传统的婚俗也越来越淡化。仅以表现蚕乡传统婚俗的婚礼仪式蚕歌来说，同世界上大多数年轻人一样，古老的蚕歌被认为是落伍的、老土的，基本上很少有人现在还愿意接受传统的唱蚕歌的结婚仪式。现在年轻人大都喜欢西式婚礼，身着白纱裙，播放婚礼进行曲，婚礼上各种仪式也与传统婚礼大相径庭，传统的拨蚕花、撒蚕花等仪式和蚕花仪式歌早就失去了用武之地。

另外，杭嘉湖蚕歌与当地蚕农的生活息息相关，属于特定地域范围内的特定人群创作和传唱的歌谣，因而群众基础薄弱，受众面窄，重点分布于杭嘉湖蚕桑业核心区域，传播传承范围受到了一定的限制。

以上种种因素结合起来，导致蚕歌在蚕乡的地位一落千丈。随着赖以生长的土壤慢慢消融，蚕歌逐渐成了无源之水、无本之木，将要面临消亡的危险。但是，蚕歌作为一种口头的非物质文化遗产，其文学、艺术研究价值和人文研究价值不会消失，反而会越来越高，成为相关的文艺创作可资借鉴的丰富源泉，[①]这也是人们再三强调对非物质文化遗产加强保护的意义所在。

蚕歌作为蚕乡的一种口头文学，主要依靠口耳相传，无实物器具及制品作为传播载体，保存、传承殊为不易。以杭嘉湖蚕歌的代表桐乡蚕歌为例，早在20世纪80年代，桐乡蚕歌就已经引起民间文学工作者的关注，逐渐挖掘整理了不少的蚕歌。所幸的是，当地相关部门也早就认识到传统文化的重要性。在当地文化部门和业内人士的辛勤付出和不懈努力下，2009年，桐乡蚕歌被列入第三批浙江省非物质文化遗产名录，得到了保护。

目前桐乡蚕歌列入非遗名录已经十年，但其保护和传承形势仍然不容乐观，仍然面临着严峻的考验。

首先是传承人问题。作为一种口头文学，人本身是蚕歌的传播载体，传承人决定了蚕歌的生命力，缺乏传承人，也就意味着蚕歌的消失。20世纪80年代第一次民间文学普查时，桐乡全境能唱蚕歌的歌手还有20多人，2008年的时候，桐乡蚕歌传承人之一沈菊英已经94岁，另一传承人褚林凤也已79岁，[②]到2010年左右的时候能唱蚕歌的就只剩下三五人，且已经七八十岁。目前，桐乡蚕歌唯一的非遗代表性传承人褚林凤今年已经九十高龄，蚕歌传承人青

---

① 汪榕培等：《吴歌精华：献给第27届世界文化遗产大会》，苏州大学出版社2003年版，第2页。

② 刘伟侠、凌冬梅：《嘉兴蚕歌及其保护与传承》，《科技展望》2016年第20期，第263—264，267页。

黄不接,后继乏人到了令人吃惊的地步。

其次是宣传问题。笔者于2019年清明节期间分别去了嘉兴桐乡洲泉镇、洲泉镇清河村双庙诸以及湖州南浔区善琏镇的含山参观蚕花庙会,实地采访了一批当地人了解关于蚕歌的现状,结果让人大失所望。在当地,四十岁左右的中年人已经不知道蚕歌是什么,七十多岁的老人家有的说不知道是什么,有的说早就没人唱了,他们自己也不会,至于年轻人就更不用说了。可见目前即使在杭嘉湖当地——蚕歌的主要流传地,对蚕歌所知者也非常之少,蚕歌目前所处的尴尬境地也就可想而知了。

第二节　保护与传承

对于濒危状态的口头文学的保护和传承历来是一个世界性难题,涉及方方面面,是一个复杂的系统工程。个人的力量毕竟杯水车薪,尤其需要政府部门出面牵头,从政策上引导,从法律上保护,从经费上支持,建立健全一系列的政策法律法规,从根本上保证发展方案的顺利实施。

纵观世界各国对非物质文化遗产保护的基本原则和惯常做法,比较行之有效的就是"抢救第一,保护为主;保持风格,寻求发展",也就是俗称的"两条腿走路"①。杭嘉湖蚕歌,现阶段仍然需要深入民间搜集,已经挖掘整理好的需保护和传承保持原汁原味的蚕乡特色,培养新生后备力量。

在对桐乡蚕歌的挖掘和保护过程中,它虽然被列入省级非遗名录,但是却没有达到人们预期的效果。同样作为吴歌的分支,性质类似的嘉善田歌的保护和传承就取得了相对比较好的效果,诸如编写教材、创办研习所、举行研讨会、改编成各种剧目等都是一些比较行之有效的措施,有很多值得借鉴的地方。② 在现有的蚕歌保护和传承措施基础之上,仍然有很多努力的空间可以进一步扩展,有很多保护渠道可以拓宽。

一、重视纸本文献的收集整理

蚕歌通过口耳相传,流传到现在的,都是离现在年代比较接近的。虽然经抢救搜集的口头文献已经有不少,但仍然只占一部分而已。仅以20世纪80年代的民间文学全国普查来说,最后收入歌谣集的都是再三挑选筛除后的蚕

① 金梅:《嘉善田歌》,浙江摄影出版社2014年版,第133页。

② 同上,第137—149页。

歌，很多仍然散落民间或者存于相关部门的档案室中。从保护和研究的角度来说，值得进一步深入实地考察，继续挖掘整理，把定点定时的采集采访工作作为一项常态工作进行，并把采集的口头资料尽快转化成文本资料并加以数字化，以便长时间地保存。

历代蚕歌因口头传播的原因，大部分湮灭在历史长河中，除了口头传播外，相关文本资料的搜集整理也要引起足够的重视。正如流传到今天的吴歌，如果不是冯梦龙的《山歌》等民歌集，数百年后的人们又怎么能够了解到，明代的吴地还有如此丰富的民间文学精华呢。关于蚕歌的古文献资料本来就不多，又零星散落在不同的著作中，对蚕歌的研究造成很大的不便。目前可见的专门的蚕歌集仅有徐春雷先生的《桐乡蚕歌》，这对于蚕歌的保护、发展和研究是远远不够的，因此需要花大力气挖掘整理，并加强理论研究，从而指导和促进蚕歌的保护和发展。

二、加强后备人才的培养、扩大保护范围

众所周知，蚕歌作为一种非物质文化，人本身是传承载体，人才一旦出现断层对于传承而言是致命的，而蚕歌将面临失传的危险。因此传承蚕歌，传承人的培养是核心。所谓培养新生力量，有两个含义。

一是努力培养蚕歌传承人。目前当地政府已经出台了很多切实有效的措施。如建立专门的保护中心、研究中心、博物馆、展览馆、示范基地等。有的还设置了专项基金和财政拨款，对传承人及其徒弟增加政府补贴，使他们能够心无旁骛、专心教与学。

二是大力培养蚕歌爱好者，增加蚕歌受众。受众多了，群众基础自然就越来越雄厚，蚕歌的影响也就越来越广泛，不断加入的新生力量，将给蚕歌注入源源不断的活力。比如桐乡蚕歌传承人褚林凤，就经常被她家乡的河山中心小学邀请去教习蚕歌，在孩子心中从小就播上热爱家乡、热爱家乡传统文化的种子。在可以想见的未来，这些孩子将会成为蚕歌和家乡文化的宣传者和传播者和传承者。

除了目前的限于桐乡地区的“桐乡蚕歌”外，有关部门还可以借鉴浙江、江苏、四川等三省联合申报“中国蚕桑丝织技艺”并入选《人类非物质文化遗产代表作名录》的做法，将蚕歌保护范围从桐乡地域扩展到杭嘉湖乃至整个江南蚕区。如果江浙沪三省市主要蚕区能够以蚕歌为纽带，通过蚕歌密切联系起来，将蚕歌的影响范围进一步扩大，应该可以取得很好的保护效果。

第三节　宣传与推广

杭嘉湖蚕歌作为濒临消亡的口头文学、非物质文化遗产，经过抢救性的发掘整理后，以被列入省级非物质文化遗产名录的形式保护下来。但是仅有保护是不够的，目前蚕歌只是静态的保存状态，而让蚕歌进入良性循环的活态发展才是最终目的所在。这需要多种方式和渠道的大力宣传和推广，让蚕歌深入人心，获得大家的认可和喜爱，使蚕歌真正拥有长久的生命力和艺术魅力。

一、以互联网为主的多种宣传渠道

当今社会早就进入信息时代，互联网以惊人的速度改变着人们的认知理念、生活方式和人际交往方式。对于蚕歌的宣传，除了实体机构之外，更应该改变思路，把宣传的重点放到网络上。

孩子们才是蚕歌发展的潜在推动力，培养蚕歌的受众、宣传保护蚕歌都应该从娃娃抓起。作为互联网背景下长大的一代，自媒体时代的青少年对于互联网上的蚕歌宣传资料以及与传承人的互动等活动，接受程度应该更高。因此，与实体场所相结合，线上线下互为补充，采用多种青少年乐于接受的展示、推广方式是比较有效的措施。如跟某品牌合作，与某热门网站合作举办蚕歌网络歌手大赛、蚕歌网络教学和蚕歌网络欣赏活动等等，往往能起到事半功倍的效果。

此外，还可以把蚕歌与蚕乡、蚕桑相关的旅游景点、蚕乡农家乐等结合起来，通过游客口碑宣传推广。

蚕歌除了进入小学课外学堂外，还可以走进高校校园，设立蚕歌文化日、举办蚕歌节等活动。进入高校课堂，与非遗传承人、蚕歌爱好者合作开设公选课等等，都是可以尝试的宣传推广方式。

二、建立蚕歌资料数据库

笔者在查询杭嘉湖蚕歌相关资料时，深深感到相应资料之匮乏、获得方式之困难。由杭嘉湖民间采录的蚕歌记录而来的纸本文献，除了零散分布在20世纪八九十年代出版的江浙沪等省市中国民间文学三套集成歌谣卷外，仍然大部分零散分布于各种不同的著作内，非常不利于检索、整理与研究。作为民歌来说，除了纸本文献外，蚕歌的音频、视频资料应该是最为直观、最有活力、最为大家喜闻乐见的一手资料，但是目前能够找到的非常稀少。

目前浙江省已建立了省市县三级非遗保护网站，但是通过实际使用以后发现，网站的运行有很多令人遗憾之处。不少网站资料已经很长时间没有更新，原有的内容过于陈旧、精简，不少都是在某一天集中上传相关资料，过后也没有进行日常维护和更新，而且很多重要资料都没有上传。以桐乡蚕歌为例，在浙江省非遗网站上，仅有一个配图页面的简单内容介绍，与它相关的文件、音视频等均不见上传。在嘉兴市非物质文化遗产名录数据库中，桐乡蚕歌也是只有一个页面，仅有文字介绍配一张图片。连一些基本资料如入选三级非遗名录的时间都没有，更不用说相关音视频以及更为详细的介绍了。

目前，在报纸、互联网上能够查询到的关于桐乡蚕歌的数条新闻，只有当地主管部门慰问传承人、新闻部门采访传承人，以及有关部门录制、拍摄用于专题宣传的音视频的内容等。但也仅限于新闻而已，这些完成后的资料片的详细内容在网络上基本无迹可寻，几乎检索不到原生态的蚕歌音像资料。或许是为了上报送审的需要，或者是宣传的需要，一旦完成任务后就束之高阁。如果想要查找资料，必须要找到相关的政府文化部门如文化局、电视台、广播电台等机构，这期间的繁琐和曲折，花费的时间和精力都不是一般人能够承受的。这样一来，势必将对蚕歌感兴趣的普通人拒之门外。既然无法近距离接触到蚕歌，何谈熟悉和了解，更遑论喜爱和推广了。因此，这些音像资料最好由主管部门共享出来供大众观摩欣赏，而不是“养在深闺人未识”。

因此，为了方便人们了解、学习和研究蚕歌，并在此基础上大力推广，相关部门应尽量全面收集与蚕歌相关的音频、视频资料、纸本文献资料、政府文件、法律法规、新闻报道等，建立起内容丰富、检索便利的蚕歌资料数据库。

总之，蚕歌的传承和发展离不开广大群众的参与。因此，除了建立一批展示基地、非遗项目传习所、展示馆以及生态文化区等实体场所，使人们可以实地体验外，更需要加大宣传力度，扩大宣传范围，拓展宣传方式，建立内容详细丰富的蚕歌数据库，使蚕歌为广大群众所认识、了解和喜爱。只有这样，才能够使蚕歌作为蚕桑文化的载体一直充满活力，健康地传承和发展下去，对于保护和推广杭嘉湖蚕桑文化以及浙江的地方文化起到良好的促进作用。

附录：杭嘉湖周边的蚕歌（部分）

一、江苏

（一）苏州

《马明皇菩萨念蚕经（念佛句，[①]吴江）》：

马明皇菩萨到门来，身骑白马上高山，[②]
马明皇菩萨勿吃荤来便吃素，宋朝手里到如今。
蚕室今年西南方，除出东南对龙蚕，
清明过去谷雨到，谷雨两边堆宝宝。
头眠眠来齐落落，二眠眠来崭崭齐，[③]
九日三眠蚕出火，楝树果花开促大眠。
促好大眠开叶船，来顺风，去顺风，
一吹吹到河桥洞，
毛竹扁担二头尖，唧唧[④]挑到蚕房边。
喂蚕好比龙风[⑤]起，吃叶好比阵头雨，
大眠回叶三昼时，小脚通跑去上山。[⑥]

---

① 养蚕地区每逢清明节，民间艺人用稻草扎一马形，扮作马明皇菩萨，身披胄甲，骑在马上，口喊"蚕将军来哉！"或手拿马明皇像，敲打木鱼、小锣，窜门走户，将红纸剪的蚕猫送给养蚕人家，为蚕农说唱吉利话。这种说唱形式名"念佛句"，念完后蚕农给米一升左右。

② 又作：身骑白马送剑来。

③ 齐落落、崭崭齐：都是方言，形容蚕同时入眠。

④ 唧唧：指挑竹扁担发出的声音。

⑤ 龙风：龙卷风，形容送叶喂蚕之快速、忙碌景象。

⑥ 蚕上山前满身亮晶晶，生出小脚。

东山木头西山竹，山棚搭得几间屋，
隔仔三日凉山头[1]，满山茧子自满满。
廿四部丝车两面排，当中出条送茶汤，[2]
东面传来鹦哥叫，西面传来凤凰声。[3]
红袱包，绿袱包，[4]一包包了十七、念八[5]包。
东家老太要想阆[6]，西家老太要想放，
亦勿阆来亦勿放，上海城里开爿大钱庄，
收着蚕花买田地，高田买到寒山脚，低田买到太湖边。[7]

《做天难做四月天（吴江）》：

做天难做四月天，蚕要温润麦要寒，
秧要日头麻要雨，采桑娘子要晴干。[8]

《一把眼泪一把桑（吴县）》：

小麦青青大麦黄，姑娘双双去采桑，
桑篮挂在桑枝上，一把眼泪一把桑。[9]

《十姐梳头（节选，常熟）》：

四姐呀梳头养呀养蚕忙，五郎削发做和尚。[10]

---

① 凉山头：打开窗户通风。

② 蚕茧做好后，蚕房摆满丝车准备缫丝，中间留出一条小路走人。

③ 原文解释为蚕茧丰收，农民高兴地唱山歌的声音，似乎应该是丝车发出的声音。

④ 形容蚕农收益好，钱多。

⑤ 念八：廿八，即二十八。

⑥ 阆：藏的意思。

⑦ 金煦、钱正、马汉民主编，苏州市民间文学集成编委会编：《苏州歌谣谚语》，中国民间文艺出版社1989年版，第122—123页。

⑧⑨ 同上，第45页。

⑩ 丁朗父：《中国原生态民歌集》，金城出版社2005年版，第21页。

(二)常州

《孟姜女(节选)》:

四月里来养蚕忙,姑嫂双双去采桑。
桑篮挂在桑枝上,揩把眼泪采把桑。

(三)海门

《何日配成双》:

桑叶青来桑叶黄,奴在园中采蚕桑,
蚕作茧来蛾配对,小奴奴何时何日配成双。[①]

二、上海

(一)卢湾区

《妹和郎君何时逢》:

日落西山一点红,妹配郎君一场空。
青山高高难望顶,落水长流无影踪。
蚕蛾结茧尚有出头日,妹和郎君何时逢?[②]

(二)嘉定区

《四季山歌》:

春季里来春风吹,花开草长蝴蝶飞,
麦苗儿秀了,桑叶儿真肥。
夏季里来农事忙,栽了蚕桑又插秧,
早起勤耕作,回来带月光。

---

① 中国民间文学集成全国编辑委员会、中国民间文学集成江苏卷编辑委员会《中国歌谣集成·江苏卷》,中国 ISBN 中心 1998 年版,第 241 页。

② 王士均:《江南民间情歌八百首》,学林出版社 2011 年版,第 239 页。

秋季里来稻上场,谷像黄金粒粒黄,
身上虽辛苦,心里却安康。
冬季里来雪初晴,新做棉衣软又轻,
一年农事了,保暖笑盈盈。①

《缫丝娘》:

东南风吹起来暖洋洋,
结识南纱厂里有一个缫丝娘。
手扳叶子腾腾转,口含丝线眼窥郎。
郎窥姐、姐窥郎,情哥哥伸手讨衣裳。
今夜哥侬要着衣衫买转来,
龙凤剪刀、黄杨木尺我自有,红灯高挂我来办,
买针来仔买针来,买针勿要买扳来针,
买针勿要买软条针,买针勿要买橄榄针。
买针买线要到苏州城里、铜匠店隔壁、
铁匠店对过、王家店里格只龙凤绣花针。
买好针来穿好线,穿好花线我来绣。
上绣三针、下绣三针,针针对缝、缝缝对针,
若是一针勿对,拆脱再拎②,白费功劳枉费心思,
顺肩要绣龙凤鸳鸯,左肩要绣通宝富联,
四角要绣狮子抱绣球,当中要绣一枝杨柳隔枝桃。
拨侬亭阁上着仔,先上苏州,慢上杭州。
杭州城里三层头楼上,有一位笃脚小娘,
笑出来,蓬出来,倒拖仔花鞋拖下来,
踏牢情哥脚板头,扳牢③情哥衣衫背心,
问一声侬情哥郎,格件着肉汗衫哪里一位姣娘绣?

---

① 嘉定县嘉西乡民间文学集成编辑组:《中国民间文学集成·嘉西乡资料本·歌谣》,1987年版,第1页。

② 拎:缝纫。

③ 扳牢:拉住

我结识南纱厂里缫丝娘。①

《郎做屏风姐做床》:

弯弯枝枝一棵桑,
四只弯枝凑成双,
十八岁姐妮去采桑,
劈面碰着情哥郎;
桑园里有龙须②席,
郎做屏风姐做床。③

《采桑歌》:

弯弯枝枝一棵桑,四只弯枝凑大桑,
弯枝凑了城河里,十八岁姐妮去采桑,
出门碰着情哥郎,桑园里有龙须席,
郎做屏风姐做床。
母:娘问囡上回采桑能样早,今朝采桑能样晚,
女:上日低是低来稀是稀.今朝密是密来高是高。
母:娘问囡头上丝发为啥乱?嘴唇为啥不得干?
胸前两面为啥大?绿纱裙带为啥宽?
女:头上丝发桑拨乱,嘴唇井上吃水不得干,
胸前两面自家大,绿纱裙子饿得宽。
母:侬头发丝郎拨乱,嘴唇皮湿得亲嘴不得干,
胸前两边郎摸大,绿纱裙带郎张(抓)宽。
侬个残人好象后园芥菜叶老根疏无猛(啥)用,

① 嘉定县民间文学集成编委会编:《中国民间文学集成·上海卷嘉定县歌谣分卷》,嘉定县民间文学集成编委会1989年版,第283—284页。

② 龙须:茅草。

③ 王士均:《江南民间情歌八百首》,学林出版社2011年版,第86页。

杭州破伞甩街沿。[1]

三、浙江

诸暨

《祈茧谣》：

生蚕做硬茧，生铁榔槌敲勿扁。
个个做个坳子茧[2]，上勿怕天雷忽闪，下勿怕蛇虫百脚。
饲蚕娘子辛苦，茧要做得根固[3]；
饲蚕娘子少件袄，茧要做得好；
饲蚕娘子隔壁一个甏，茧要做得硬；
饲蚕娘子隔壁一个樽，[4]茧要做得光。[5]

---

① 嘉定县徐行乡民间文学集成编辑组：《徐行乡民间文学集成·故事·传说诗歌》，1987年版，第95—96页。

② 坳子茧：方言，又硬又大的茧。

③ 根固：结实。

④ 樽：方言音，zhuāng，一种盛物的陶器。

⑤ 中国民间文学集成全国编辑委员会、中国民间文学集成浙江卷编辑委员会：《中国歌谣集成·浙江卷》，中国ISBN中心1995年版，第151页。

参考文献

专著：

[1]《桐乡市旅游志》编纂委员会. 桐乡市旅游志[M]. 北京：方志出版社，2013.

[2]《浙江省蚕桑志》编纂委员会. 浙江省蚕桑志[M]. 杭州：浙江大学出版社，2004.

[3]《中国民间歌曲集成》全国编辑委员会，《中国民间歌曲集成 · 浙江卷》编辑委员会. 中国民间歌曲集成 · 浙江卷[M]. 北京：人民音乐出版社，1993.

[4] 安吉县民间文学集成办公室. 中国民间文学集成 · 浙江省湖州市安吉县歌谣卷[M]. 湖州：浙江省安吉县民间文学集成办公室，1989.

[5] 巴兆祥. 中国民俗旅游[M]. 新编第2版. 福州：福建人民出版社，2013.

[6] 毕桪. 民间文学教程[M]. 北京：中央民族大学出版社，2009.

[7] 陈宏绪. 寒夜录[M]. 北京：中华书局，1985.

[8] 陈寿. 三国志[M]. 北京：中华书局，1959.

[9] 陈树平，苏金花，赵慧芝. 明清农业史资料(1368—1911)[M]. 北京：社会科学文献出版社，2013.

[10] 陈永昊，余连祥，张传峰. 中国丝绸文化[M]. 杭州：浙江摄影出版社，1995.

[11] 程岱葊. 西吴蚕略[M]// 顾廷龙，《续修四库全书》编纂委员会.《续修四库全书》978 · 子部 · 农家类. 上海：上海古籍出版社，1995.

[12] 德清县文化广电新闻出版局. 德清县非物质文化遗产大观[M]. 杭州：浙江大学出版社，2009.

[13] 德清县志编纂委员会. 德清县志[M]. 杭州：浙江人民出版社，1992.

[14] 丁朗父. 中国原生态民歌集[M]. 北京：金城出版社，2005.

[15] 董校昌. 浙江省民间文学集成 · 杭州市歌谣、谚语卷[M]. 北京：中国民

间文艺出版社,1989.
[16] 杜芳琴,王政.中国历史中的妇女与性别[M].天津:天津人民出版社,2004.
[17] 樊树志.明清江南市镇探微[M].上海:复旦大学出版社,1990.
[18] 范成大.范石湖集[M].上海:上海古籍出版社,2006.
[19] 房玄龄等.晋书[M].北京:中华书局,1974.
[20] 费莉萍,周江鸿.德清扫蚕花地[M].杭州:浙江摄影出版社,2014.
[21] 费翔宝.上海市嘉定县歌谣集成·南翔资料本[M].1987.
[22] 丰国需.塘栖风俗[M].杭州:浙江摄影出版社,2006.
[23] 冯骥才.中国非物质文化遗产百科全书·代表性项目卷[M].北京:中国文联出版社,2015.
[24] 冯骥才,白庚胜.中国民间文化杰出传承人名录[M].北京:民族出版社,2007.
[25] 冯梦龙.山歌[M].南京:江苏古籍出版社,2000.
[26] 冯梦龙.醒世恒言[M].天津.天津古籍出版社,2004.
[27] 高燮初.吴地文化通史[M].北京:中国文史出版社,2006.
[28] 龚嘉儁,李榕.杭州府志[M].台北.成文出版社有限公司,1974.
[29] 顾颉刚,王煦华.吴歌·吴歌小史[M].南京:江苏古籍出版社,1999.
[30] 顾希佳.东南蚕桑文化[M].北京:中国民间文艺出版社,1991.
[31] 顾炎武,华东师范大学古籍研究所,黄珅,严佐之,刘永翔.顾炎武全集[M].上海:上海古籍出版社,2011.
[32] 郭茂倩.乐府诗集[M].上海:上海古籍出版社,2016.
[33] 郭璞,毕沅.山海经[M].上海:上海古籍出版社,1989.
[34] 过伟.吴歌研究[M].苏州:古吴轩出版社,2011.
[35] 海宁市旅游局.海宁民俗风情大观[M].杭州:西泠印社出版社,1999.
[36] 海宁市民间文学集成办公室.中国民间文学集成·浙江省嘉兴市海宁市故事、歌谣、谚语卷[M].杭州:浙江省民间文学集成办公室,1989.
[37] 海盐县民间文学集成办公室.中国民间文学集成·浙江省嘉兴市海盐县故事、歌谣、谚语卷[M].嘉兴:海盐县民间文学集成办公室,1989.
[38] 杭州市江干区地名委员会.江干地名故事[M].杭州:杭州出版社,2014.
[39] 侯元棐等,王振孙等.德清县志[M].台北:成文出版社有限公司,1983.
[40] 胡适.白话文学[M].武汉:武汉大学出版社,2014.

[41] 胡永良.海盐骚子文·书选集[M].杭州:西泠印社出版社,2013.
[42] 胡仔.苕溪渔隐丛话前后集[M].北京:中华书局,1985.
[43] 湖州市民间文学集成办公室.浙江省民间文学集成·湖州市歌谣、谚语卷[M].杭州:浙江文艺出版社,1991.
[44] 湖州市总工会.湖州工人运动史[M].北京:中国广播电视出版社,1992.
[45] 黄凤兰.中国民俗影视[M].北京:中国戏剧出版社,2004.
[46] 黄公元.杭州运河宗教文化掠影[M].杭州:杭州出版社,2013.
[47] 嘉定县嘉西乡民间文学集成编辑组.中国民间文学集成·嘉西乡资料本·歌谣[M].1987.
[48] 嘉定县民间文学集成编委会.中国民间文学集成·上海卷嘉定县歌谣分卷[M].上海:嘉定县民间文学集成编委会,1989.
[49] 嘉兴市民间文学集成办公室.浙江省民间文学集成·嘉兴市歌谣、谚语卷[M].杭州:浙江文艺出版社,1991.
[50] 嘉兴市文化广电新闻出版局.嘉兴市非物质文化遗产名录集成[M].杭州:浙江摄影出版社,2010.
[51] 江明惇.汉族民歌概论[M].上海:上海音乐出版社,2004.
[52] 姜彬.姜彬文集[M].上海:上海社会科学院出版社,2007.
[53] 金鳌等.海宁县志[M].台北:成文出版社有限公司,1984.
[54] 金开诚,谷英姿.吴越文化[M].长春:吉林文史出版社,2009.
[55] 金梅.嘉善田歌[M].杭州:浙江摄影出版社,2014.
[56] 金天麟.中国·嘉善田歌[M].哈尔滨:黑龙江人民出版社,2008.
[57] 金煦.江苏民俗[M].兰州:甘肃人民出版社,2003.
[58] 金煦,钱正,马汉民,苏州市民间文学集成编委会.苏州歌谣谚语[M].北京:中国民间文艺出版社,1989.
[59] 乐史,王文楚,等.太平寰宇记[M].北京:中华书局,2007.
[60] 乐忆英.乌镇民俗[M].杭州:浙江人民出版社,2014.
[61] 李昉,等.太平御览[M].北京:中华书局,1960.
[62] 李昉,张国风.太平广记会校[M].北京:北京燕山出版社,2011.
[63] 李觏.李觏集[M].北京:中华书局,1981.
[64] 李西林.唐代音乐文化研究[M].北京:文化艺术出版社,2014.
[65] 李延寿.南史[M].北京:中华书局,1975.
[66] 李奕仁.神州丝路行:中国蚕桑丝绸历史文化研究札记[M].上海:上海

科学技术出版社,2013.
[67] 厉鹗,罗仲鼎,俞浣萍.厉鹗集[M].杭州:浙江古籍出版社,2016.
[68] 林锡旦.太湖蚕俗[M].苏州:苏州大学出版社,2006.
[69] 刘克祥.蚕桑丝绸史话[M].北京:社会科学文献出版社,2011.
[70] 刘文,凌冬梅.嘉兴蚕桑史[M].杭州:浙江工商大学出版社,2013.
[71] 刘旭青.文化视野下浙江歌谣研究[M].杭州:浙江大学出版社,2009.
[72] 刘应钶,沈尧中.嘉兴府志[M].台北:成文出版社有限公司,1983.
[73] 刘禹锡,瞿蜕园.刘禹锡全集[M].上海:上海古籍出版社,1999.
[74] 罗愫,杭世骏.乌程县志[M].台北:成文出版社有限公司,1983.
[75] 吕留良,吴之振,吴自牧,李宣龚.宋诗钞[M].上海:上海商务印书馆,1935.
[76] 潘超,马瀞元.中华竹枝词全编[M].北京:北京出版社,2007.
[78] 齐涛.生产志[M].济南:山东教育出版社,2007.
[79] 钱仲联,等.中国文学大辞典[M].上海:上海辞书出版社,1997.
[80] 阙名.大唐传载[M]//全唐五代笔记.西安:三秦出版社,2012.
[81] 山谦之.吴兴记[M]//丛书集成续编.229.史地类.台北:新文丰出版公司,1989.
[82] 上海民歌编辑委员会.千年封建连根拔[M].上海:上海文艺出版社,1958.
[83] 上海民间文艺家协会,上海民俗学会.中国民间文化(94/4)[M].上海:学林出版社,1994.
[84] 沈约.宋书[M].北京:中华书局,1974.
[85] 盛羽.土色生香——桐乡彩色拷花工艺研究[M].北京:五洲传播出版社,2012.
[86] 苏州市文学艺术界联合会.吴歌新集[M].1979.
[87] 苏州市文学艺术界联合会,江苏省民间文学工作者协会苏州市分会.吴歌[M].北京:中国民间文艺出版社,1984.
[88] 滕复等.浙江文化史[M].杭州:浙江人民出版社,1992.
[89] 桐乡县民间文学集成办公室.中国民间文学集成·浙江省嘉兴市桐乡县故事、歌谣、谚语卷[M].杭州:浙江省民间文学集成办公室,1989.
[90] 汪榕培.吴歌精华[M].苏州:苏州大学出版社,2003.
[91] 汪曰桢,蒋猷龙.湖蚕述注释[M].北京:农业出版社,1987.

[92] 王福基,嘉兴市文学艺术界联合会.嘉兴市文学艺术志[M].杭州:杭州大学出版社,1998.
[93] 王士均.江南民间情歌八百首[M].上海:学林出版社,2011.
[94] 王漪.中国民间文学集成·嘉定镇资料本[M].上海:上海市嘉定县嘉定镇民间文学三套集成编辑组,1987.
[95] 王跃田,赵一君.漫步家园[M].杭州:浙江工商大学出版社,2013.
[96] 王运熙.乐府诗述论[M].上海:上海古籍出版社,2014.
[97] 王藻.西溪民间语言趣谈[M].杭州:杭州出版社,2013.
[98] 魏徵,等.隋书[M].北京:中华书局,1973.
[99] 文化部文学艺术研究院音乐研究所.中国民歌[M].上海:上海文艺出版社,1982.
[100] 乌丙安.中国民俗学[M].长春:长春出版社,2014.
[101] 乌丙安.民间文学概论[M].沈阳:春风文艺出版社,1980.
[102] 吴冬妹.杭嘉湖地区方言童谣辑注[M].杭州:浙江工商大学出版社,2016.
[103] 吴建英.中国吴文化特色教程[M].北京:作家出版社,2011.
[104] 吴利民,张琳,颜剑明,褚红斌,陈亚琴.桐乡高杆船技[M].杭州:浙江摄影出版社,2015.
[105] 吴利民,张琳,祝汉明,徐春雷,褚红斌.含山轧蚕花[M].杭州:浙江摄影出版社,2014.
[106] 吴一舟.天虫[M].上海:上海人民出版社,2005.
[107] 吴越.浙江丝绸及其艺术[M].杭州:浙江人民出版社,1956.
[108] 肖东发,唐容.吴越人家:吴越文化特色与形态[M].北京:现代出版社,2015.
[109] 萧统,李善,等.六臣注文选[M].北京:中华书局,1987.
[110] 徐春雷.桐乡蚕歌[M].北京:中国文联出版社,2009.
[111] 徐行乡民间文学集成编辑组.徐行乡民间文学集成·故事传说诗歌[M].1987.
[112] 徐松,刘琳,等.宋会要辑稿[M].上海:上海古籍出版社,2014.
[113] 徐一夔.始丰藁[M]//丛书集成续编·III·集部.上海:上海书店出版社,1994.
[114] 徐元勇.明清俗曲流变研究[M].南京:东南大学出版社,2011.

[115] 徐自谷. 崇福风情[M]. 杭州:浙江人民出版社,2014.
[116] 许伯明. 吴文化概观[M]. 南京:南京师范大学出版社,1997.
[117] 许三礼. 海宁县志[M]. 台北:成文出版社有限公司,1983.
[118] 许慎,段玉裁,许惟贤. 说文解字注[M]. 南京:凤凰出版社,2015.
[119] 许瑶光等,吴仰贤,等. 嘉兴府志[M]. 上海:上海书店出版社,1993.
[120] 严辰. 桐乡县志[M]. 台北:成文出版社有限公司,1970.
[121] 杨维桢,邹志方. 杨维桢诗集[M]. 杭州:浙江古籍出版社,1994.
[122] 叶大兵,乌丙安. 中国风俗辞典[M]. 上海:上海辞书出版社,1990.
[123] 易存国. 华夏艺术美学精神研究 · 文献篇[M]. 哈尔滨:黑龙江人民出版社,2002.
[124] 余甲方. 简明中国古代音乐史[M]. 上海:复旦大学出版社,2017.
[125] 余丽元. 石门县志[M]. 台北:成文出版社有限公司,1975.
[126] 张妙弟. 中国国家地理百科全书. [M]. 北京:北京联合出版公司,2016
[127] 张镇西. 云龙蚕桑志[M]. 杭州:浙江大学出版社,2017.
[128] 张正吾,陈铭. 近代诗文鉴赏辞典[M]. 北京:光明日报出版社,1991.
[129] 张紫晨. 歌谣小史[M]. 福州:福建人民出版社,1981.
[130] 赵瀛,赵文华. 嘉兴府图记[M]. 台北:成文出版社有限公司,1983.
[131] 浙江民俗学会. 浙江简志之五. 浙江风俗简志[M]. 杭州:浙江人民出版社,1986.
[132] 浙江人民出版社. 浙江歌谣选集[M]. 杭州:浙江人民出版社,1954.
[133] 浙江省嘉善县文化局、文联、文化馆. 中国民间文学集成 · 浙江省嘉兴市嘉善县歌谣卷[M]. 嘉兴:嘉善县文化局、文联、文化馆,1987.
[134] 郑巨欣. 民俗艺术研究[M]. 杭州:中国美术学院出版社,2008.
[135] 郑土有. 吴语叙事山歌演唱传统研究[M]. 上海:上海辞书出版社,2005.
[136] 郑震,仇远. 三山郑菊山先生清隽集[M]. 上海:上海书店,1985.
[137] 中共杭州市余杭区委宣传部. 民间艺术[M]. 杭州:西泠印社出版社,2007.
[138] 中国民间文学集成全国编辑委员会,中国民间文学集成江苏卷编辑委员会. 中国歌谣集成 · 江苏卷[M]. 北京:中国 ISBN 中心,1998.
[139] 中国民间文学集成全国编辑委员会,中国民间文学集成浙江卷编辑委员会. 中国歌谣集成 · 浙江卷[M]. 北京:中国 ISBN 中心,1995.

[140] 钟敬文.民俗学概论[M].上海:上海文艺出版社,1998.
[141] 钟敬文.民间文学概论[M].上海:上海人民出版社,1980.
[142] 周巍峙,顾希佳.中国节日志·春节(浙江卷)[M].北京:光明日报出版社,2014.
[143] 周玉波.月上荼蘼架:明代民歌札记[M].南京:南京师范大学出版社,2009.
[144] 朱国祯.涌幢小品[M].北京:中华书局 1959.
[145] 朱金坤,屠冬冬.西溪风情[M].杭州:西泠印社出版社,2010.
[146] 朱金坤,汪宏儿.南湖风情[M].杭州:西泠印社出版社,2009.
[147] 朱秋枫.浙江民间歌谣[M].杭州:浙江人民出版社,1981.
[148] 朱秋枫.浙江歌谣源流史[M].杭州:浙江古籍出版社,2004.
[149] 朱秋枫.杭州运河歌谣[M].杭州:杭州出版社,2013.
[150] 朱新予.浙江丝绸史[M].杭州:浙江人民出版社,1985.
[151] 朱自清.中国歌谣[M].上海:复旦大学出版社,2004.
[152] 宗源瀚等,周学濬等.湖州府志[M].台北:成文出版社有限公司,1970.

论文:

[1] 杨俊光.唱歌就问歌根事——吴歌的原型阐释[D].苏州大学,2007.
[2] 高国金,盛邦跃.同光之际劝课蚕书的撰刊与流传[J].中国农史,2013,(4):122—133.
[3] 顾希佳.杭嘉湖蚕桑信仰习俗查考[J].民间文艺季刊,1986,(3):250—269.
[4] 顾希佳.马头娘及其神话——蚕神考[J].民间文学论坛,1987,(4):17—23.
[5] 顾颉刚.吴歌小史[J].歌谣,1936,2(23):1—6.
[6] 蒋猷龙.中国蚕业的起源[J].蚕桑通报,2017,(2):61—64.
[7] 李宾泓.我国蚕桑丝织业探源[J].地理研究,1989,(2):28—34.
[8] 李伯重.从"夫妇并作"到"男耕女织"——明清江南农家妇女劳动问题探讨之一[J].中国经济史研究,1996,(3):101—109.
[9] 刘伟侠,凌冬梅.嘉兴蚕歌及其保护与传承[J].科技展望,2016,(20):263—264.
[10] 刘志琪.关于蚕神的传说[J].民间文学,1984,(7):51—53.
[11] 钱旭庭,王丕承.杭嘉湖地区蚕丝发展的设想[J].蚕桑通报,1984,(3):7—10.
[12] 容肇祖.一千年前的一首吴音山歌[J].歌谣,1936,(7):4—5.

[13] 寿生.我所知的山歌的分类[J].歌谣,1937,(32):1—6.
[14] 希稼.骚子歌初探[J].民间文学论坛,1983,(3):50—59.
[15] 徐春雷.桐乡神歌概述[J].中国民间文化,1994,(2):189—208.
[16] 徐辉,等.对钱山漾出土丝织品的验证[J].丝绸,1981,(2):43—45.
[17] 杨逸文,等.《诗经》蚕歌杂谈[J].蚕桑通报,2008,(2):64—66.
[18] 赵丰.丝绸起源的文化契机[J].东南文化,1996,(1):67—74.
[19] 浙江省文物管理委员会.吴兴钱山漾遗址第一、二次发掘报告[J].考古学报,1960,(2):73—91,149—158.
[20] 中国科学院考古研究所实验室.放射性碳素测定年代报告(二)[J].考古,1972,(5):56—59.
[21] 朱炯远.中国古代民歌受歧视的现象及起因[J].上海大学学报:社会科学版,2003,(6):20—23.

后　记

被誉为“鱼米之乡”“丝绸之府”“人文渊薮”的浙江，素以地方文化丰富著称。稻作文化、蚕桑文化、运河文化和藏书文化等构成了浙江地方文化的主旋律。对浙江地方文化的探究，一直是本人的兴趣所在。地方文献为地方文化的重要载体，要研究地方文化，相关地方文献的搜集就成为重中之重。

在前一个课程对有关浙江藏书文化的文献进行搜集的过程中，接触了大量的史书、方志、文集等地方文献，其中就包括了不少关于蚕桑文化的文献。因杭嘉湖地区为久负盛名的蚕桑产业基地，这些资料引起了笔者的极大关注，继而开始着手进行蚕桑文献的搜集整理。在此期间，笔者接触到了“蚕歌”这一特殊载体形态的文献。蚕歌是有关蚕桑事的民间歌谣，承载着数千年的蚕桑文化，却少人了解。于是，笔者萌发了进一步了解和探讨蚕歌的想法，并计划从地方文献着手，通过对蚕歌相关文献的整理和研究，来展示蚕歌盛行的杭嘉湖地区的蚕桑文化。同时，这也是对前期有关浙江藏书文化研究的衍生和扩展。

由于蚕歌的口头传播性、载体形态特殊性的限制，本课题将文献搜集重点放在了有关蚕歌的纸本文献上。感谢课题组刘文副教授、刘伟侠副编审的前期成果为本课题提供了坚实的研究基础；徐春雷先生在数十年民间采风基础上精心编辑而成的《桐乡蚕歌》，为本书的写作提供了宝贵的基础资料；《诗经》《乐府诗集》《山歌》等古代文献以及《中国歌谣集成》浙江、江苏、上海卷及其下属各级歌谣卷，成为案头必备；众多专家学者的相关研究成果更是给予了不少启发。特别感谢凌冬梅副研究馆员，作为热爱家乡文化的地道桐乡人，她为本课题提供了有关蚕歌、蚕俗等宝贵的一手资料及研究指导和帮助。我的亲友和同学们在繁忙的工作之余热心帮忙查找文献,并将搜集到的蚕歌曲谱演奏成曲,使我在蚕歌音、视频资料比较缺乏的情况下,对蚕歌有了进一步的直观、感性认识,感激之情无以言表。浙江工商大学出版社王黎明、吴岳婷编辑也为本书的出版付出了辛勤劳动,在此谨致谢忱。

因本人学识和能力有限,此书在内容、材料取舍及篇章结构等方面势必有欠缺和谬误之处,恳请各位专家学者、读者朋友不吝指教。

史宁

2019 年 7 月于嘉兴